DEUX MESSIEURS SUR LA PLAGE

DU MÊME AUTEUR

TA CHAMBRE À MOI, Maurice Nadeau, 2000.
IDYLLE AVEC CHIEN QUI SE NOIE, Jacqueline Chambon, 2011 ; Babel nº 1390.
MADALYN, Jacqueline Chambon, 2012.
DEUX MESSIEURS SUR LA PLAGE, Jacqueline Chambon, 2015.
LA PETITE FILLE AU DÉ À COUDRE, Jacqueline Chambon, 2017.
MANGER OU ÊTRE MANGÉ, Le Tripode, 2017.

La traductrice a bénéficié d'une bourse de travail
de la Fondation Robert Bosch, en partenariat avec
le *Literarisches Colloquium Berlin*, qui lui a permis de séjourner
au Collège International des Traducteurs Littéraires d'Arles.

Titre original :
Zwei Herren am Strand

ISBN 978-2-330-08718-0

MICHAEL KÖHLMEIER

DEUX MESSIEURS SUR LA PLAGE

roman traduit de l'allemand
par Stéphanie Lux

BABEL

pour Michael Krüger

Le petit homme : « J'ai un parapluie.

— Il est bien ton parapluie, bien grand. »

Le petit homme : « Il ne pleut pas.

— C'est vrai. Mais il pourrait pleuvoir, c'est pour ça que tu as un parapluie. On dirait d'ailleurs qu'il va pleuvoir. Regarde ces nuages sombres ! »

Le petit homme : « S'il pleut, je n'ouvrirai pas mon parapluie.

— Pourquoi donc ? Sous ton parapluie au moins tu ne seras pas mouillé ; quand on est mouillé, trempé de la tête aux pieds, on a vite fait de tomber malade. »

Le petit homme : « Je n'ouvrirai pas mon parapluie, car il est tout neuf.

— As-tu peur de l'abîmer ? »

Le petit homme : « Si je ne l'ouvre pas, il ne risque pas de s'abîmer.

— Tu as raison. Mais alors, tu aurais tout aussi bien pu le laisser à la maison. »

Le petit homme : « Si je l'avais laissé à la maison, les gens se seraient étonnés que je n'aie pas de parapluie. »

MONIKA HELFER, *Die Bar im Freien.*

PREMIÈRE PARTIE

1

En ce jour de Noël 1931, vers midi – ainsi que me l'a raconté mon père –, un homme se présenta sur le perron du numéro 119 de la 70e Rue Est à Manhattan, New York. Il venait rendre visite à M. Winston Churchill, qui séjournait chez sa cousine.

Le visiteur n'était pas annoncé, les employés de maison – un majordome et une infirmière – ne le connaissaient pas, et lorsqu'il affirma être Charlie Chaplin, ils se dirent qu'ils avaient affaire à un fou dangereux. Ils parlèrent d'appeler la police, le majordome le menaça même avec un mousquet Brown Bess – qui n'était pas en état de marche, puisqu'il s'agissait d'un des deux souvenirs de la guerre d'indépendance faisant office de décoration au-dessus du portemanteau de l'entrée. Il fallut que le visiteur, qui avait bloqué la porte avec son genou, lance, les mains en porte-voix, le plus fort qu'il pouvait – mais il ne criait pas bien fort – à travers la porte entrebâillée : « Winston, Winston, c'est moi, Charlie ! Je suis là, Winston, je suis arrivé ! » et que Churchill, dont la chambre se trouvait fort heureusement au rez-de-chaussée, réponde à son tour aussi fort qu'il pouvait – mais lui non plus ne criait pas bien fort ces temps-ci : « *Glad tidings you bring!*, quelle bonne nouvelle ! », pour qu'on se décide enfin à le laisser entrer.

Churchill était au lit. Une planche à pâtisserie posée sur ses genoux, sur laquelle s'étalaient des feuillets manuscrits, un stylo-plume, des crayons de couleur. Dans un coin de la pièce se dressait un chevalet plus grand que lui, à côté d'une table couverte de tubes de gouache, de pinceaux, de pots et bouteilles divers. Une pile de livres s'élevait à côté de son oreiller. Il était torse nu, l'épaule et le flanc gauche bandés, la peau du bras et du cou jaunâtre, trace d'anciens hématomes.

Chaplin se souviendra : « Des larmes se mirent à rouler sur ses joues. »

Dix jours avant, Churchill avait eu un accident. Il était parti à pied, seul – ce qui n'était pas dans ses habitudes – vers la 76e Rue, voulant profiter de cet après-midi d'hiver étonnamment doux pour traverser la Cinquième Avenue et Central Park et aller voir, au Museum d'Histoire naturelle, son ami et conseiller financier Bernard Baruch. Les deux hommes avaient prévu depuis un certain temps – et dû repousser leur rendez-vous à plusieurs reprises – de se faire montrer l'*Étoile de l'Inde*, le plus gros saphir du monde, avant de dîner dans l'appartement de Baruch. Perdu dans ses pensées, il jeta un coup d'œil à droite, comme il avait coutume de le faire en Angleterre, et s'engagea sur la chaussée ; heurté par une automobile, il fut projeté sur le trottoir. Il était sérieusement blessé à l'épaule, au visage, à la hanche et à la cuisse gauche. Le conducteur de la voiture, un électricien d'origine italienne, lui porta aussitôt secours et appela une ambulance. On emmena Churchill au Lennox Hill Hospital, situé non loin de là et, malgré ses protestations, on le garda une semaine. Les médecins diagnostiquèrent en outre un traumatisme crânien : il avait des troubles de l'équilibre, se retrouva momentanément quasi aveugle car ses yeux s'affolaient dans tous les sens, et il vomit à plusieurs reprises.

La presse eut vent de l'accident à la suite d'une indiscrétion commise par un infirmier. L'ensemble du corps médical refusant de parler aux journalistes, ceux-ci se vengèrent en rivalisant d'inventions. Si on lisait dans le *New York Times* que Churchill allait plutôt bien au vu des circonstances et qu'il saluait de sa chambre d'hôpital l'affable électricien napolitain qui s'était occupé de lui de manière aussi touchante, le lendemain, le *Wall Street Journal* annonçait que Churchill était entre la vie et la mort, et le *New York Journal* allait jusqu'à affirmer que si l'ancien chancelier de l'Échiquier britannique parvenait contre toute attente à s'en sortir, il ne marcherait sans doute plus jamais, et perdrait selon toute vraisemblance l'usage de la parole – une chose était sûre en tout cas : sa carrière politique était terminée. Les journaux et radios du monde entier relayèrent ces bulletins et à Londres, le doyen de Westminster invita à prier pour lui dans l'abbaye.

Chaplin se trouvait alors en Grande-Bretagne. Après la première anglaise des *Lumières de la ville* au Dominion

Theater de Londres fin février, il avait voyagé dans toute l'Europe avec sa cour, séjourné à Berlin, Munich, Venise, Paris, parcouru en limousine la côte atlantique jusqu'en Aquitaine, avant de retrouver son frère Sydney dans le sud de la France pour le convaincre de se joindre à eux. Ils avaient traversé la Méditerranée sur l'*Augustus*, paquebot de luxe italien qui venait juste d'être mis en service ; arrivés à Alger, ils avaient été accueillis par une demi-douzaine d'amis et, à bord de quatre véhicules tout-terrain, ils avaient sillonné l'Afrique du Nord tous ensemble.

Cette année-là, Churchill et Chaplin s'étaient rencontrés à deux reprises : à Londres, après la première de son film – souvenir désagréable pour Chaplin – et en septembre, plus ou moins par hasard, à Biarritz. Ils avaient eu l'occasion de passer plusieurs moments en tête à tête et avaient eu de longues conversations sur lesquelles ils observaient un silence absolu – ce qui rendait fous les journalistes anglais réputés pour leur curiosité, qui en étaient réduits à de pures spéculations. Les plus bienveillants inventaient un projet de film commun, d'autres laissaient entendre que l'artiste et l'homme politique étaient impliqués dans de douteuses affaires boursières, les plus odieux flairaient une conspiration juive. Les ragots sur cet étrange duo occupèrent un temps les pages société des journaux britanniques, sans livrer aucune information sérieuse. Comme des scouts, les deux hommes s'étaient juré de ne parler de leurs promenades et de leurs conversations à personne.

Churchill avait lui aussi beaucoup voyagé au cours de cette année, en France et en Allemagne. Il avait ensuite passé l'automne chez lui, à Chartwell, sa maison de campagne surplombant les prairies du Kent, « d'excellente humeur », comme il l'écrivit à l'architecte Philip Tilden, alors que sa carrière politique semblait terminée : il venait de se brouiller une nouvelle fois avec les dirigeants du parti conservateur et, après les élections d'octobre, il n'était plus envisageable qu'il occupe une quelconque fonction politique. « J'ai l'intention de gagner beaucoup d'argent en tant qu'écrivain, déclare-t-il – on croit entendre le ton impérieux de sa voix – car c'est là mon vrai talent, ma vocation. C'est en tant qu'écrivain que j'entrerai dans l'Histoire, pas en tant qu'homme politique. » Il est vrai qu'à ce moment de sa vie – il a cinquante-huit ans – une grande partie de ses revenus venait de l'écriture – il rédigeait des articles et des chroniques pour des journaux et des revues du monde entier – et des droits d'auteur de ses livres (*La Crise mondiale*, histoire en quatre tomes de la Première Guerre mondiale, et *Mes jeunes années*, ses mémoires de jeunesse, étaient des bestsellers). Il venait de jeter son dévolu sur un nouveau sujet : la vie de son ancêtre John Churchill, le premier duc de Malborough qui, au début du XVIIIe siècle, avait réussi à unir les puissances européennes contre la politique hégémoniale de Louis XIV. Réhabiliter la mémoire du duc, tombé en disgrâce chez les historiens, était un rêve de jeunesse. Lorsque Churchill partit pour l'Amérique en décembre, il avait déjà dicté et corrigé deux cents pages.

Chaplin avait l'intention de passer Noël à Londres et de retrouver la chaleur de la Californie après le

Nouvel An. On lisait dans les journaux que la star du cinéma muet préparait une fête de Noël pour les orphelins de Hanwell School, où il avait lui-même passé la période la plus difficile et la plus solitaire de son enfance. Il avait été extrêmement touché de l'affection que lui avaient témoignée les enfants lors de sa visite de l'école – l'accueillant « non comme une star hollywoodienne, mais comme l'un des leurs », dit-il, ravi, à un journaliste. Mais lorsqu'il apprit que Churchill avait eu un accident, il annula immédiatement la fête et réserva un billet sur le premier bateau pour New York.

Chaplin se méfiait des bulletins alarmistes. Il avait lui-même fait l'expérience du plaisir que prenaient certains journalistes à faire souffrir une personnalité autrefois encensée en répandant les pires mensonges à son sujet. Il n'avait pas peur pour la vie de Churchill, ni même vraiment pour sa santé physique. Non, c'est pour sa santé morale qu'il s'inquiétait.

Tout cela, je le tiens de mon père.

2

Mon père avait rencontré Chaplin et Churchill enfant, dans notre petite ville, à la même période ; tous deux s'étaient intéressés à lui, avaient passé du temps avec lui, l'avaient complimenté. J'y reviendrai volontiers et plus en détail par la suite. Ces modèles ont accompagné mon père dans son enfance et sa vie de jeune adulte ; il se voyait tout aussi bien devenir clown qu'homme d'État. Au lieu de quoi, il est devenu fonctionnaire de l'office municipal de surveillance du marché, contrôlant le lait des fermes avoisinantes, prélevant des échantillons de bière pour les faire analyser, mesurant le taux de sucre du sirop de betteraves.

Après la mort de ma mère, mon père et moi vécûmes seuls, sans amis. Lorsque quelqu'un sonnait à la porte, nous restions assis à la table de la cuisine, immobiles, silencieux. Nos tâches quotidiennes étaient comme les pièces d'une machine destinée à produire de la mélancolie. (Mon premier long spectacle, que j'ai écrit à l'approche de la trentaine, je l'ai intitulé *La Machine à mélancolie* : un homme fait son ménage, mais tout va de travers – je me suis inspiré de Buster Keaton pour les expressions du visage, le public hurlait de rire.) Puis mon père se mit à boire, dans des quantités astronomiques. Un jour, je dus le traîner inconscient jusqu'à sa chambre, puis lui enlever son manteau, sa veste et ses chaussures. Le lendemain matin, au petit-déjeuner, je déclarai que je n'avais plus envie de vivre. Mon père éclata en sanglots. Il ne but plus jamais d'alcool.

Après son baccalauréat, mon père envisageait de faire des études d'histoire, mais la guerre l'en avait empêché ; il entendait à présent rattraper le temps perdu. Churchill avait surmonté la période la plus difficile de sa vie en écrivant la biographie du premier duc de Marlborough ; mon père entendait trouver son salut – et le mien, par la même occasion – en rédigeant celle de Churchill. Je venais d'entrer à l'école lorsqu'il s'attela à cette tâche. Il me laissa prendre part à son travail, et m'exposa clairement ses intentions. Lorsqu'on est très triste, me dit-il, il est indiqué de se distraire de soi-même. Certaines personnes naturellement douées parviennent à faire comme si elles étaient quelqu'un d'autre ; elles s'observent, secouent la tête ou s'adressent un petit signe approbateur, elles se prennent au sérieux, mais pas trop, et parviennent ainsi à surmonter leur tristesse sans grand dommage. La plupart des gens, en revanche, ne voient jamais qu'eux-mêmes en eux-mêmes, ce qui n'est guère étonnant, puisque après tout on est avant tout soi-même. N'arrivant pas à faire comme s'ils étaient quelqu'un d'autre, ils n'ont d'autre choix que de faire comme si un autre était en eux. Ce qui n'est pas aussi difficile qu'on le croit. Le mieux, pour y parvenir, est de raconter la vie d'un autre. Churchill avait raconté celle du premier duc de Marlborough, lui allait raconter celle de Churchill.

Pour ce faire, il apprit l'anglais ; s'il le lisait et l'écrivait correctement, il ne le parla jamais vraiment bien. Dès qu'il rentrait de son travail au bureau, il se mettait à la lecture et à l'étude, lisant jusque tard dans la nuit ; il lisait tandis que je jouais avec mes cubes de construction à côté de lui, il lisait pendant que je faisais mes devoirs, il lisait quand je faisais la cuisine et nous servais le plat que j'avais préparé, il étudiait en étendant le linge ou en repassant. Il ne visait l'obtention d'aucun diplôme académique, mais à la fin de sa vie, ses connaissances historiques auraient mis plus d'un professeur d'université dans l'embarras.

Il y avait plus de théâtres et de cinémas dans notre ville que dans d'autres de taille comparable et, partout, la comédie était à l'honneur. Mon père décréta un jour que son fils et lui étaient trop solitaires et qu'ils riaient trop rarement. Il proposa que nous allions deux fois par semaine au théâtre ou au cinéma. C'est à cette période que je vis mon premier film de Chaplin – *Les Feux de la rampe* – et mes premiers spectacles de clowns – Alfredo Smaldini, Arminio Rothstein alias Habakuk, et l'incomparable Charlie Rivel. Je commençai à m'intéresser aux clowns, et mon père affirma qu'il s'agissait d'un métier très respectable. Il m'acheta des livres contenant les biographies de comiques célèbres, leurs sketches et des conseils d'apprentissage de l'art de la pantomime, et j'essayais de lui rejouer les numéros. C'étaient de belles soirées. Il me racontait ce qu'il avait lu et ce qu'il projetait d'écrire, et je lui jouais des scènes comiques de mon invention. Mon personnage de clown le faisait rire aux éclats, je ne l'avais jamais vu aussi gai. Nous avons beaucoup ri tous les deux à cette époque. Je me voyais tout à fait écrire une biographie de Chaplin quand je serais grand, de la même manière que lui – depuis un certain nombre d'années déjà – écrivait celle de Winston Churchill.

Je devins professeur d'histoire et de lettres dans un lycée. Le week-end, je me produisais sur scène, formant un duo comique avec une collègue, puis je démissionnai de mon poste de professeur pour me consacrer à mon activité de clown, avec une poupée grandeur nature.

À l'automne 1974, mon père participa à un colloque à Aix-la-Chapelle à l'occasion du centième anniversaire de la naissance de Winston Churchill. Il était assis parmi les autres invités présents à l'hôtel de ville lorsque M. William Knott – « the *very private* Private Secretary to a *very prime* Prime Minister », « le secrétaire particulier très particulier d'un Premier ministre d'exception » – fut interviewé sur scène par Sebastian Haffner, journaliste et biographe de Churchill. À l'issue de la soirée – qui avait lieu dans la salle même où Churchill s'était vu remettre le prix Charlemagne en 1956 –, mon père retint par la manche le contemporain de Churchill, un homme plutôt insignifiant, à la fois renfermé et extraverti, et lui adressa la parole dans son plus bel anglais littéraire. Manifestement, les questions qu'il lui posa étaient tellement originales que M. Knott toléra non seulement cet écart, mais accepta de surcroît une invitation à déjeuner et une promenade pour le lendemain.

Cette rencontre fut le point de départ d'une correspondance suivie – deux à trois lettres par semaine, souvent longues d'une dizaine de pages, pour chacun – qui dura dix ans, jusqu'à la mort de William Knott.

J'ai légué le paquet de lettres (plus de mille feuillets au total) ainsi que les copies de certains documents au *Churchill Archives Centre* de Cambridge, où on peut les consulter du lundi au vendredi de 9 heures à 17 heures.

3

Si Chaplin et Churchill ne parlaient à personne, pas même à leurs amis les plus proches, de ces heures passées à marcher et à parler (ces « talk-walks », comme les surnommait le svelte Chaplin, ou « duck-talk-walks », comme le complétait le corpulent Churchill, se moquant de lui-même en comparant sa démarche à celle d'un canard), c'est parce que leurs conversations tournaient toujours autour d'un seul et même thème : le suicide.

Ils ne s'attardaient pas sur d'autres sujets. Ils avaient peu d'intérêts en commun, et trop de points de vue divergents. Ils renonçaient aux formules de politesse, gagnaient du temps en laissant de côté tout sujet personnel n'ayant pas trait à ce thème, et reprenaient leur échange où ils l'avaient laissé plusieurs mois, voire plusieurs années auparavant. Ils discutaient des différents motifs, des différentes techniques qu'on pouvait employer pour mettre fin à ses jours, évoquaient les circonstances et l'atmosphère des derniers jours et des dernières heures de suicidés célèbres – Vincent Van Gogh, Sénèque, Louis II de Bavière, Lord Lyttelton,

Hannibal ou Jack London (que Chaplin avait eu la chance de rencontrer et qui lui avait donné l'idée de *La Ruée vers l'or*) et analysaient leur propre état d'esprit du moment, en se comparant à ces exemples. Ils avaient pleinement conscience de leur besoin constant de consolation ; ils se plaignaient volontiers auprès de leurs proches – tous deux avaient tendance à sombrer dans le pathos et la pleurnicherie – qu'ils avaient éprouvé le besoin d'être consolés tout au long de leur vie. (À leur grand étonnement, ils avaient constaté que, bien avant leur rencontre, tous deux avaient envisagé d'écrire un petit essai sur le sujet. Ils avaient été sollicités par T. S. Eliot, sans savoir que l'autre faisait également partie du projet. Le célèbre poète anglais, souffrant lui-même de dépression sévère, avait l'intention de publier dans sa revue *The Criterion* un abécédaire de la consolation, dans lequel les textes de Chaplin et de Churchill se seraient suivis. Pour une raison quelconque, le projet n'avait jamais vu le jour.)

Dès leur première rencontre, ils étaient convenus de se retrouver au moins une fois par an, pour marcher au moins deux heures. Ils n'étaient pas des promeneurs fervents, et ne prêtaient attention à la nature – aux oiseaux, aux fleurs, aux odeurs et aux couleurs – que lorsque celle-ci se pliait à leur désir de la modeler – Chaplin, en reflétant son effet devant la caméra dans le visage de Charlot, Churchill en aménageant le jardin de Chartwell comme s'il s'agissait d'un tableau en trois dimensions accessible à tous les sens, donc son œuvre à lui. Pendant leurs promenades, ils s'efforçaient de prêter attention à la nature, de la considérer comme un état qui n'avait besoin ni de leur intervention, ni de leur jugement ; même si – ils se l'avouèrent, mi-amusés, mi-consternés – ils ne parvenaient pas vraiment à définir ce que recouvrait pour eux le terme de nature. Un jour qu'ils marchaient sur un sentier étroit et abrupt des collines de Malibu, ils tombèrent en arrêt devant un buisson constellé de petits fruits rouge sang. Le silence régna pendant plusieurs minutes. Chaplin s'interrogea à voix haute sur la raison de ce recueillement. La gêne, répondit Churchill. Chaplin, méditatif, supposa qu'ils avaient encore beaucoup de chemin à faire. Churchill, se retournant soudain, considérant les collines clairsemées puis, regardant devant lui et hochant la tête, déclara : « Mais c'est notre chemin, le nôtre ! Cela pour atténuer un peu votre métaphore. » – On ne pouvait se permettre de métaphores que lorsque l'essentiel n'était pas en jeu.

Ils étaient arrivés à la conclusion que la consolation, pour pouvoir agir et durer, devait être planifiée – en cela, elle n'était pas différente d'une requête à la Chambre des communes, de la construction d'une piscine ou de la préparation d'un film. Mais la qualité d'un plan dépendait de sa méthode d'exécution. Ils s'enjoignirent – oui, s'enjoignirent ! – à appliquer une méthode qui éliminerait tout pathos, tout sentimentalisme, tout moralisme, toute pleurnicherie, tout chantage, tout fatalisme, ainsi que toute invective dirigée contre Dieu et le monde, ce qui était parfaitement inutile. Ils réussirent à parler d'eux-mêmes et d'une éventuelle auto-élimination comme s'ils négociaient le sort d'un tiers absent dont les pensées et le destin éveillaient un intérêt scientifique ou esthétique, sans aucune forme de pitié. Churchill remarquera plus tard que les constructions passives étaient nombreuses dans leurs conversations – ce n'étaient pas lui et son ami qui *négociaient* : un cas « était négocié », ce n'étaient pas eux qui *avaient* un intérêt scientifique, cet intérêt « était éveillé », ce n'étaient pas eux qui *éprouvaient* de la pitié, mais cette pitié « était éprouvée ». Chaplin résuma le style de leurs conversations par cette formule : « lucide jusqu'à l'illumination ».

Ces conversations étaient souvent drôles, très drôles, même. Mais elles ne l'étaient pas volontairement. Parfois, elles étaient fertiles : la scène des *Lumières de la ville* dans laquelle l'homme riche se passe autour du cou la boucle d'une corde dont le bout est attaché à une lourde pierre qu'il veut jeter au fond de l'eau, ce dont Charlot essaie désespérément de l'en empêcher, et qui se termine sur Charlot tombant dans l'eau – cette scène, ils l'avaient imaginée ensemble alors qu'ils se connaissaient depuis quelques heures à peine.

Chaplin était donc au courant des états récurrents de sombre désespoir dans lesquels était plongé Churchill – le « chien noir », ainsi que Samuel Johnson avait baptisé ce bâtard, mélange d'impulsions erratiques et de chimie cérébrale défectueuse. Il savait que Churchill, incarnation même de l'audace britannique, se retrouvait régulièrement dans les griffes de la bête, incapable de prendre aucune mesure à son encontre ; que l'animal l'attaquait par-derrière et qu'en quelques heures à peine, il faisait de ce rhétoricien né un bègue anxieux, qui n'avait plus qu'*une seule* idée et ne s'exprimait que par monosyllabes. Jamais Churchill n'avait parlé de cette souffrance de manière aussi détaillée et honnête à quelqu'un, pas même à ses médecins.

Churchill était quant à lui au courant des crises d'angoisse qui terrassaient le plus grand de tous les artistes du grand écran durant les jours et les semaines qui suivaient le bouclage d'un film, qui l'asservissaient, qui le paralysaient jusqu'à le rendre incapable de parler, lui laissant le sentiment d'être complètement détruit. L'un et l'autre ne faisaient pas grand cas de la philosophie, surtout pas de la philosophie allemande, mais ils partageaient l'avis de Nietzsche selon lequel l'idée du suicide était une consolation puissante qui aidait à surmonter mainte mauvaise nuit – et ce, même s'ils étaient bien incapables de dire d'où était extraite cette citation.

C'est pour éviter que ce moyen de consolation radical ne soit un jour le seul qui leur reste que Churchill et Chaplin avaient décidé de se revoir régulièrement ; car si quelqu'un pouvait empêcher Churchill d'emprunter ce chemin, c'était bien Chaplin, et vice versa.

4

Leur première rencontre avait laissé à Chaplin un profond sentiment de gratitude ; et comme la gratitude – ainsi que la justice, la liberté, la politesse et quelques autres grandes valeurs – faisait partie du bagage essentiel de Charlot, il accordait beaucoup d'importance à ce sentiment.

Cette rencontre avait eu lieu dans la « maison de plage » de l'actrice Marion Davies, à Santa Monica. Mlle Davies était, depuis des années, la maîtresse de l'éditeur et magnat de la presse William Randolph Hearst. Pour inaugurer cette maison de plage, qui comptait une centaine de chambres, on avait invité quelque deux cents personnes, célébrités du monde politique ou du cinéma, de l'économie ou des sciences. Chaplin ne voulait pas y aller. Mais Douglas Fairbanks et Mary Pickford, ses amis les plus fidèles à Hollywood, avaient fini par le convaincre.

C'était au printemps 1927 – une période terrible pour Chaplin. Son second mariage venait d'échouer. Lita et ses avocats avaient déclenché la pire guerre des roses qu'avait jamais connue, de mémoire, la presse américaine (qui l'avait pour sa part largement alimentée). Ils avaient entrepris de ruiner Charlie Chaplin, sur le plan financier, mais aussi social, et avaient de bonnes chances d'y parvenir. Non contents de le poursuivre en justice, ils avaient également engagé des actions contre ses studios, sa société United Artists. Ils avaient réussi à bloquer ses comptes à la National Bank of Los Angeles, la Banque d'Italie et plusieurs autres établissements bancaires dont ils supposaient qu'ils abritaient une partie de la fortune de Chaplin, qui était alors l'une des plus importantes du monde du cinéma.

On fit courir le bruit que Chaplin, avant et après son mariage avec Lita, aurait régulièrement eu des relations sexuelles avec des jeunes filles mineures. Les gros titres évoquaient une certaine Lillita Louise MacMurray qui serait tombée dans les griffes du monstre à l'âge de quinze ans. Il apparut bientôt que la jeune fille en question n'était autre que l'épouse de Chaplin, qui menait elle-même les attaques dirigées contre son ex-mari ; elle avait pris pour nom d'artiste Lita Grey mais, dans la vie de tous les jours, elle continuait fièrement et sans aucune gêne à se faire appeler Lita Grey Chaplin. Le journal ne fit aucun commentaire sur cette affaire aussi embarrassante que grotesque, et au lieu de présenter ses excuses à Chaplin, dévoila le prochain scandale : lorsque Lita s'était trouvée enceinte de leur premier enfant, Chaplin l'avait aussitôt rayée du casting de *La Ruée vers l'or* ; il avait engagé à sa place une certaine Georgia Hale pour jouer le premier rôle féminin du film, une reine de beauté de Chicago d'à peine seize ans. Il avait contraint Lita à garder le silence sur la naissance de leur fils pour éviter que l'événement n'en éclipse un « bien plus important » : la première de son film. Il était même allé jusqu'à soudoyer un médecin pour qu'il déclare la naissance de Charles Junior avec quelques jours de retard. La plus jeune maîtresse de Chaplin, lisait-on bientôt, n'avait pas treize ans, c'était une jeune fille d'une famille pieuse qui s'était enfuie de la maison après une querelle avec son père. Chaplin avait trouvé la jeune fille en pleurs dans la rue, l'avait emmenée chez lui et joué le rôle de l'oncle bienveillant, ce qu'il faisait sans aucun doute avec un certain talent. La jeune fille, aujourd'hui une jeune femme, citée dans le journal, affirmait qu'il lui avait fait croire que tout était entendu, qu'il avait parlé à son père, et que celui-ci l'avait expressément prié de « la prendre sous son aile » ; ce qu'il avait fait – de quelle manière exactement, le respect de la sensibilité des lectrices empêchait le journal d'en dire plus. Chaplin porta plainte, le journal fut contraint de publier un droit de réponse, ce qu'il fit un an plus tard avec un article minuscule en page cinq.

Bientôt, dans leur croisade, les avocats de Lita et les journalistes ne reculèrent plus devant les pires bassesses, les pires grossièretés. L'acte d'accusation – transmis à la presse – décrivait finalement, outre les cruautés psychologiques que Chaplin aurait fait subir à son épouse, et sans plus aucun égard pour la « sensibilité des lectrices », certaines pratiques sexuelles passibles de sanctions aux États-Unis, qu'il aurait contraint Lita à pratiquer nuit après nuit. Le scandale autour de Fatty Arbuckle – un vieil ami de Chaplin – était encore dans toutes les mémoires, et si la cour n'avait pas retenu contre lui l'accusation de meurtre sur la personne d'une actrice au cours d'une orgie, sa carrière était brisée, et Arbuckle n'était plus que l'ombre de lui-même. Il était évident que Lita et ses avocats essayaient de le mettre dans le même panier : celui du pervers pédophile. Dans tout le pays, des associations de femmes exigèrent le boycott des films de Chaplin, il y eut des manifestations devant les studios, les bâtiments furent placés sous séquestre, on consignait dans un registre le moindre cintre déplacé par un boy d'un point A à un point B, deux de ses costumes de Charlot furent saisis.

Chaplin fit une dépression nerveuse qui le laissa incapable de parler pendant plusieurs jours. Il interrompit le tournage du *Cirque* pour un temps indéterminé, chaque journée de retard coûtant une fortune à United Artists. Il se retira de la vie publique et alla s'installer dans un hôtel, désertant la maison de Summit Drive. Les seules personnes avec qui il resta en contact furent les Fairbanks. Le fait que Marion Davies invite M. Charles Chaplin à l'inauguration de sa maison de plage était un message important. De l'avis de Douglas et Mary, il ne pouvait décliner ce témoignage de sympathie.

Churchill, quant à lui, n'avait pas été invité par Marion Davies, mais par Hearst, qui n'était pas là, car il s'était disputé avec sa maîtresse le jour même. Churchill connaissait certains invités de vue, mais aucun personnellement. Il passa le plus clair de la soirée sur la terrasse qui donnait sur la plage, près de l'une des colonnes, le manteau jeté sur les épaules, comme s'il était sur le point de partir. Chaplin, de crainte qu'on le fuie, s'était mis en retrait avant même qu'on puisse l'éviter et il vint se poster près de la colonne voisine. Un vent froid montait du Pacifique. Lorsqu'au salon, on annonça l'extravagante, l'imprévisible Edythe Baker, qui jouissait d'une certaine notoriété en cette saison, et qu'elle se mit à jouer du piano, à chanter et à danser, Chaplin et Churchill se retrouvèrent bientôt seuls.

Churchill demanda alors à Chaplin s'il avait envie de l'accompagner dans sa promenade sur la plage. Chaplin fit remarquer qu'ils allaient s'enfoncer dans le sable avec leurs beaux souliers vernis, qu'ils risquaient de ruiner leurs chaussures et d'avoir les pieds mouillés. Churchill lui demanda si cela le dérangeait. Oh non, cela ne le dérangeait pas. Au contraire, ajouta Chaplin, cette question même rendait son cœur plus léger.

Ils remontèrent les jambes de leurs pantalons pour traverser la plage, et lorsqu'ils arrivèrent sur la bande de sable mouillé et dur au bord de l'eau, ils prirent la direction du nord, en longeant les maisons de plage éclairées de Santa Monica, et Churchill demanda à Chaplin : « Vous êtes souffrant ?

— Ai-je l'air souffrant ? répondit celui-ci.

— Oui.

— De quoi ai-je l'air alors ?

— L'air de quelqu'un qui pense au suicide, avait répondu Churchill.

— Vous ne pouvez pas en juger, il fait trop sombre.

— C'est vrai, n'est-ce pas ? »

Par la suite, l'un confia à l'autre avoir décidé, à ce moment précis, de ne pas se présenter. Les deux hommes trouvaient l'idée d'une confession nocturne et anonyme plus séduisante que des présentations en bonne et due forme avec quelque célébrité que ce soit. Ils avouèrent ne pas avoir forcément reconnu la personne de l'autre, mais sa personnalité, et plus précisément son affliction. Chaplin – qui avait sans aucun doute une affinité avec les archétypes du romantisme – raconta par la suite que l'idée d'avoir rencontré un double lui avait fait froid dans le dos, même s'il s'agissait d'un double qui ne lui ressemblait pas du tout, un second moi dans l'enveloppe charnelle d'un autre, pour ainsi dire. Churchill – lui aussi profondément marqué par les ensorcelants excès du XIXe siècle (Bram Stoker, l'auteur de *Dracula*, avait tout de même été l'ami de son père, et il avait fait son premier exposé sur *L'Étrange Cas du Dr Jekyll et de M. Hyde* de Robert Louis Stevenson – il avait quinze ans, et c'était son devoir de fin d'année en littérature anglaise à Harrow School) – confirma avoir eu le même genre de réflexions, et le fait que M. Chaplin et lui soient si différents, de par leur apparence premièrement, mais aussi de par leur origine et leurs opinions politiques, n'avait fait que rendre la situation plus troublante, tout en suscitant chez lui un sentiment de familiarité inédit.

« C'est vrai, n'est-ce pas ? demanda Churchill une nouvelle fois.

— Oui, c'est vrai », répondit Chaplin.

5

Quelques mois avant sa mort, à l'été 1977, Chaplin – désormais Sir Charles Chaplin – se confia pour la dernière fois assez longuement à un journaliste, Josef Melzer, qu'un magazine d'actualités allemand avait chargé de « percer le mystère de cette étoile du cinéma avant qu'elle ne rejoigne le firmament » – comme le formule Melzer dans l'avant-propos de son livre (Josef Melzer, *Chaplins Tugend*, « La vertu de Chaplin », éditions K. Wert, Berne, 1979) qui, avec la correspondance entre mon père et William Knott, constitue la principale source de mon récit. Melzer avait rendu visite à Chaplin au Manoir de Ban, sa villa au milieu des vignes sur les hauteurs de Vevey, avec vue sur le lac Léman. Churchill était mort douze ans plus tôt. Chaplin, qui ne se sentait plus vraiment lié par son serment de scout, évoqua la raison intime de cette amitié que le monde entier jugeait singulière, et raconta également leur première rencontre sur la plage de Santa Monica.

Il avait d'abord eu peur, se souvenait-il, que l'autre homme, peu importe qui il était, le reconnaisse et ait un mouvement de recul, ou soit pris au contraire d'une solidarité empreinte de pitié, en fonction du camp dans lequel il se rangeait et des journaux qu'il lisait. L'inconnu avait vu juste, l'idée de recourir au suicide était certes devenue dangereusement présente avec la haine qui s'était déchaînée contre lui dans les médias au cours des dernières semaines, mais cette option l'accompagnait depuis l'enfance. Sur cette plage de Californie, sous le ciel étoilé du mois de février, il venait une nouvelle fois de prendre conscience d'un fait inouï : dans sa vie pourtant si riche en amitiés, il n'avait trouvé personne jusqu'alors avec qui il puisse aborder ce sujet.

L'inconnu, entendant creuser le thème, reprit : « Racontez donc, je vous écoute. »

« Je ne savais comment ni par où commencer, déclarait Chaplin sur l'enregistrement de Josef Melzer. Et puis mes souvenirs ont surgi comme un torrent. Enfin : certains souvenirs. C'était comme si un filtre avait été installé dans ma mémoire, un filtre qui laissait uniquement passer le souvenir de mes pensées suicidaires. Je me voyais soudain comme un homme avançant tant bien que mal dans la vie depuis trente-huit ans, se lançant dans mille projets pour ne pas aller se pendre au premier arbre venu ou sauter du pont le plus proche, ou encore acheter un revolver, ce qui était la chose la plus facile du monde à l'époque, pour se tirer une balle dans la tête. »

Mais, objecta Melzer, il ne pouvait tout de même pas avoir oublié, même dans un moment pareil, et on pouvait le dire sans exagération aucune, qu'il n'était pas seulement l'acteur le plus populaire au monde, mais aussi la personnalité la plus populaire au monde.

« Moi ? s'exclama Chaplin, moi ? Vous croyez ? Vous croyez vraiment ? Qu'entendez-vous par là ? Je n'étais personne ! Tout cela, c'était Charlot ! Tous ceux qui me reconnaissaient dans la rue, qui m'auraient acclamé il y a peu encore, tous ne voyaient en moi que Charlot. C'est Charlot qu'on aimait. Comme s'il n'était pas moi. Comme s'il était un autre. Un commentateur avait écrit qu'il devait bien y avoir un moyen de m'interdire de jouer Charlot, car je n'étais plus digne du rôle. Les avocats de Lita se renseignèrent pour voir s'il était possible de demander une saisie sur le rôle de Charlot. À présent qu'ils me maudissaient tous, ils pensaient avoir découvert ma vraie nature, celle qui se cachait derrière Charlie. Ils avaient investi en moi, que ce soit leur amour, leurs espérances, leur joie mauvaise, et se sentaient floués. J'imaginai que cet inconnu sur la plage de Santa Monica se fichait bien de qui j'étais. Je me dis qu'il n'était au courant de rien. Je me dis qu'il ne voyait en moi ni Charlie, Charlot, le vagabond, ni Charles Spencer Chaplin, le monstre. Je me dis qu'il m'avait été envoyé, je ne sais d'où, et que j'allais tout lui raconter. Mais je ne savais ni comment ni par où commencer sans révéler mon identité. Car mis à part le fait que nous étions tous les deux anglais, nous ne nous étions presque rien dévoilé. »

C'est ainsi qu'il avait décidé, non de faire un état des lieux de son affliction, mais de lui raconter comment celle-ci avait fait son apparition – ce qui ne lui coûta pas moins.

« Je… » Il s'arrêta, serra les bras autour de lui et, se balançant sur un rythme imaginaire comme c'était son habitude lorsqu'il dictait à sa secrétaire les intertitres d'un film, il continua : « Je fais partie de ces rares personnes qui, dès l'âge de six ans, envisageaient déjà sérieusement de mettre fin à leurs jours. »

Churchill, qui craignait de prendre froid s'il restait immobile – comme il le racontera quinze ans plus tard à son secrétaire particulier, William Knott –, posa sa main sur l'épaule de Chaplin, l'invitant par une douce pression à avancer, un geste qui pouvait également être compris comme une marque de sympathie. Au-delà des dernières maisons, le monde était plongé dans le noir, et on ne distinguait plus l'océan de la plage. Il se dit que l'obscurité faciliterait à son nouvel ami « l'évocation de ces falaises d'où, enfant, il s'était penché au-dessus de la gueule maléfique ». Il avait décidé que lorsqu'ils reviendraient vers la villa, ce serait son tour de raconter. Lui aussi avait envie de parler. Il voulait que leur promenade se construise selon cette dramaturgie.

« Je vous écoute, lui dit-il, et si vous souhaitez que je vous donne mon avis, n'hésitez surtout pas à me le dire. »

Le récit que fit Chaplin de cette soirée nous apprend qu'il évoqua sa mère, qui avait été soubrette de comédie, et un peu actrice – une femme « au teint clair et aux yeux bleu mauve, dont les cheveux descendaient jusqu'aux genoux ».

Il avait demandé à Churchill si, dans son milieu, on connaissait des endroits comme le London Pavilion, l'Alhambra ou le Poly Variety Theater. Ou encore les Canterbury Music Halls, les Gatti's Music Halls ? En tout cas, certainement l'Empire, sur Leicester Square ?

« Non, désolé, répondit Churchill.

— Dommage. Votre père aurait tout à fait pu se rendre un jour dans un de ces établissements et vous en parler. Qui sait, il aurait peut-être évoqué un spectacle où jouait ma mère. Ou alors vous auriez pu y être allé vous-même. Cela aurait été un beau hasard. »

Son père, lui raconta-t-il, se produisait lui aussi en tant que chanteur, et parfois également en tant qu'imitateur. Ses parents étaient promis à une carrière qui devait leur apporter de quoi être fiers. Son père faisait la leçon à qui voulait l'entendre (ainsi qu'à ceux qui ne voulaient pas) : l'art ne servait qu'à une chose, donner à l'artiste une raison d'être fier. Car il n'avait rien d'autre. À part l'alcool. Dont il avait franchement abusé vers la fin de sa vie. Sur sa tombe, la seule couronne portait la mention « Mort pour l'art ».

Sa mère, poursuivit Chaplin, les avait élevés seule, son frère et lui. Enfin, élevés, ils n'étaient pas bien grands tous les deux, et elle les avait surtout trimballés, en particulier les premières années – où ils étaient passés de taudis en taudis, quand on ne les abandonnait pas à l'orphelinat.

Et puis, un jour, une collègue de sa mère, Eva Lester, qu'on surnommait « la fringante » – « *Dashing Eva Lester* » – rejoignit la troupe de l'Empire. Elle était belle, ambitieuse, sans scrupule. Sa mère fut reléguée au deuxième rang, puis au troisième, et bientôt elle ne joua plus que les remplaçantes. Elle finit par quitter le show-business. Elle avait honte de la façon dont s'était terminée sa carrière et racontait à tout le monde que c'était elle qui avait décidé d'arrêter, qu'elle voulait se consacrer à ses deux fils. Ils n'avaient pas d'argent. Ils furent expulsés, trouvèrent refuge dans une cave qu'ils sous-louaient.

« Mais ! s'exclama Chaplin. Mais !

— Mais ? répéta Churchill.

— Mais il y a une justice dans ce monde !

— C'est vrai, ça ? demanda Churchill d'une voix sifflante.

— Oui, c'est vrai », répondit Chaplin.

Ce sifflement dans la voix de Churchill, il l'avouait, avait immédiatement éveillé son penchant pour la parodie ; plus qu'un penchant, c'était une véritable obsession, il en était conscient à présent, et elle avait fait suffisamment de dégâts dans sa vie ; peu importe l'expression qu'avait eue son visage durant l'audience avec le juge pour son divorce, celui-ci s'était constamment senti imité et moqué par Chaplin.

« J'avais – avant de prononcer le petit mot qui allait suivre, il s'exhorta à ne pas céder à son penchant – six ans lorsque ma mère m'emmena avec elle sur East Lane. À la recherche de nourriture. Nous rencontrâmes Eva Lester. Elle n'avait plus rien de fringant, oh non. Elle était dans un état pitoyable. Accroupie au coin d'une rue, elle tendait une main sale et maigre aux passants. Ses cheveux étaient rasés, et son crâne constellé de croûtes d'abcès. Elle avait perdu toutes ses dents. Elle avait l'air d'une vieillarde alors qu'elle était plus jeune que ma mère. C'est bien de voir que toi au moins, tu as réussi, dit-elle. Oui, répondit ma mère, j'ai réussi. Voilà ce que lui répondit ma mère, rendez-vous compte ! Elle emmena Eva chez nous, dans notre cave. Elle la lava. Elle nettoya les croûtes qu'elle avait sur la tête. Elle enduisit son corps de crème et lui fit à manger. Et lorsqu'elle faisait une crise, elle lui donnait un peu de l'eau-de-vie qu'elle avait héritée de notre père. »

Sydney, le frère de Charlie, avait quatre ans de plus que lui ; il était livreur de journaux, exerçait d'autres petits boulots et était dehors toute la journée – la mère le surnommait « le champion de notre bien-être ». Elle-même gagnait quelques shillings en faisant des travaux de couture. Ce qui l'obligeait à sortir elle aussi, car elle n'avait pas de machine à coudre. Charlie était donc souvent seul avec Eva. Qui lui apprit la vie, comme elle disait.

« Les gens comme nous, disait-elle, n'ont pas leur part de bonheur réservée. Tu sais, mon petit chat, le plus beau cadeau qu'un être humain peut recevoir, c'est la grâce. C'est à la fois le plus beau et le seul. Tout le reste, ce sont des sucreries bien vite croquées. Lorsque les gens sont riches, c'est la preuve qu'ils ont reçu la grâce. Lorsqu'ils sont beaux, qu'ils le restent toute leur vie, qu'ils peuvent s'acheter un beau costume tous les deux ans, et qu'ils ne louchent pas tout de suite vers la colonne de droite du menu quand ils vont au restaurant, ils sont touchés par la grâce.

Maintenant, regarde-moi, et regarde ta maman. Et regarde-toi. De quoi avons-nous l'air ? Et puis, il y a encore une chose qu'il faut que tu saches, toi qui es maigre comme un clou : tout ce qu'on peut devenir, on l'est déjà. Qu'est-ce que tu voudrais devenir, toi ? »

Charlie répondit qu'il voulait devenir artiste, comme son père l'avait été, comme sa mère l'était. Alors Eva lui expliqua ce qu'était un artiste – quelqu'un qui voulait usurper la grâce ; quelqu'un qui avait trouvé le truc, qui avait compris comment ça marchait.

« Et comment est-ce que ça marche ? demanda Charlie d'une voix angoissée.

— Je vais te le dire. À toi, je veux bien le dire, mon petit chat. Mais c'est dangereux. »

L'artiste trompait le bon Dieu. L'art n'était rien d'autre qu'une tromperie. Dieu a donné à l'artiste la grâce du talent, et qu'est-ce qu'il en fait ? Il montre sur scène une personne soit meilleure qu'elle n'est en réalité, soit pire. Dans les deux cas, il s'agit toujours d'une désapprobation de l'œuvre de Dieu.

« Et le bon Dieu ne s'en rend pas compte ? demanda Charlie.

— Si, il s'en rend compte, répondit Eva. Il s'en rend presque toujours compte.

— Et il fait quoi, le bon Dieu, quand il s'en rend compte ?

— Il démolit l'artiste, voilà ce qu'il fait. Regarde-moi. Regarde ton père. Regarde ta maman. »

À quatre-vingt-huit ans, avoua Chaplin à Josef Melzer, il ressentait toujours dans son cœur l'écho du bouleversement que les mots d'Eva Lester avaient provoqué en lui. Le monde et les hommes lui étaient soudain apparus sous un nouveau jour, cru, un lieu de misère peuplé de misérables qui passent leur temps à jouer des coudes mais n'arrivent à rien. Il n'y avait plus rien de noble dans le naufrage de son père, ni dans l'échec de sa mère, plus rien d'héroïque dans les petits boulots de son frère, aucune chaleur annonciatrice de temps meilleurs autour du petit poêle à charbon de leur cave qu'on ne devait, si possible, allumer que le soir. Il avait six ans, et il s'était dit : je n'ai aucune chance.

« Pourtant, j'étais malin, vous savez, poursuivait Chaplin au micro de Josef Melzer. Je me sentais tout à fait capable de tromper les hommes. C'était une tâche infiniment difficile, d'une infinie cruauté, mais je m'en sentais capable, et je n'éprouvais aucune mauvaise conscience à cette idée. Je me sentais tout à fait capable de tromper les hommes. Mais les hommes *et* Dieu, ça, c'était une autre affaire. Mon père m'avait toujours dit lui aussi que jouer la comédie, c'était tromper, et il avait eu du plaisir à duper les hommes. En revanche, il ne m'avait jamais dit qu'il fallait également tromper Dieu si on voulait avoir du succès en tant qu'artiste. Il avait vécu jusqu'à l'âge de trente-huit ans sans rien savoir de cette sombre distinction. Moi, à six ans, j'étais déjà au courant. Sans disposer de ce genre de vocabulaire, je savais que l'artiste raté finissait soit dans la misère comme Eva Lester, soit dans un conformisme retors, ce qui était encore pire, et déshonorant, car cela impliquait qu'il avait même renoncé à essayer de tromper Dieu. La plupart des artistes vivaient et mouraient dans la pauvreté *et* le déshonneur, et étaient oubliés avant que le premier brin d'herbe pousse sur leur tombe. Ce constat était bouleversant.

— Quels effets ce bouleversement a-t-il eus sur l'enfant que vous étiez ? » lui demanda alors Josef Melzer ; il était quelque peu désemparé car il croyait justement voir la trace de ces effets sur le visage de Chaplin, mais ne pouvait jurer qu'il n'était pas en train de tromper les hommes, et en l'occurrence : de le tromper lui.

Churchill lui avait posé à peu près la même question, sur la plage de Santa Monica ; sans arrière-pensée, pour sa part. Il était bien content qu'ils avancent dans l'obscurité et que le bruit de l'océan couvre certaines nuances de ses paroles. Il sentait sa voix trembler, il avait les larmes aux yeux, et même s'il se connaissait suffisamment bien pour savoir que c'était dû, à quatre-vingt-dix pour cent, à sa tendance à la sentimentalité, les dix pour cent restants suffirent à autoriser sa main à chercher celle de son interlocuteur.

« Cet après-midi-là, je me suis enfui, répondit Chaplin. J'ai couru jusqu'à la Tamise, j'ai traversé le Tower Bridge, je suis monté sur un mur de la Pool et me suis hissé à un crochet jusqu'aux grues en bois tout en haut, trente yards au-dessus de l'eau. Là, assis à califourchon sur un cordage, je luttai avec moi-même. Devais-je sauter ? Ou ne pas sauter ? Je ne pouvais envisager d'exercer aucun autre métier, tout comme mon père et ma mère n'avaient jamais pu envisager d'exercer un autre métier. Or ils n'avaient même pas réussi à tromper les quelques dizaines de spectateurs de l'Empire de Leicester Square. Comment auraient-ils pu tromper Dieu, qui voit dans les cœurs ! »

Ils avaient marché une bonne heure, dépassant Pacific Palisades et ses coquettes maisons de plage, la plupart plongées dans l'obscurité car elles n'étaient habitées que durant les week-ends d'été. Ils arrivèrent à l'endroit où, de l'autre côté de la plage, bien plus large ici, le Sunset Boulevard débouchait sur la Pacific Coast Highway.

« Ça suffit, conclut Chaplin. J'ai raconté ce que j'avais à raconter. Merci. Rentrons.

— À mon tour, alors », répondit Churchill.

6

Lui aussi faisait partie de ces rares personnes qui, à l'âge de six ans, envisageaient déjà sérieusement de mettre fin à leurs jours.

Son père – c'est par là qu'il commença – n'était pas fier de lui. Il n'y avait aucune raison d'être fier de lui.

Jusqu'à l'âge de six ans, il avait été un enfant heureux. Ses parents étaient à l'étranger, et c'était une nourrice qui l'avait gardé. « Élevé » était un trop grand mot. Cette nourrice ne se posait pas la question de savoir ce que l'enfant deviendrait un jour. Il était issu d'une famille qui ne pouvait sombrer. Il possédait en outre une flotte de bateaux, un millier de soldats de plomb, une lanterne magique, ainsi qu'une machine à vapeur avec une douzaine de commerces plus ou moins importants, dont une brasserie, une scierie, une forge, des chantiers navals, un atelier de cordonnier, et même une usine électrique. Chauffer la machine pour qu'elle atteigne son potentiel maximum prenait une demi-journée, mettre les soldats en ordre de bataille une journée entière. Le soir, il s'endormait avec le sentiment d'avoir accompli quelque chose d'important. Jamais au cours de sa vie on ne le louerait avec autant de volubilité et d'imagination que ne le faisait sa nourrice, Mme Everest. Jusqu'à l'âge de six ans, il crut qu'il était le petit garçon le plus intelligent du monde. Ses activités n'avaient rien d'un jeu pour lui, c'était un travail, tout aussi important que le travail de son père, dont il ne savait qu'une chose : il était essentiel à l'Empire.

Puis ses parents rentrèrent, et il les eut à peine deux semaines pour lui avant qu'ils ne l'envoient à l'internat. Deux semaines plus tard, il savait qu'il n'était pas l'enfant le plus intelligent du monde, mais le plus bête.

Il s'ennuyait de Mme Everest ; ses gestes résolus lorsqu'elle beurrait ses tartines ou secouait son oreiller, sa joie maligne lorsque le chien essayait d'attraper sa propre queue lui manquaient ; il se languissait de son visage étonné lorsqu'il lui montrait ce qu'il avait construit, de ses exclamations belliqueuses lorsqu'il lui relatait de quelle manière la flotte britannique, sous les ordres de l'amiral Nelson, avait infligé une défaite à la flotte franco-espagnole à Trafalgar. Mme Everest exultait comme si la victoire avait lieu sous ses yeux. Et c'était le cas, car il était véritablement dans la peau de Nelson. « D'une salve détruisant tout, *je* fis vaciller l'ennemi », annonçait-il, détournant le texte d'un ouvrage historique pour la jeunesse que lui avait lu Mme Everest et qu'il connaissait par cœur. Quel prodige, quel plaisir : il suffisait d'une toute petite modification – « il » devenant « je » – et il se retrouvait au cœur de l'action, lui, Winston Leonard Churchill ! C'était *lui* qui donnait les ordres, *lui* qui échafaudait les stratégies, *lui* qui se tenait sur le pont du *HMS Victory*, scrutant la mer et l'armada ennemie, *lui* que le roi faisait vicomte. Mme Everest sonnait les trompettes en jurant – on l'entendait jusque dans le jardin –, en pestant contre Napoléon – « Lourdaud ! Âne prétentieux ! » –, contre l'amiral espagnol Pierre de Villeneuve – « Lèche-cul ! Sale porc ! Chiffe molle ! » –, mais plus grossièrement et d'une voix plus forte encore contre ce fusilier français qui, depuis le mât d'artimon du *Redoutable*, avait tiré la salve mortelle sur Nelson – « Va en enfer, maudit bâtard ! » C'étaient là, expliqua-t-elle à son protégé, une fois qu'ils se furent remis de leurs émotions, des expressions qu'il pouvait employer devant ses parents la conscience tranquille – s'il était question de Napoléon, par exemple ; dans ce cas précis, on le féliciterait même. En revanche, certaines expressions de son répertoire, comme « je vais me faire une jarretière de tes boyaux », il les garderait de préférence pour lui, et il en allait de même de son juron préféré : « merde jaunâtre fermentée ! », qu'elle proférait dès que quelque chose n'allait pas comme elle voulait.

Mme Everest était très fière de son petit chéri. Elle ne pouvait imaginer qu'il allait devenir l'élève le plus stupide jamais scolarisé à la très respectable St. James School – elle aurait risqué sa vie sur le champ de bataille si on lui avait fait une telle prophétie.

Le directeur non plus ne pouvait croire les rapports de ses professeurs. Il ne pouvait croire qu'un garçon de cette lignée soit incapable de donner aucune réponse aux questions qu'on lui posait. Il ne pouvait croire qu'au bout de neuf mois de cours, il ne dessinait toujours que des bâtons sur son ardoise, alors qu'il aurait dû être capable d'écrire des lettres et des chiffres.

Au début de la nouvelle année scolaire, il fit venir Winston dans son bureau et posa devant lui une feuille de papier. On pouvait y lire la déclinaison de *mensa*, la table :

mensa = nominatif
mensa = vocatif
mensam = accusatif
mensae = génitif
mensae = datif
mensa = ablatif

Il devait apprendre cette déclinaison par cœur et trouver des emplois pour chacun des cas. Il avait une demi-heure.

Winston réfléchit et écrivit :

La table est dans la pièce.
Je pousse *la table* sous la fenêtre.
L'assiette est au bord de *la table*.
Le vase est *sur la table*.
Je bloque la porte *avec la table*.

Quant au vocatif, il ne voyait pas comment l'utiliser.

« Tu ne sais pas ce qu'est le vocatif? lui demanda le directeur.

— Non.

— Eh bien, on utilise le vocatif lorsqu'on parle avec la table. Lorsque tu t'adresses à elle, ou que tu l'interpelles, par exemple : ô table, reste où tu es ! tu utilises le vocatif.

— Mais… je ne parle jamais aux tables, surtout pas aux tables qui bougent, répondit le jeune Churchill.

— Oh si, insista le directeur. Si tu veux apprendre les déclinaisons latines, tu n'as pas le choix, il faut condescendre à parler à une table, *a fortiori* si elle bouge.

— Mais je ne veux pas.

— Il le faut ! Dans cette école, il le faut ! »

L'anecdote est connue. Churchill l'a racontée dans *Mes jeunes années* ; pas une biographie de l'homme d'État où elle ne soit citée.

Ce qui est décrit dans le livre comme un incident absurde, typiquement britannique, eut raison en réalité de la tranquillité du petit garçon de six ans. Winston s'était dit : je ne suis pas dans une école. Ce n'est pas une école, c'est un asile de fous. Ils parlent avec des tables qui bougent.

Il se languissait de Mme Everest, de ses compliments, de son enthousiasme, mais aussi de ses jurons ; il la revoyait, tenant ses jupes d'une main, courir à côté du Hansom cab en suppliant son père de ne pas faire ça à son petit chéri, et il revoyait le rire de son père sous sa moustache entortillée, qui lui lançait par la petite fenêtre de la calèche que pour l'amour du ciel, la St. James School n'était pas la Tour de Londres, et son fils n'était pas Édouard V ; et soudain il en fut certain : le directeur et les enseignants de cette école n'étaient pas les seuls à être complètement fous, son père l'était également et, qui sait, sa mère peut-être aussi, qui s'était contentée de sourire durant toute la scène. L'Empire tout entier, à l'exception de Mme Everest et lui-même, était peuplé de fous. Comment expliquer sinon que son père y soit un personnage si important et St. James une école si réputée ?

Ce qui arriva ensuite, les mémoires de jeunesse de Churchill ne le mentionnent pas ; il n'en avait parlé à personne jusqu'alors, ni à Mme Everest, ni à ses parents, ni même plus tard à son épouse. Mais voilà qu'il tenait à le raconter à cet inconnu, sur la plage de Santa Monica.

Il était toujours chez le directeur, une pièce aux murs lambrissés de bois sombre, au milieu de laquelle trônait le bureau, que redoutaient tous les élèves, car il n'avait jamais été de bon augure de se retrouver là. Le directeur avait déjà la main sur la poignée de la porte, ce qui signifiait que l'entrevue était terminée et que l'élève pouvait rejoindre sa classe. Or Winston n'avait pas bougé d'un pouce. Il revoyait en esprit, raconta-t-il à l'inconnu, Mme Everest courir à côté de la calèche en suppliant son père, jusqu'à ce qu'elle n'en puisse plus et finisse par s'arrêter au milieu du chemin. Et soudain, il avait eu l'impression que quelqu'un se dressait en lui, quelqu'un de beaucoup plus grand que lui, un fripon, un ivrogne, quelqu'un qui pouvait tuer avec des mots, un champion de la bassesse, qui riait comme l'homme qui venait parfois rendre visite à Mme Everest la nuit, et qu'il n'avait jamais vu, dont il ne connaissait que la voix. Il explosa. Il avait retenu les jurons de Mme Everest, surtout les plus méchants, il n'en avait oublié aucun, ce vocabulaire-là, il n'avait aucun mal à l'apprendre. Une voix qui lui était étrangère, qui sonnait à ses propres oreilles comme une voix d'adulte, se mit à proférer à la face du directeur, sans hâte, et sans se tromper, presque sans aucune émotion, toute la liste des jurons qu'il connaissait.

Le directeur en avait été tellement surpris qu'il était resté comme deux ronds de flan. Ne trouvant rien à dire ni à faire, il ne dit rien, et ne fit rien.

Cette même nuit, poursuivit Churchill, il s'était faufilé hors du dortoir, était passé par une des fenêtres du couloir du premier étage et descendu dans la cour en s'accrochant à la gouttière. L'internat était entouré d'un mur que le directeur avait présenté aux élèves dès le premier jour, afin qu'ils abandonnent tout espoir de réussir à s'échapper. C'était un mur lisse de cinq mètres de haut, dont le sommet était orné de pointes de fer qui, si elles avaient l'air décoratives, étaient aiguisées comme des couteaux, leur avait annoncé le directeur en ricanant. Il ne savait pas quoi faire. Il savait seulement qu'il ne voulait pas retourner au dortoir. Il ne voulait parler à personne. Il ne voulait plus jamais parler à qui que ce soit. Il se serrait contre la façade pour ne pas risquer d'être vu depuis les fenêtres. Il était pieds nus et ne portait rien d'autre que sa chemise de nuit. Il tomba dans l'entrée d'une cave, se cogna la tête, crut qu'il était mort. Il lui fallut un moment pour réussir à s'orienter. Le soupirail de la cave n'était pas plus grand que son cartable. Il était fermé d'un simple rideau. Il se faufila à l'intérieur, dévala une rampe et se retrouva sur un tas de briquettes. Il chercha à tâtons comment sortir de la cave à charbon, puis trouva un interrupteur. Une ampoule électrique s'alluma quelque part. Il passa de cave en cave, traversa les garde-manger, la cave à vin, passa devant des débarras et d'anciens cachots. Il se retrouva finalement devant une porte en fer, qui était fermée, mais dont la clé se trouvait dans la serrure. Il l'ouvrit et entra. C'était une pièce exiguë qui renfermait le commutateur central et les fusibles pour le courant électrique. Il savait comment tout cela fonctionnait. Une installation semblable, en miniature, était reliée à sa machine à vapeur, ainsi même qu'une petite turbine qui transformait la vapeur en électricité. Le commutateur central était un levier en forme de Y. Le courant circulait entre ses deux barres. En dessous, les câbles étaient dénudés. Obéissant à une impulsion, il toucha les fils de cuivre. Il fut projeté en dehors de la pièce. L'électricité fut coupée dans toute l'école.

On le trouva sans connaissance, avec des brûlures à la main et à l'avant-bras. La direction de l'internat décida de ne pas rapporter l'incident aux parents. Le directeur et les enseignants étaient tranquilles : Winston ne leur raconterait rien. Ils savaient que les enfants craignaient leurs parents encore davantage que le personnel de l'école. Winston passa deux semaines à l'infirmerie, où on lui servit les mêmes repas qu'aux professeurs. On dit à ses camarades qu'il souffrait d'une sorte de rhume qui provoquait des éruptions cutanées sur les bras et était très contagieux.

Il était bien plus de minuit lorsqu'ils regagnèrent la maison de Marion Davies. La plupart des invités s'étaient éclipsés, ils n'avaient aucune envie d'être témoins de l'éventuelle et mystérieuse disparition d'un cinéaste célèbre et d'un non moins célèbre homme d'État. Les honnêtes gens parmi eux, dont faisaient évidemment partie les Fairbanks, s'étaient mis à leur recherche, ils avaient téléphoné à des amis, étaient allés voir dans les bars et les restaurants des environs. Personne ne pouvait croire que les deux hommes avaient quitté la fête sans prendre congé de leur hôtesse. Personne ne s'était dit non plus qu'ils étaient peut-être simplement partis se promener sur la plage. Mlle Davies avait voulu prévenir la police, mais « M. Brown », l'un des hommes de main de Hearst, l'en avait empêchée.

« William Randolph ne reculerait devant rien pour éviter que son nom soit associé à un quelconque scandale, s'exclama-t-elle, avant d'ajouter, encore plus fort : même si Charlie et Winston pouvaient y rester. » Elle était connue pour sa brutalité et son franc-parler.

Ni la brutalité ni le franc-parler ne faisaient peur aux deux hommes. Ils venaient d'évoquer les jours sombres où ils s'étaient retrouvés sous le joug de puissances qui n'étaient pas de ce monde. Et s'ils se sentaient mal au début de leur promenade, ils allaient déjà mieux.

7

Cette nuit-là, Chaplin dormit dans son bureau aux studios, il prit une longue douche au réveil puis, à neuf heures, il demanda à Mlle Nicolaisen de lui préparer un steak, avant d'affronter le courrier, les journaux, la journée. Même si les articles de presse étaient moins haineux et avaient glissé de la une à la page deux, puis trois, même si les lettres d'insultes et de menaces n'arrivaient plus par paniers entiers dans son bureau, mais tenaient entre les mains de Mme Prior – il y avait encore suffisamment de raisons de désespérer.

Le Cirque resterait peut-être à jamais inachevé. L'idée que ce projet puisse être perdu lui était très douloureuse. Il le considérait comme son meilleur film. S'il organisait son œuvre non par ordre chronologique, mais en fonction de la vie de Charlot, cette aventure occupait la première place. Charlot, le vagabond, pouvait apparaître partout, dans n'importe quelle ville, mais aussi à la campagne, dans les contrées sauvages de l'Alaska, sur un paquebot, ou même au Far West, mais c'est au cirque, sur la piste du cirque qu'il était véritablement chez lui. Les gens s'étaient toujours demandé d'où il venait, lorsqu'il venait, et où il allait, lorsqu'il s'en allait, pourquoi il ne restait jamais. La réponse était là. Jamais, il le sentait, il n'avait été aussi proche de sa propre « vérité poétique ». C'était un journaliste – à l'époque où les journalistes étaient encore bien disposés à son égard – qui avait forgé cette expression lors d'une interview donnée à l'occasion de la première de son film *Le Kid*. Chaplin n'avait pas compris tout de suite ce qu'il entendait par là. Charlot avait toujours été un mystère pour lui, au fond, il ne savait pas vraiment qui était ce type ; il n'avait pas d'histoire, il n'avait pas évolué au fur et à mesure de ses apparitions, comme c'est habituellement le cas des personnages comiques – comme le comptable de Harold Lloyd, le misanthrope de W. C. Fields, Ben Turpin, le monsieur-je-sais-tout affligé d'un strabisme, et d'autres collègues de l'époque des studios de la Keystone ; il ne s'inscrivait dans aucune tradition, n'était ni Arlequin, ni Pierrot, ni Auguste ni, encore moins, clown blanc ; il était simplement apparu un jour, déjà achevé, inconnu, mystérieux. Dans *Le Cirque*, on en apprenait enfin un peu plus sur son compte, on voyait qu'il n'était pas un étranger dans ce lieu. Même s'il fait rire le public en faisant tout de travers, on devine qu'il sait parfaitement – mieux encore que son créateur – qu'en ce lieu, les valeurs sont inversées et qu'il faut tout faire de travers. Il avait été ravi de découvrir ses mimiques et ses gestes en visionnant les premiers rushes, car ils en disaient plus long que ce qu'il avait eu l'intention de montrer en jouant, et un frisson lui avait parcouru l'échine ; il avait confié à Roland Totheroh, cette fois encore derrière la caméra, qu'il avait enfin saisi que ce n'était pas lui qui contrôlait Charlot, mais Charlot qui le contrôlait. Roland avait hoché la tête d'un air admiratif. Il croyait comprendre à présent ce que signifiait l'expression « vérité poétique ».

Mais les interruptions du tournage avaient fait exploser le budget du film. Et les revers, déboires et coups du sort divers continuaient à s'abattre sur le projet : les rushes étaient fichus, car rayés – une détérioration « d'origine mystérieuse », selon Tim O'Donnell, le chef de laboratoire, qui ne savait plus où se mettre. Chaplin changea toute l'équipe technique. Un incendie paralysa les activités des studios pendant plusieurs semaines – origine de la catastrophe : « mystérieuse ». À l'exception des seconds rôles les plus importants et de Merna Kennedy, l'héroïne, tous les acteurs furent remerciés. Ils menacèrent de porter plainte. On assista à des scènes déchirantes. Betty Morrissey, qui avait tout juste vingt ans – elle jouait le rôle de l'assistante du magicien – offrit de se suicider pour faire honte à leurs ennemis et les décider à faire marche arrière ; le chef, raconta-t-elle plus tard, fut le seul à se rendre compte qu'elle ne plaisantait pas. Chaplin souffrait en outre d'indigestions chroniques, et son médecin, le docteur Van Riemsdyk, lui avait prescrit du sel d'Epsom, qui provoquait chez lui renvois et diarrhée, et le fit dangereusement maigrir. Et pour couronner le tout : le fisc l'avait dans le collimateur. Il était d'avis que M. Charles Chaplin devait payer 1 113 000 dollars d'arriérés d'impôts. Chaplin réussit à se mettre d'accord avec l'État sur le chiffre de 1 million de dollars, et la plainte déposée contre lui pour fraude fiscale fut abandonnée. (Pour comparaison : l'adaptation au cinéma de *Ben Hur* par la Metro-Goldwyn-Mayer deux ans auparavant, qui était alors la production la plus monumentale depuis les débuts du cinéma, avait coûté 4 millions de dollars en tout.) Au même moment, le tribunal statua qu'il devait verser 600 000 dollars à Lita, plus 200 000 pour leurs deux fils. Les frais d'avocats de Chaplin se montaient à un million supplémentaire.

Sydney Chaplin, directeur de United Artists, qui était à New York pour étudier les avantages et les inconvénients d'un déménagement des studios sur la côte est, écrivit à son frère : « Je ne voudrais pas me montrer pessimiste, mais j'ai le vague sentiment que nous devrions nous préparer à passer de l'autre côté » (il voulait dire : à rentrer en Angleterre). Pessimiste, son ton l'était : « Quand j'ai du souci, je repense au bonheur et à l'enthousiasme que j'ai ressentis en signant sur la ligne en pointillé chez Fred Karno (le directeur du théâtre itinérant qui leur avait donné leurs premiers rôles enfants) – rappelle-toi, pour la somme incroyable de trois livres par semaine –, j'avais fait le chemin en courant jusqu'à Kensington Road pour vous apporter la bonne nouvelle à maman et toi. On dirait que le bonheur est relatif. » Sydney connaissait les comptes des studios mieux que personne, il savait que United Artists était suspendue au-dessus de l'abîme, et que la corde qui la retenait était pourrie – comme le refuge des orpailleurs dans *La Ruée vers l'or*. Il entendait leurs ennemis reprendre souffle avant de leur infliger un ultime sarcasme.

À midi, un messager apporta une lettre. M. Winston Churchill invitait M. Charles Chaplin à dîner à l'hôtel Biltmore, Pershing Square, où il séjournait avec son épouse et sa fille. La carte mentionnait en P-S : « Prière de venir *non* accompagné. »

Chaplin appela son frère pour lui en parler.

« Vas-y, l'encouragea Sydney. C'est un homme illustre. Il tient les cordons de la bourse de l'Empire. Si nous devons vraiment rentrer, il pourra nous aider. Il est manifestement tombé sous ton charme, c'est bien. Dis-lui que ta patrie te manque, ou quelque chose dans ce genre. Ne lui dis rien de notre situation. Les gens comme lui détestent les perdants. Le pays doit se réjouir de notre retour. Voilà ce qu'on doit penser. Dis quelque chose qui va dans ce sens, fais une allusion, ou un peu plus, tu sais y faire. Mentionne peut-être aussi, incidemment, bien sûr, que nous sommes toujours citoyens britanniques, que nous ne sommes jamais devenus américains, que nous avons toujours nos passeports anglais. Tu le feras?

— Oui, je le ferai.

— Promets-le-moi!

— Je te le promets. »

Il ne pouvait expliquer à son frère de quoi il avait parlé avec le ministre à la tête du Trésor de Sa Majesté la veille au soir, sur cette plage de Santa Monica, il ne pouvait lui dire que leur statut de chancelier de l'Échiquier et de star du cinéma n'avait aucune importance, comme n'avait aucune importance la question de savoir s'ils allaient le rester longtemps.

Il se réjouissait de ce dîner…

8

… qui commença pourtant de manière bien décevante.

Ils étaient installés dans une loge au fond de la salle du restaurant, et les autres clients devaient vraiment se montrer très indiscrets s'ils voulaient voir leur table. Il était peu probable qu'ils comprennent où Churchill voulait en venir lorsque, sa voix montant dans les aigus, il se mit à exposer son plan d'un « futur pacte contre le chien noir » ; mais Chaplin se rendait parfaitement compte qu'ils étaient le centre de l'attention car, dans les rares pauses que marquait son interlocuteur, il n'entendait absolument rien là où d'ordinaire il y avait des voix, des rires, des bruits de couverts. Il était certain qu'on avait fait en sorte que personne n'ignore qui faisait la fête au fond. À Hollywood, les serveurs ne gagnaient pas leur vie qu'en servant des cocktails et des rôtis, mais aussi en propageant des rumeurs.

Chaplin se souvenait qu'il s'était senti très mal à l'aise. L'exubérance désordonnée de Churchill l'avait déstabilisé, lui avait déplu, à vrai dire, tout comme sa consommation exagérée de nicotine et d'alcool. Il lui avait fait l'impression, non pas de lever son verre pour donner plus de poids à ses paroles, mais de parler pour pouvoir lever son verre. Tandis qu'il discourait, la fumée sortait de sa bouche comme si son ventre était une meule de charbonnier. Pour réussir à supporter cette fausse ambiance festive, Chaplin avait dû brouiller la scène en louchant.

« Nous promettons donc qu'à chaque fois que l'un de nous aura besoin d'aide dans cette lutte, l'autre, peu importe en quel endroit du monde il se trouve, accourra toutes affaires cessantes auprès du malheureux ! »

Chaplin avait eu le sentiment qu'on se moquait de lui. Churchill parlait d'une voix bien plus forte que nécessaire. Comme s'il voulait qu'on l'écoute. Il voulait prouver au monde entier que malgré les bassesses dont il avait été victime, M. Charles Chaplin savait encore faire la fête. Mais M. Charles Chaplin n'avait rien à prouver à personne.

Chaplin était vexé, commente Josef Melzer. Il avait accordé à leur promenade nocturne un sens qui excluait toute déclaration officielle ainsi que toute ironie. Or il avait l'impression que Churchill allait précisément dans cette direction, et surtout qu'il essayait d'en faire une blague, une de ces blagues d'homme comme on avait l'habitude d'en faire dans les clubs anglais, au cours de ces cérémonies alcoolisées qui célébraient le *nonsense*. Tout cela lui avait semblé très puéril – le « chien noir » ! Il n'avait jamais rien vu d'animal dans la dépression, surtout pas un chien – pourquoi pas un ours en peluche, tant qu'on y était ? –, il avait eu un chien noir autrefois, un schnauzer nain qu'il avait trouvé sur le tournage de *L'Opinion publique* ; le chien l'attendait tous les soirs au coin de Hollywood Boulevard et Cherokee Street, et Chaplin l'emmenait chez Henry's et demandait au cuisinier philippin de lui couper un rumsteak en morceaux, un chien tout ce qu'il y avait de plus gentil, dont personne n'avait peur, pas même le facteur.

Il répondit donc assez niaisement : « Je ne saurais dire quelle couleur a ma peine, si elle en a une, et à supposer qu'elle soit effectivement un animal, une idée aussi avenante que sinistre, je crois que je pencherais plutôt pour…

— Je suis un impérialiste, protesta Churchill, qui avait recouvré tout son sérieux, un John Bull. Je suis comme l'Angleterre. J'impose mes idées au monde entier. J'admire Samuel Johnson, alors que je n'en ai guère lu plus de cinq pages. Mais dans ces cinq pages, il décrit sa maladie, et j'ai eu l'impression qu'il parlait de moi. Cela m'a suffi pour qu'il me fasse bonne impression. Or il appelle sa maladie "le chien noir". Pourquoi inventer un nouveau concept ? »

Si Chaplin avait prédit à ses amis, trente ans auparavant, qu'il se retrouverait un jour dans un hôtel chic de Los Angeles à boire du champagne avec cet homme, ils auraient cassé la figure à ce frimeur. Si Churchill était aujourd'hui un homme illustre, à l'époque c'était une véritable légende, une figure mythique. Il avait été ovationné sur Trafalgar Square, et Charlie, alors âgé de dix ans, s'était frayé un chemin à travers la foule pour le voir de près, ce qui lui était plus facile qu'à d'autres enfants étant donné qu'il était tout petit et sous-alimenté. Pas une seule personne dans tout l'Empire qui ne connût l'histoire de cet homme, un héros semblant tout droit sorti d'un roman de Walter Scott : fait prisonnier durant la guerre des Boers, il s'était évadé de manière spectaculaire, avait erré pendant plusieurs jours dans le désert du Karoo, n'ayant pour toute réserve qu'une gourde à moitié remplie d'eau et une tablette fondue de chocolat Cadbury, ainsi qu'un bout de toile de parapluie ; il avait fini par se cacher dans un train de marchandises, sous un tas de charbon, et avait tenu jusqu'à ce que le train arrive au Mozambique, pays neutre, où il en était ressorti noir comme un zoulou – son retour au pays avait été triomphal, et il était promis à un grand avenir. Il était mince à l'époque, et ses cheveux longs et ondulés étaient audacieusement rejetés en arrière.

Voilà qu'il se retrouvait assis en face de cette ancienne incarnation d'Ivanhoé et faisait semblant de l'écouter – et même faire semblant lui coûtait. Churchill se levait sans arrêt, son regard était errant. Il parlait, il gesticulait. Sa voix sifflait. Il se laissait entraîner à un pathos qui alourdissait l'atmosphère de la loge. – Mais qu'est-ce que je fais ici ? s'était demandé Chaplin. Je n'ai rien à faire ici. Il ne restait plus rien de la magie de la nuit précédente. Un double ? Absurde ! Il regardait ce visage grossier, bouffi. Un mélange caricatural de petit garçon et de vieillard. Il n'y avait rien de noble dans son apparence. Il pouvait prendre soin de lui autant qu'il le voulait, il aurait toujours l'air négligé. Son costume tombait mal. Aucun costume ne lui irait jamais vraiment – alors que sur lui, Chaplin, n'importe quel costume tombait parfaitement.

Il lui arrivait de faire distribuer des prospectus en ville ou de mettre une annonce dans un journal lorsque les Studios Chaplin cherchaient un acteur ou une actrice. De longues files de candidats se formaient devant les studios. À chacun d'entre eux, il disait : jouez-vous vous-même ! Ce n'est pas Juliette que je veux voir, ou Othello, mais vous ! Avec une joie secrète, ils les voyaient perdre contenance les uns après les autres. Alors, c'est *lui* qui les jouait. Et ils se reconnaissaient tous plus sûrement que dans un miroir. Ils étaient bouleversés. Il était rare qu'ils se fâchent, la plupart venaient lui serrer la main avec gratitude, même lorsqu'il leur avait fait dire qu'on n'avait pas besoin d'eux.

Il n'était pas capable d'imiter tout le monde – ses amis comme ses ennemis affirmaient le contraire, mais ce n'était pas vrai –, s'il pouvait imiter certains personnages sans réfléchir, s'en remettant sans hésitation à ses muscles et ses tendons, d'autres au contraire lui étaient étrangers et le restaient. Jouer M. Churchill serait chose facile pour lui. Il l'incarnerait de manière tellement vraie que tout le monde, dans le public ou devant le grand écran, oublierait sa masse de cheveux noirs et frisés pour imaginer une calvitie masquée de mèches blond-roux. Son corps gracile et souple incarnerait la maladresse de manière plus convaincante que la maladresse elle-même, et s'il le décidait, dans le mouvement de son nez et de sa bouche, des rides de son front et de sa pomme d'Adam, de ses sourcils et de son menton, il donnerait à voir une certaine intériorité – qu'il ne baserait pas sur une idée préconçue, mais découvrirait lui-même en jouant.

« Qu'en pensez-vous ? » La question de Churchill vint interrompre le fil de ses pensées. « Dites quelque chose ! Il n'est pas question que de moi. Mais de vous aussi. C'est l'essence même d'un pacte ! »

Chaplin n'avait aucune idée de ce qu'il devait penser – à quel sujet ? Il n'avait pas écouté.

Churchill était ivre ; cette ivresse venait nourrir son pathos, sans diminuer son attention ni émousser sa sensibilité. Debout, immobile, son regard passait au-dessus de Chaplin. Il n'avait pas été écouté, il avait prêché tout seul dans la fumée de son cigare. Debout, immobile, son regard se perdait dans les motifs du papier peint en soie au-dessus de la tête de Chaplin. Il se serait peut-être mis dans une colère noire, il aurait peut-être commis l'erreur de se rappeler les origines de son invité et les siennes propres, et aurait peut-être pris un ton et choisi des mots qui, s'il ne le faisait pas souvent, avaient à chaque fois eu un effet désastreux et définitif sur ses relations avec certaines personnes. (Brendan Bracken, un ami proche des Churchill, relate dans ses mémoires la terrible explosion de colère de Churchill un jour que les membres de son propre groupe parlementaire avaient fait des mots croisés, construit des bateaux en papier ou s'étaient limé les ongles pendant son discours. – « Il leur aurait pardonné de l'éreinter, de réduire son discours en miettes, ou même de se moquer de lui, mais pas de ne pas l'écouter. ») À peine conçue, l'amitié entre Charlie Chaplin et Winston Churchill aurait peut-être été étouffée dans l'œuf si le maître d'hôtel n'avait fait irruption à ce moment précis, tenant par la main une jeune fille de treize ans : Sarah, la fille de Churchill.

Elle n'arrivait pas à dormir, annonça-t-elle en appuyant sa tête rousse contre l'épaule de son père. Vêtue d'une chemise de nuit bleu turquoise, pieds nus, elle avait un visage long et mince, et des dents très blanches. Elle demanda l'autorisation de s'asseoir avec eux. Elle appelait son père « Pomp ». Elle salua Chaplin d'une petite révérence. Elle savait qui il était. Il était l'homme le plus célèbre du monde. Elle avait vu tous ses films.

Churchill se métamorphosait à mesure qu'elle parlait. Il ne but plus une goutte d'alcool de toute la soirée. Son visage redevint uniformément rose. Sa voix plus grave, plus calme, ses gestes généreux. Il souriait, il regardait Chaplin dans les yeux. Jamais il n'avait vu un père aussi attendrissant, raconta Chaplin. Ni une fille aussi attendrissante.

« M. Chaplin peut jouer n'importe qui, affirma Churchill.

— Comment ça ? demanda Sarah.

— Eh bien, de manière à ce que tout le monde le reconnaisse.

— N'importe qui, vraiment ?

— Vraiment.

— J'ai du mal à y croire. »

Il n'était pas rassuré, raconta Chaplin, qui partait d'un long éclat de rire sur l'enregistrement de Josef Melzer, jusqu'à ce que celui-ci se mette à rire avec lui. C'était comme si, reprit-il en retrouvant son sérieux, comme si ses pensées étaient restées en suspens dans l'air, visibles pour cette seule jeune fille. Sarah se tourna vers son père : « T'a-t-il déjà joué, Pomp ? Il ne peut sûrement pas te jouer toi, oh non, pas toi.

— Tu crois ça ? rétorqua Churchill. Devons-nous lui demander d'essayer ?

— Oh oui ! s'exclama-t-elle, demandons-lui ! »

« Je crois qu'elle nous avait percés à jour, racontait Chaplin cinquante ans plus tard. Lorsqu'elle me regardait, ce qu'elle faisait sans gêne aucune, j'avais l'impression qu'elle avait tout compris. Sur les deux estropiés que nous étions. – (Nouvel éclat de rire) – Elle avait peur pour son père. Et un peu pour moi aussi, je crois, car j'étais le seul qui pouvait l'aider. »

C'est cette lueur d'angoisse dans les yeux de Sarah qui avait rouvert son cœur au père de celle-ci.

Chaplin avait eu honte de sa mauvaise humeur et de son inattention. Ainsi que de son arrogance plébéienne. Il avait eu honte d'avoir fait si peu confiance à son ami. Peu importe ce qu'on pouvait raconter sur lui, Churchill s'en fichait. Et quand bien même il serait la vile crapule que décrivaient au monde entier Lita, ses avocats et leurs complices de la presse, Churchill s'en fichait. Leurs opinions politiques diamétralement opposées ;

le fait que l'un voie en Gandhi un fakir insignifiant, et l'autre un grand homme politique qui pouvait mettre l'Empire à rude épreuve ; le fait que l'un pense que le communisme pourrait faire disparaître l'injustice, tandis que l'autre le décrivait comme une machine de répartition égalitaire de la misère ; le fait que l'un ait ordonné, il y a un an à peine, de briser la grève générale des ouvriers britanniques, alors que l'autre assurait les syndicats de sa solidarité par un télégramme envoyé d'Amérique ; le fait que l'un soit le chancelier en exercice de Sa Majesté, et l'autre l'acteur le plus célèbre de tous les temps – tout cela, ils s'en fichaient. Ils avaient un ennemi commun, et celui-ci se trouvait *en eux* ; il ne les guettait pas dans la salle de restaurant vanille et or du très mondain hôtel Biltmore, ni à Hollywood, monde avide de scandales, ni dans le cerveau de quelque journaliste idiot, dans un cabinet d'avocats ou derrière le bureau d'un juge, ni au sein d'un parti ou dans une tranchée hérissée de barbelés – il était *en eux*, et c'est contre cet ennemi qu'ils formaient un pacte ; le reste n'était pas à l'ordre du jour, et ne le serait jamais.

Au moment de partir, il avait dit à Churchill : « Nous promettons que chaque fois que l'un de nous deux aura besoin d'aide, l'autre viendra à son secours toutes affaires cessantes, peu importe en quel endroit du monde il se trouve ! »

Il lui avait tendu la main et proposé qu'ils s'appellent désormais par leurs prénoms. Et Churchill – ému aux larmes – avait acquiescé.

9

Quelques jours plus tard, ils allèrent marcher dans les collines des alentours de Malibu. Cette fois encore, c'est Churchill qui avait été à l'initiative de la rencontre. Fini les cérémonials, avait-il annoncé au téléphone, il fallait s'attaquer concrètement au problème. Il s'agissait à présent de comparer les méthodes et, le cas échéant, d'en développer de nouvelles.

« Pourquoi les collines de Malibu ? demanda Chaplin.

— J'aimerais vous montrer quelque chose. »

Churchill et son chauffeur l'attendaient devant un restaurant mexicain de la Pacific Coast Highway. Il avait fait emballer des tacos et plusieurs bouteilles d'eau dans un sac à dos, ainsi que quelques douceurs. Pas d'alcool. Il portait des chaussures solides, une cape coupe-vent nouée autour de la taille, un chapeau de cuir. Il avait emporté une machette dans un sac de toile. Il insistait pour tout porter seul, refusant qu'on le soulage de quoi que ce soit. Chaplin, de son côté, s'attendant à une simple promenade, portait un costume blanc, des mocassins blancs, et n'avait pas emporté de provisions.

Le chauffeur les emmena dans les collines. Lorsque la route devint trop pierreuse pour la Dodge, Churchill lui demanda de s'arrêter. Il lui dit de les attendre trois heures à cet endroit, après quoi, s'il ne les voyait pas revenir, il pourrait commencer à s'inquiéter. Il était midi, le soleil cognait, mais l'air était frais, un petit vent soufflait sur le Pacifique, qui devenait plus fort à mesure qu'ils grimpaient. Churchill marchait devant, haletant, faisant de nombreuses pauses. Il suait, des taches s'étaient formées sur son visage et sur sa chemise. Chaplin, lui, ne transpirait pas. On pouvait tout aussi bien s'asseoir dans le sable, annonça-t-il, à l'ombre d'un arbuste peut-être, c'était exactement comme ici, en haut, il ne viendrait rien de nouveau. Mais Churchill secoua la tête et continua sa laborieuse progression. Chaplin le laissait ouvrir la marche. Il n'y avait plus vraiment de chemin à partir de là, juste un étroit sentier créé par le passage des hommes, ou peut-être des animaux. Le terrain était précaire, envahi de broussailles par endroits, sous les branches et les brindilles s'ouvraient de profondes rigoles que la pluie avait creusées dans la terre. On pouvait facilement s'y casser un pied. Churchill sortit la machette enveloppée dans le sac de toile et se mit à tailler dans les buissons. Chaplin lui demanda s'il était déjà venu ici. Non, c'était la première fois, répondit-il, mais il avait vu des tableaux, des photos. Il s'arrêta, trop essoufflé pour continuer à parler.

« Donnez-moi la machette, dit Chaplin, je vais passer devant. »

Mais Churchill refusa. Il cherchait un endroit bien précis. Il le reconnaîtrait quand il le trouverait. Lorsqu'il eut repris son souffle, il proclama qu'il fallait se rendre compte qu'on était ici aux limites de l'Occident. Ils regardèrent l'arc de cercle du Pacifique au-dessous d'eux qui, au loin, se confondait avec le ciel dans une brume bleu pâle. Churchill lui demanda s'il avait encore assez de forces pour continuer un peu. Moi, s'exclama Chaplin, si j'ai encore assez de forces ? Mais qu'il lui donne au moins son sac à dos. Churchill se contenta de répéter qu'il cherchait un endroit précis, remit son sac sur les épaules, prit sa machette et se remit en route.

S'arrêtant une nouvelle fois au bout de quelques minutes, il s'assit lourdement par terre.

« Ce n'est pas ici, annonça-t-il.

— Quel est cet endroit que vous cherchez ? lui demanda Chaplin. Ici, tout se ressemble, croyez-moi.

— Un endroit pour peindre, répondit Churchill. Un endroit où je poserais mon chevalet si j'étais venu ici pour peindre. »

Car il peignait. C'était là sa méthode. Sur toile. Huile sur toile. Des paysages, surtout. Rarement des portraits. Un paysage ne parlait pas quand il posait, il était ce qu'il était longtemps avant lui, et le serait encore longtemps après lui. Il en allait de même avec le ciel. Peindre des gens ne l'intéressait pas particulièrement.

« De quelle couleur est le ciel ? Tout le monde dit qu'il est bleu. Et ne l'est-il pas ? Regardez le ciel, Charlie ! Il est bleu, non ? Le peintre prépare donc un mélange de bleu et le compare avec la couleur du ciel, mais ce n'est pas ressemblant du tout. Il fait un nouvel essai, ajoute un peu de jaune, mélange, puis une goutte de violet. Mais ce n'est pas ça. Il essaie de se rapprocher du bleu à partir du vert. Mais ce n'est toujours pas ça. Il fait un mélange à base de blanc, mais son ciel prend l'aspect terne du grès. Il multiplie les essais. Mais il n'y arrive jamais. Chez Milton, les boucles d'Adam sont couleur jacinthe, comme celles d'Ulysse chez Homère. Pourtant, ni Milton ni Homère n'étaient fous. Je réfléchis à ce genre de chose. C'est excellent pour se changer les idées, vous pouvez me croire. Je n'ai rien de plus à offrir. Je n'ai malheureusement rien de mieux à offrir. Mais c'est efficace.

— C'est pour cela que vous m'avez emmené ici ! » s'exclama Chaplin. Ce n'était pas une question. Il avait prononcé cette remarque sur un ton admiratif.

« Voilà comment je me tiendrais, reprit Churchill et, toujours assis, il redressa le dos. Voilà comment je me tiens lorsque je peins. Ma palette dans une main, mon pinceau dans l'autre. Le chapeau attaché sous le menton. Je me suis dit qu'en le voyant, vous comprendriez peut-être. Vous vous dites que nous aurions pu nous épargner cette pénible montée. Mais je ne pouvais pas simplement vous dire : je peins. C'est tout. Je me suis dit qu'en voyant l'endroit, vous comprendriez.

— Mais je comprends, Winston, s'exclama Chaplin. Quand il est là, le chien noir, c'est…, il n'avait pas su quoi dire d'autre que… c'est… terrible, Winston, n'est-ce pas ? » Il n'avait pas trouvé de mots plus élégants, confia-t-il à Josef Melzer. En même temps, il ne connaissait personne qui eût trouvé un mot élégant pour parler de cela.

Ils étaient restés un long moment assis côte à côte. Churchill, comme s'il était en train de peindre. Chaplin, comme s'il le regardait faire. En contrebas poussaient des pins et des cactus piqués de fleurs. Des *Joshua trees* pointaient vers le ciel, insensibles au vent, comme une armature réchappée d'un incendie. De nombreux oiseaux tournoyaient autour, piquaient des graines à leur cime, leurs cris montaient jusqu'à eux. Ils s'étaient rapprochés d'un buisson pour se mettre à l'abri du vent. L'odeur âpre de la sauge, qui couvrait toutes les autres senteurs, les enveloppait. Chaplin avait conservé un buisson de sauge sauvage au fond de son jardin, il allait parfois en couper quelques brindilles pour les faire brûler dans sa cheminée.

Churchill finit par annoncer : « J'ai faim et j'ai envie de fumer. »

Ils déballèrent et mangèrent les tacos, et burent l'eau des bouteilles qu'ils avaient emportées en parlant de choses et d'autres. Churchill alluma un cigare en se protégeant du vent avec sa veste. Il laissa le chocolat à Chaplin.

Au bout d'un moment, il lui demanda : « Et vous, Charlie, quelle est votre méthode ? »

Et Chaplin répondit : « La méthode du clown. »

J'exploite le livre de Melzer d'une façon guère excusable, à vrai dire. Mais aucune autre source n'est aussi dense ni aussi complète que *La Vertu de Chaplin* – ni l'honorable anthologie des déclarations de Chaplin à la presse éditée par Geoffrey Powers, ni l'*Entretien avec Charlot* d'Erika Southern ; en outre, il n'y a aucune raison de ne pas croire Pierre Kessler, le secrétaire français du maître, quand il affirme que Chaplin lui-même voyait en ce livre de Melzer son testament. Le livre a connu deux tirages, mais il est épuisé depuis bien longtemps, et la maison d'édition qui l'avait publié n'existe plus ; en consultant le site Internet du Catalogue central des livres d'occasion, le ZVAB, au début de mes travaux, je pus constater que même là, on n'en trouvait plus que trois exemplaires.

Josef Melzer rapporte qu'à ce moment de l'entretien, Chaplin s'était levé de son fauteuil en rotin pour lui rejouer de mémoire la scène de cet après-midi dans les collines de Malibu. Il était donc tantôt Chaplin, tantôt Churchill. Il commença par jouer son propre rôle à l'âge de trente-huit ans, retrouvant toute sa souplesse d'antan. Quelle performance d'acteur! Puis il se changea en Churchill. Il avait usé de sa magie, de la « magie originelle », pour ramener de l'au-delà cet autre radicalement différent de lui-même, et le faire revivre dans le jardin printanier du Manoir de Ban, sur les hauteurs de Vevey ; il avait parlé comme Churchill, bougé comme Churchill, avait gardé le silence et réfléchi comme Churchill, il avait pris une voix sifflante et avait gonflé sa lèvre inférieure d'un côté ; le temps de cette scène, Melzer avait été convaincu de voir en cet homme « le modèle d'après lequel le Seigneur avait créé tous les hommes possibles ».

Chaplin commença en posant une question rhétorique : « Qu'est-ce qui fait du clown un clown ? Il n'y a pourtant rien de drôle en lui. Le plus grand des clowns, c'est Buster Keaton. Qu'est-ce qui est drôle chez Buster Keaton ? Qu'est-ce qui fait de lui un clown ? Le fait qu'il sache que le monde est fou ? L'homme est aussi insignifiant qu'une puce. Mais le fantôme d'une puce, nous dit le poète, est prodigieusement méchant. »

Sur ce, Churchill : « Pas d'avant-propos, je vous en prie ! La méthode, Charlie ! Pas de théorie ! Seule la pratique nous intéresse !

— La pratique, très bien. Je m'écris une lettre. Vous comprenez, Winston ? Une lettre adressée à moi-même.

— Je ne comprends pas.

— C'est Buster Keaton qui m'a enseigné cette méthode. Il m'a dit de me procurer une grande feuille de papier. Puis d'étaler cette feuille sur le sol. Vous me suivez ?

— Je vous suis. Continuez, Charlie, continuez !

— Je m'allonge sur cette feuille de papier.

— Comment ?

— Sur le ventre.

— Sur le ventre, très bien. Continuez, continuez !

— Je suis couché sur cette feuille de papier comme un plat posé sur une nappe. Vous riez, Winston ?

— Mais non, Charlie. Est-ce que je suis en train de rire ? Regardez-moi ! Est-ce que je suis en train de rire ? Est-ce que c'est un rire ? Je ne ris pas. C'est mon expression naturelle, c'est tout.

— Contre l'idée que je suis en train de devenir fou, une seule chose est efficace, faire quelque chose de fou. C'est très sérieux, Winston. C'est la méthode du clown. Et personne au monde n'est plus sérieux qu'un clown.

— Oui, oui, je comprends. On a déjà lu cela cent fois. Continuez !

— Pour cela, je dois être nu. Je dois être complètement détaché du monde. Je dois être seul avec moi-même. C'est très important. Un pantalon, c'est déjà le monde, pareil pour une chemise.

— Entièrement d'accord avec vous.

— Allongé sur cette feuille de papier, j'écris une lettre. Je vous en prie, Winston, ne riez pas. Vous riez ? Non, vous ne riez pas. Je m'écris une lettre à moi-même. Je commence : Cher Charlie, puis j'écris tout ce qui me passe par la tête. Si vous deviez un jour utiliser cette méthode, ne cédez pas à la tentation d'écrire à un ami. À moi, par exemple. N'écrivez pas : Cher Charlie. Écrivez : Cher Winston. Vous penserez forcément à ce qui est bon pour vous, pas d'inquiétude. Car à ce moment précis, tout est bon, tout est important.

— Je suivrai votre conseil.

— Mais il faut savoir que je n'écris pas comme on écrit d'ordinaire.

— Et comment, alors ?

— En tournant sur moi-même.

— Comment ça, en tournant sur vous-même ?

— Comme l'aiguille d'une montre. Je tourne sur le ventre. En écrivant.

— Écrire en cercle. Une lettre adressée à soi-même.

— En spirale, plus précisément. De l'extérieur vers l'intérieur. Comme un tourbillon. C'est comme cela qu'il faut faire.

— C'est comme cela qu'il faut faire. Comme un tourbillon. Oui, continuez !

— C'est tout. C'est vraiment tout, Winston.

— Et cela vous aide ?

— Oui. »

Il y eut un très long silence – c'est ainsi que Chaplin raconta la scène à Josef Melzer –, puis ils se levèrent et poursuivirent leur chemin, jusqu'au sommet des collines. Lorsqu'ils furent arrivés là, Churchill proclama : « Vous êtes un véritable stratège, Charlie. Aussi clairvoyant que Wallenstein, aussi téméraire que Nelson, aussi impitoyable qu'Arminius. Je veux apprendre de votre exemple. M'y autorisez-vous ? Quelle taille doit faire cette feuille de papier ? Soyez précis ! Longueur, largeur ?

— Cinq pieds et demi. Aussi longue que large. C'est le mieux, cela permet de bien décrire des cercles sur le papier.

— Et de quoi vous servez-vous pour écrire, un stylo-plume, un crayon à papier, de la craie ?

— Je n'ai pas réfléchi à cela. Je prends ce que j'ai sous la main.

— Tout ce qui permet de frapper un grand coup, c'est ce que vous voulez dire ?

— Tout ce qui permet de lever la main contre la bête et de frapper un grand coup, exactement, Winston !

— Vous êtes un véritable stratège, Charlie », répéta Churchill. Dans son dos, l'océan Pacifique, bleu pâle, à l'horizon sud, les contours de l'île Santa Catalina se profilant vaguement, il se tenait là, bien planté sur ses jambes, une main sur sa machette, tenant de l'autre son cigare, les jambes de son pantalon et les revers de sa cape flottant au vent, le visage rouge, suant, haletant, dans l'ombre de cette fin d'après-midi. « C'est une bonne méthode que vous avez trouvée là, Charlie. Je pense qu'il n'y en a pas de meilleure pour vous. »

10

En septembre, Chaplin reprit le tournage du *Cirque* après huit mois d'interruption.

Sydney : « Tout le monde avait la tête basse et, de mauvaise nouvelle en mauvaise nouvelle, les visages s'allongeaient de plus en plus, pourtant, on entendit Charlie arriver de loin, en chantant, et quand il ouvrit la porte, il esquissa un pas de danse comme pour parodier Bill Bojangles Robinson. La plupart se dirent que son chagrin l'avait définitivement rendu fou. Mais ils étaient contents pour lui. »

En octobre, *Le Chanteur de jazz*, d'Alan Crosland, avec Al Johnson dans le rôle-titre, une star de Broadway, fut projeté à un public choisi. Considéré par certains comme le premier film sonore, il est en tout cas le premier film parlant – Chaplin insisterait par la suite désespérément sur la différence entre les deux. Il était invité à la première à New York, mais ne s'y rendit pas, il ne pouvait envisager d'interrompre, « ne serait-ce qu'une heure », son travail sur *Le Cirque*. Les comptes rendus du succès retentissant du film l'inquiétèrent un peu, mais pas pour longtemps. Il voyait d'un œil extrêmement favorable l'arrivée de techniques nouvelles permettant au réalisateur de décider quelle musique accompagnerait définitivement ses images. Dans ce domaine, United Artists était en retard sur Warner Brothers. Dans les studios de Chaplin, on prenait désormais cette évolution très au sérieux. Un jeune collaborateur indépendant, Artie G. Milford, expérimenta ainsi le procédé du « son sur disque » et le Vitaphone, où le projecteur était relié à un tourne-disque – procédé fragile et requérant une équipe nombreuse, donc peu satisfaisant –, tout en travaillant sur ses propres prototypes. Pour *L'Opinion publique* et *La Ruée vers l'or*, Chaplin avait composé des mélodies qu'il avait fait arranger, et un orchestre les avait jouées le jour de la première. Il était d'avis que le choix de la musique revenait au réalisateur, soit qu'il confie cette tâche à un compositeur, soit qu'il s'en charge lui-même. En bref : de la musique, oui, des paroles, non. Le dialogue parlé à l'écran n'avait aucun avenir, c'était tellement évident pour lui qu'il ne perdait pas une seconde de son temps à réfléchir à la façon de sauver la pantomime (on ne parlerait de *film muet* que bien après l'invention du film parlant). Lorsque Charlot, avec le désespoir d'un affamé, cuisinait une de ses vieilles bottines et la découpait dans les règles de l'art, soulevant la tige pour que la semelle et ses clous restent sur l'assiette comme les arêtes d'un poisson dont on aurait détaché un filet, lorsque, avant de déguster le cuir, il suçait les clous comme des os de poulet et enroulait ses lacets autour de sa fourchette comme des spaghetti, on le comprenait au Japon comme au

Congo, chez les Lapons de Scandinavie comme chez les Aborigènes d'Australie. Il faudrait écrire un livre sacrément long et intelligent pour traduire cette scène en mots, pour l'expliquer avec des mots.

Un mois après la première du premier film sonore s'acheva le tournage du *Cirque* – le dernier film « exclusivement » muet de Chaplin ; c'était le 19 novembre 1927. Son producteur, réalisateur, scénariste, monteur et acteur principal – puis compositeur de la musique du film et interprète de la chanson-titre *Swing, little girl* – se réveilla en pleine nuit. Le chien noir était là, lui ôtant brusquement toute tranquillité.

DEUXIÈME PARTIE

11

Le Cirque n'apporte pas grand-chose par rapport aux films précédents. C'est un film fade, qui met au jour des choses désagréables. Charlot est devenu bourgeois, son existence romantique n'était qu'illusion. Si, dans *La Ruée vers l'or*, il essayait de séduire quatre femmes en même temps, il se contente ici d'une seule, et lorsqu'il se rend compte à la fin du film qu'elle ne l'aime pas, il la cède généreusement à un autre ; il se comporte comme un entremetteur désintéressé pour qui le bien-être des autres est plus important que le sien. En plus de toutes les humiliations qu'il subit, il se rabaisse lui-même en jouant les cupidons pour les autres, il se prosterne lamentablement devant cette partie du public qui refusait de lui pardonner son divorce avec Lita, il les supplie à genoux : *Reprenez-moi ! Vous voyez bien que j'essaie d'être conforme à votre image idéale de moi.* Il avait trahi Charlot. Il s'était servi de lui à ses propres fins. Il avait trahi l'art. Sa contribution à l'art, c'était Charlot, rien d'autre. Ce n'est pas lui qui avait inventé le film ni le slapstick, pas plus que le comique de courses poursuites, les bagarres contre des objets, les batailles de tartes à la crème, ni même le jeu muet du visage et des gestes ; Asta Nielsen était meilleure mime que lui, Douglas Fairbanks un acteur à la palette plus variée. Mais le personnage de Charlot, c'est lui qui l'avait inventé, lui seul. Il en avait fait une icône qui aurait eu sa place aux côtés de Don Quichotte. Aurait ! Si la dernière apparition de Charlot avait été celle de *La Ruée vers l'or*, son créateur aurait pu se permettre, quasiment à jamais, n'importe quelle escapade, n'importe quelle situation embarrassante, n'importe quel flop, et même des œuvres de qualité artistique médiocre, il aurait suffi de trois mots pour remettre les critiques et les moqueurs à leur place : Oui, mais Charlot ! Dans *Le Cirque*, il avait arraché à Charlot le masque qui le rendait unique, révélant par là même au monde entier qu'il portait un masque. Dessous, c'est un philistin qui était apparu. *Vous ne voyez donc pas que je suis comme vous ?* Il avait renoncé à de magnifiques scènes anarchiques – telle que celle-ci : Charlot occupe la fonction d'« intermédiaire pour poignées de mains » entre un géant et un nain. Leur différence de taille est trop grande pour qu'ils puissent se serrer la main. Dans le film, le public n'aurait vu ni le géant, ni le nain, mais uniquement les mains de ceux-ci, l'une en haut, l'autre en bas. Charlot aurait établi le contact entre eux deux. – Coupé au montage ! – Dans *Le Cirque*, pas de grands méchants types qui pliaient les réverbères pour allumer leur cigare, mais étaient des pères aimants et auraient mis le monde à feu et à sang pour le prouver. Charlot avait été humilié par les objets, comme si les objets étaient des dieux. C'est ce qui faisait que les gens l'aimaient. Où est passé Charlot ? La grâce du personnage est devenue une vile parodie. *Je suis comme vous.* Il est devenu hystérique et ennuyeux. La course poursuite dans la galerie des glaces est une scène de vaudeville vue et revue mille fois, et les coups de pied aux fesses du policier ne la rendent pas plus originale. L'âne est un reliquat de *La Ruée vers l'or*, où il dévore une partie des décorations de Noël, mais le plagiat en fait un running gag qui tombe à plat dès sa deuxième apparition. Le mot « plagiat » vient du latin, on l'employait à l'origine pour désigner quelqu'un qui *vend son âme*. Il n'y a rien à ajouter.

Voilà ce que signifiaient les lamentations et les grincements de dents du chien noir.

Il rabattit la couverture sur sa tête, laissant juste une fente pour respirer par le nez. Cette position lui avait toujours donné un sentiment de sécurité narquois en pleine aventure : les ennemis étaient partout, mais leurs chevaux le dépassaient sans le voir. Au bout de quelques minutes, il se redressa dans son lit. La maison était vide. Il avait prié tout le monde de s'en aller, même Kono Toraichi, son dévoué secrétaire. Il aurait préféré ne pas être seul. Le chien a peut-être raison, se dit-il, mais il n'aboie que dans le noir, et peut-être n'a-t-il raison que dans le noir. Il alluma la lumière. Mais le chien noir continua à gémir et grincer des dents. Ses morsures l'atteignaient déjà au cœur. Pourtant,

Chaplin « croyait être sûr » qu'il ne s'agissait que de quelques erreurs minuscules faciles à corriger.

À quatre heures et demie du matin, il prit un taxi qui le conduisit aux studios. (Il avait également donné congé à Frank Kawa, son chauffeur, qui était toujours d'humeur joyeuse, ainsi qu'à Harry Crocker, son assistant.) Il descendit deux rues avant l'entrée. Le chauffeur, qui l'avait évidemment reconnu, lui demanda s'il avait besoin de se dégourdir les jambes sur les derniers mètres, et lui sourit, ce qui pouvait être interprété comme une marque de solidarité – « bonne idée, après une nuit de folie… » – ou tout l'inverse. Il mentit, répondit qu'il ne se rendait pas aux studios. Et s'en alla. Sans pouvoir s'empêcher d'esquisser quelques gestes de Charlot. Le chauffeur coupa le moteur, mais pas les phares de sa voiture. Ce qui pouvait être interprété comme un geste amical. À cette heure, les réverbères étaient éteints, le bas-côté en mauvais état, on avait vite fait de faire un faux pas. Ou une marque de reconnaissance, puisque le plus grand comique du monde lui offrait une représentation privée dans l'aube naissante. Mais cela pouvait également être pure méchanceté : tu es observé, Charlie, n'oublie pas ce qu'a dit Lincoln – on peut se moquer de tout le monde un certain temps, se moquer de quelques-uns tout le temps, mais pas se moquer de tout le monde tout le temps. Puisqu'il sait que je suis un menteur et un escroc, je vais lui donner la satisfaction de triompher, se dit-il, en avalant son pain perdu chez Hiram's, ainsi il pourra se vanter de connaître vraiment Charlie

Chaplin. Quand il pénétra dans l'entrée des studios, il entendit la voiture démarrer.

L'odeur de la salle de montage lui donna la nausée, il eut juste le temps d'arriver aux toilettes et vomit dans le lavabo. Il crachait une bile verdâtre, son œsophage était en feu, il ne se souvenait pas quand il avait avalé quelque chose pour la dernière fois. Il se rinça la bouche, fit quelques gargarismes, appuya sa joue et sa tempe contre le carrelage frais du mur et ferma les yeux.

Les cendriers disposés sur les guéridons des couloirs étaient pleins. Il avait pourtant dit et répété à ses collaborateurs de vider les cendriers à la fin de la journée sans attendre que le lendemain les murs et les plafonds, les rideaux et la moquette se soient imprégnés de l'odeur de tabac froid. Ça puait comme dans des latrines. Dans son bureau, il était interdit de fumer. Il avait une réserve de chocolat dans un tiroir, du chocolat noir aux noisettes ou aux amandes confites. Il déchira l'emballage d'une tablette, prit une barre et mâcha rapidement. Puis il alla chercher les sept bobines du film au coffre.

Il mit la dernière dans la machine et la fit avancer quasiment jusqu'à la fin.

12

Charlot est seul au milieu de la place vide. Le cirque est parti.

Charlot s'assied sur une caisse. Gros plan. Il a l'air triste.

Devant lui, sur le sol sale, un morceau de papier. Il le ramasse. Dessus, on voit une étoile.

Il la regarde.

Froisse le morceau de papier.

Il se lève, lance le papier en l'air et l'envoie au loin d'un coup de pied en arrière, puis s'en va. Il se dirige vers l'horizon, au milieu de l'image. Il est seul.

The End.

Il coupa le regard que Charlot jette sur l'étoile. Charlot implore-t-il la grâce du ciel ? Qu'est-ce que ce regard posé sur l'étoile peut vouloir dire d'autre ? Le fait qu'il froisse et jette ce morceau de papier n'arrange pas la scène, mais la rend plus amère. Ne s'estime-t-il même pas digne de la grâce ?

Il revint en arrière jusqu'au moment où Charlot est chassé du cirque.

Charlot est en caleçon. Il titube. Il est bouleversé. Il a peur. Il vient de faire un numéro d'acrobate catastrophique. Les insultes pleuvent. Il ne se défend pas. Il a abandonné. Il a tout perdu, son travail, son amour. Merna ne l'aime pas, elle est amoureuse de Rex, le funambule. Tout est perdu. Il s'enfuit.

Intertitre : *That Night*, cette nuit-là.

Charlot est assis près d'un feu de camp. Il est revenu à son point de départ. Il n'a rien gagné. Il est triste.

Merna apparaît.

Intertitre : *« I've run away from the circus. »*, je me suis enfui du cirque.

Elle s'agenouille devant lui.

« Can't you take me with you ? », tu ne pourrais pas m'emmener avec toi ?

Il essaie de la raisonner. Il a envie de lui dire qu'elle est différente, qu'elle n'est pas une perdante comme lui. Comment lui redonner espoir ? Il réfléchit.

Intertitre : *« I've got an idea. »*, j'ai une idée.

Il se hâte de rejoindre le cirque, demande à Rex de l'accompagner dans la forêt pour rencontrer Merna.

« I can do nothing for her. », je ne peux rien faire pour elle.

Il lui donne la bague qu'il voulait lui-même offrir à Merna. Il fait le geste de bercer un bébé dans ses bras, montre qu'il y en aura bientôt un deuxième, puis un troisième. L'avenir d'un couple heureux. Rex réfléchit, puis se décide :

« Take me to her ! », emmène-moi la voir !

Charlot se jette dans ses bras et l'embrasse, comme si cet homme faisait son bonheur, alors qu'il va le lui ravir.

Intertitre : *The Next Morning*, le lendemain matin.

Merna et Rex se marient. Charlot jette du riz aux jeunes mariés. Son visage est déformé par la panique, l'hystérie. Comme s'il disait aux spectateurs : *J'ai tout donné. Maintenant pardonnez-moi !*

Il coupa la scène dans son intégralité, deux cents mètres de rabaissement répugnant, deux cents mètres de honte, deux cents mètres de servilité.

Charlot est mis dehors en caleçon, puis on passe immédiatement à la place vide, à la solitude : Charlot est renvoyé du cirque. Coupez. Le cirque s'en va. Charlot est assis, seul. Charlot s'en va. Fin.

Mais cette fin, personne ne la comprendrait. Il fallait couper encore plus tôt.

Son renvoi est la conséquence directe du numéro d'acrobate que Charlot, croyant être assuré par une corde passée autour de son ventre, vient d'accomplir. Comme il fallait s'y attendre, la corde se détache, et Charlot danse sur le fil sans protection. Comme si cela ne suffisait pas, des singes viennent le taquiner, lui mordant le nez, tirant sur son pantalon pour le lui enlever. Le public pousse des cris apeurés, Charlot lutte contre les objets et les animaux, il lutte pour sa vie. – Lorsqu'il ne trouvait pas le sommeil et se repassait le film dans sa tête en pleine nuit, c'était la seule séquence qui le satisfaisait profondément. Il s'était entraîné pendant six mois à marcher en équilibre sur un fil pour pouvoir jouer cette scène. L'équipe se tordait de rire, il avait cru découvrir une nouvelle contrée dans le ciel des clowns, pouvoir enfin formuler l'axiome du comique : *L'homme n'est jamais aussi comique que lorsqu'il regarde la mort en face. C'est uniquement en connaissant la mort que nous pouvons être comiques. C'est la raison pour laquelle les animaux ne rient pas.* Dans la clairvoyance de l'aube, cette scène était bonne. Mais pas suffisamment. C'était indiscutablement la meilleure scène du film, mais elle était moins bonne qu'une scène moyenne de ses grands films. C'était la vérité. Et justifiait donc qu'elle parte à la poubelle.

Il coupa tout le passage. Et remonta encore plus loin, lorsque le directeur du cirque explique à Charlot que c'est sa dernière chance de faire rire les gens.

« *I've had enough of this ; you get one more chance.* », j'en ai assez de tout ça, c'est ta dernière chance.

Le directeur, furieux, bouscule Merna, elle tombe, Charlot veut protester, s'opposer au despote, mais il s'enfuit lâchement. Il a manqué sa chance. Le directeur ne le sait pas. Charlot ne le sait pas. Merna non plus. Seul le public le sait. Devrait le savoir, en tout cas.

Le cirque s'en va. Charlot se retrouve seul. Charlot s'en va. Fin.

C'était fade. Ou absurde. Ou les deux. Mais ni clair, ni drôle. Juste, peut-être. Mais dépourvu de poésie. Honnête, toutefois.

Ses premiers collaborateurs se présentèrent peu après neuf heures : il s'agissait d'Olav Kaminski et Barry Goodell. Ils arrivaient toujours les premiers car ils sortaient du même lit et ne voulaient pas que les autres le sachent, mais ils étaient trop fidèles à leur penchant, à leur partenaire et à eux-mêmes pour faire séparément le chemin entre leur domicile et les studios. Ils lui lancèrent un regard éberlué avant de battre en retraite. Une demi-heure plus tard, Sydney était dans la salle de montage. Charlie avait déjà coupé un tiers du film.

Sydney garda son calme. Rien n'était perdu. On avait fait des copies depuis longtemps. On avait réservé un certain nombre de sociétés de reprographie de la ville, elles travaillaient jour et nuit.

« Il te faut des jours de tournage supplémentaires ? lui demanda-t-il.

— Non.

— Quoi d'autre, alors ?

— Un studio d'enregistrement. Deux ingénieurs du son, non, trois. Et puis Merna, Harry, Alan et, si possible, Henry Bergman. »

Sydney acquiesça et repartit.

Vers midi, il ne restait plus que la moitié du film. Le studio d'enregistrement était réservé, les acteurs attendaient.

« Veux-tu me montrer quelque chose ? » lui demanda Sydney.

Il regarda sans dire un mot les trente-six minutes qui étaient tout ce qu'il restait du *Cirque*.

Puis il lui dit : « On ne comprend plus l'action. Il va falloir beaucoup d'intertitres pour qu'on comprenne l'histoire. Est-ce que tu veux qu'on fasse enregistrer les intertitres ? Au lieu de les écrire et de les insérer entre les scènes, qu'ils soient parlés ? C'est pour ça que tu voulais un studio d'enregistrement ?

— Pas d'intertitres. Ni parlés, ni écrits. Liquidés, les intertitres. Nous allons dire des poèmes sur les images. Ce sera un film poétique. Un film parlant avec des images. Un poème mis en images. Ce ne sera ni un film, ni un poème, ce sera quelque chose de nouveau. Personne ne s'attend à ça. Chaplin dépasse toutes les attentes en ne faisant pas ce qu'on attend de lui.

— Qui va dire les poèmes ?

— Merna, Harry, Alan, Henry… moi.

— Et quels poèmes ?

— Je dois encore les écrire.

— Quand ?

— Aujourd'hui.

— Combien ?

— Je ne sais pas, Syd. Des poèmes libres. Qui n'ont rien à voir avec le cirque.

— Mais ?

— Avec la vie. Des poèmes sur la vie, sur la mort, sur Dieu, le destin, la joie, la tristesse, sur tout sauf le cirque. Le cirque est muet, il est le symbole de la vie. Tout est métaphore. Personne ne pourra plus dire que j'ai voulu capitaliser sur le succès de *Variétés* de Dupont.

— Et le film – si on peut l'appeler comme ça – ne fera pas plus de trente-six minutes ?

— Si… si… bien sûr que si… c'est trop court… Il sera évidemment plus long que ça.

— Donc quelques jours de tournage supplémentaires ?

— Non. Je vais laisser certaines images figées. Comme des photographies… Le monde est en mouvement, et soudain, il s'arrête. Comme dans *La Belle au bois dormant*. C'est nouveau. C'est de la poésie. On n'aura jamais vu ça.

— Effectivement, c'est nouveau.

— Voici ce que nous allons faire. Nous allons photographier certains plans. Trouve-moi un photographe, le mieux serait d'avoir Leonard C. Wales ! Esther te dira où le joindre. S'il ne peut pas, demande à Donald Saxon. Ensuite nous allons filmer les photographies. Pas d'expériences, je veux Roland à la caméra, et personne d'autre ! Ensuite j'insérerai les images figées dans le film. Les images figées mouvantes, voilà, comme ça. C'est comme ça que nous allons faire. Et c'est moi qui composerai toute la musique. Ce sera génial, on n'aura encore jamais vu ça. Ce ne sera pas un film – ni pantomime, ni film parlant – et ce ne sera pas un poème. Ce sera quelque chose de nouveau. À peine inventé, le film sonore est déjà dépassé. Cette nouvelle forme d'art portera mon nom. Le public lui trouvera un nom. C'est l'avènement de quelque chose de complètement nouveau, Syd ! Tu le sens ? Tu en es le premier témoin. C'est comme… lorsque Homère a inventé l'épopée.

— Et combien de temps durera le film en tout, Charlie ?

— Entre soixante et soixante-dix minutes. Comme avant. Comme un long-métrage normal.

— Donc deux fois plus long qu'il n'est maintenant.

— À peu près… oui…

— Alors les spectateurs verront des images figées pendant plus de trente minutes ? »

À ces mots, Chaplin s'effondra. Sydney ferma à clé la porte de la salle de montage et prit son frère dans ses bras, sa poitrine amortissant les sanglots de Charlie.

13

Sydney lui rappela que le monde ne pouvait avoir de prise sur les frères Chaplin ; car il en avait toujours été ainsi : c'étaient les gens qui avaient profité d'eux, pas eux des gens. La famille venait en premier, l'art en second, et il ne devait pas oublier que leur art en particulier était à proprement parler une plaisanterie qui avait commencé en famille pour se distraire de la faim et du froid. Ne pas avoir froid, manger à sa faim, dormir dans un lit ni trop mou ni trop dur, c'était cela l'essentiel, tout ce qui venait en sus n'était que du luxe – c'était formidable, indiscutablement, mais pas nécessaire. Il avait même calculé que sans connaître tout ce luxe, ils auraient ri aussi souvent.

« Comment est-ce qu'on peut calculer ça ? lui demanda Charlie, éberlué.

— Statistiques intérieures », répondit Sydney d'une voix de basse, le regard fixe, la mâchoire inférieure abaissée, la bouche fermée : il imitait Buster Keaton, un running gag entre son frère et lui.

Charlie répéta ce qu'il disait toujours en pareille circonstance : Syd aurait été meilleur acteur que lui, il était désolé de l'avoir privé de ça. Syd répondit ce qu'il répondait toujours en pareille circonstance : en admettant que ce soit vrai, ça n'avait aucune importance, puisque ça restait dans la famille.

« Le monde ne nous intéresse pas vraiment, Charlie, murmura-t-il à l'oreille de son petit frère, pas vraiment, Carletto ! Exploitons-le jusqu'au trognon, et ne nous préoccupons pas trop de lui ! Il nous a fait sentir la faim et le froid. Il a tué papa, fait souffrir maman. Maintenant, il doit payer. Et s'il ne nous donne plus rien – *bene*. Donnons-lui un coup de pied aux fesses ! Les gens croient que le coup de pied aux fesses est une plaisanterie. Mais nous savons tous les deux que ce n'est pas vrai ! Nous pouvons nous permettre d'être différents du reste du monde. Crois-tu que j'hésiterais à voler ? Si nous en avions besoin, je le ferais, tu le sais. Et tu le ferais aussi. Tu le ferais pour moi, je le ferais pour toi. Nous ne devons rien au monde. » *Et cetera*...

Les paroles de Sydney apaisèrent Charlie.

Jusqu'au lendemain de Noël.

Charlie passait les fêtes avec son frère et la femme de celui-ci, Minnie, dans les monts San Gabriel. Syd lui avait conseillé de voyager sans sa cour, il n'aurait pas besoin de secrétaire, de majordome, de chauffeur ni de cuisinier là-haut, il était tout à fait possible de vivre sans Kono Toraichi ou Frank Kawa. Sydney loua une voiture avec chauffeur et donna rendez-vous à celui-ci pour qu'il revienne les chercher.

Ils prirent trois chambres dans une auberge. L'endroit était simple, confortable, chaleureux, lumineux. On y sentait des odeurs de gâteau, de rôti, de bougies, d'encaustique. À part eux, les seuls autres clients étaient un couple d'un certain âge. Ils avaient les cheveux blancs et souriaient aimablement en les regardant, mais ils étaient discrets. Personne ne se montrait curieux. Sydney avait annoncé à la patronne lorsqu'il lui avait parlé au téléphone qu'une trop grande curiosité serait pour eux un motif de départ immédiat.

Pour le réveillon, on décora le sapin dans la salle à manger de l'auberge. Ce fut l'occasion pour Charlie d'échanger quelques mots avec Mme Taylor, la patronne, pour lui dire de ne pas en faire plus que d'habitude. Ce à quoi elle répondit en baissant les yeux, dans un murmure, qu'elle était heureuse d'avoir le privilège d'en faire plus que d'habitude. Sydney haussa un sourcil, et elle se tut. Après la distribution des cadeaux – des douceurs de toutes les couleurs –, Charlie joua d'une épinette pour enfants. Au menu, des spécialités allemandes, un rôti et ses accompagnements typiques, un repas riche et délicieux, et en dessert, de la crème caramel.

Le jour de Noël, ils eurent droit à une visite de l'observatoire du mont Wilson – une prouesse logistique de Sydney, puisque la station était fermée pour les fêtes. Un jeune scientifique (qui, pour avoir le privilège de serrer la main à Charlie Chaplin, avait renoncé à fêter Noël avec sa femme et ses enfants) donna une petite conférence, leur montra et leur expliqua le fonctionnement du télescope à miroir, le plus grand jamais construit, tout fier de travailler dans le centre le plus important du monde en matière d'observation des galaxies. La météo était parfaite : les nuages venaient gonfler le ciel comme des coliques. Un vent glacial arrivant des confins de l'univers dessinait des motifs sur le lac devant la station.

Charlie se montra très excité ce soir-là. Pendant le dîner, il raconta à Minnie et Syd, au couple d'un certain âge et à Mme Taylor qu'un film entier venait de lui apparaître : Charlot sur la Lune, le désert sous un ciel noir, le visage de la Lune apparaît, des personnages de contes et de légendes viennent le rejoindre, même Dieu fait son apparition, ou plutôt non, ou si, quand même, la Lune pourrait être la maison de plage de Dieu, au bord de la mer de l'univers… Sydney fit signe à Minnie de prendre en notes tout ce que disait son frère.

Ce fut une soirée joyeuse. Charlie joua au public restreint de l'auberge enneigée les aventures de Charlot dans l'espace, et Mme Taylor affirma qu'elle n'avait jamais autant ri de sa vie, elle en avait complètement oublié sa sciatique.

Sydney était profondément soulagé. Les étoiles dans les yeux de son frère étaient un signe rassurant. Il était convaincu que Charlie avait surmonté sa crise.

Ils rentrèrent à Beverly Hills le 26. En chantant. D'abord à trois voix puis, une fois qu'ils eurent laissé la route en lacets derrière eux, à quatre. Leur chauffeur se révéla un ténor tout à fait honorable. En arrivant sur Summit Drive, Charlie lui conseilla de se présenter aux studios un de ces jours ; seul un bon chanteur savait chanter en muet. Syd l'aida à monter ses valises. Est-ce qu'il allait supporter d'être seul à la maison, lui demanda-t-il, sûr, vraiment ? Mais oui, répondit Charlie en riant.

Le chien noir revint à l'assaut dans la nuit. Pas avec des aboiements pleins de hargne et de moquerie, cette fois. Il n'aboyait pas. Il se contenta de se poster devant lui et de le regarder fixement.

14

La villa de Chaplin était située en contrebas de la propriété de Douglas Fairbanks et Mary Pickford, qui avaient baptisé leur résidence « Pickfair ». – « Vous n'êtes pas invités chez Doug et Mary, mais à Pickfair », rabâchaient-ils à leurs invités. Avec ses quarante pièces, le bâtiment était le plus somptueux de Beverly Hills. Le parc comptait six hectares, et Doug avait pris l'habitude de dire en plaisantant que certaines régions n'étaient toujours pas rattachées à la civilisation. La propriété de Chaplin avait l'air modeste en comparaison. Sa maison comptait quatorze chambres, trois terrasses et de nombreux balcons ; le salon donnait directement sur les dalles de marbre entourant la piscine ovale ; un chemin ombragé traversant un petit bois de pins menait au court de tennis. Tout le monde s'accordait à dire que cette villa n'était pas la plus grande, mais la plus belle de Beverly Hills. Chaplin, lui, la trouvait trop grande. Il la trouvait déjà trop grande lorsqu'il vivait ici avec Lita et les garçons, Kono Taraichi, Frank Kawa, et le reste du personnel. La maison était toujours pleine de monde, d'allées et venues incessantes, de rires et de larmes, de discussions, de rivalités, de jeux de cartes – et pourtant elle était vide, fausse : creuse, oui, creuse. Impossible à remplir. Il l'avait dessinée lui-même – plus petite d'un tiers exactement, avec autant de chambres, mais des chambres plus petites. C'était au début des années 1920. Peu après, Pola Negri s'était immiscée dans sa vie. « Charlie, veux-tu que nos amis disent que la demeure de Chaplin est la maison du gardien de Pickfair ? Oh non, je ne puis accepter cela ! »

La cuisine était la plus petite pièce habitable. Elle était fonctionnelle, on n'y voyait guère la patte de l'architecte. C'était la seule à peu près supportable.

Ne trouvant pas le sommeil, sentant son cœur faire des soubresauts, il se tourna sur le côté droit car il se souvenait qu'un prophète avait dit que dormir du côté opposé au cœur prolongeait la vie. Il entendait sa propre respiration ; il voulut énumérer ce qui lui faisait peur pour en exclure ce qui n'était que le fruit de son imagination. Mais il ne trouva rien. Il avait peur sans avoir peur. Un seul exemple lui vint à l'esprit. Une blague avec Pola. Parfois, lorsqu'ils allaient au lit, qu'ils éteignaient la lumière et arrangeaient les couvertures, profitant de ces bruits et de l'obscurité, il rampait jusqu'à l'autre bout du lit et s'asseyait sur le matelas, sans dire un mot. Pola avançait sa main vers sa moitié du lit et il n'était plus là. « Charlie ? » chuchotait-elle. Il ne répondait pas. Ses yeux s'habituant à l'obscurité, elle finissait par deviner les contours de ce personnage assis à l'autre bout du lit. « Charlie, je sais que tu me fais une blague. » Il ne bougeait toujours pas. « Je t'en prie, Charlie. J'ai peur. » Il ne bougeait toujours pas. « Charlie, je vais crier, j'ai vraiment peur. » La plupart du temps, il avait plus peur de lui-même qu'elle de lui. Alors ils pouffaient de rire, allumaient la lumière, s'enlaçaient en riant, faisaient les fous. Il se dit que c'est avec Pola qu'il avait été le plus heureux. Même s'il ne l'avait pas aimée. Et qu'il avait du mal à se rappeler ses traits. Alors qu'il les avait étudiés mille fois à la table de montage.

Il se leva, avança à tâtons jusqu'à l'escalier et descendit dans le petit salon. Il n'osa pas allumer la lumière. Réfléchir lui donnait la nausée. Il s'assit dans le fauteuil de velours vert à côté de la cheminée et s'assoupit. Il se réveilla parce qu'il avait froid. Il éprouvait un sentiment d'absurdité qui montait de ce fauteuil comme une brume venue de loin qui pénétrait dans la maison.

Il dormit en pointillé. Et ce fut pareil les nuits suivantes. Il passa d'une chambre à l'autre, et finit par revenir dans la cuisine, où il s'installa devant la gazinière sur des couvertures et des coussins. Il laissa la lumière allumée. Son visage se reflétait dans l'acier parfaitement astiqué du four. Un visage dont la moitié inférieure montrait des signes de vieillesse. Il était ainsi : vieux jeune. Il n'avait pas les traits d'un caractère, mais l'expression simiesque de l'archétype. Le visage de fou de celui qui se nourrit d'applaudissements. Ses cheveux étaient devenus blancs. Après la longue pause qu'avait connue le tournage, il avait dû se teindre les cheveux pour qu'on ne voie pas la différence avec le début du film. Il observait son reflet sans parvenir à y voir Charlot.

Il essaiera par la suite d'expliquer à un journaliste français qu'il s'était toujours douté que tout ce qu'il faisait avait un sens profond, sans qu'il sache exactement lequel. Le journaliste acquiescera en souriant, sans comprendre ; il ne comprendra pas que Chaplin ne parle pas de lui, mais de Charlot. Ce même journaliste lui demandera si la pâleur du visage de Charlot ne rappelle pas également une tête de mort. Chaplin répondra, cette fois encore comme s'il ne parlait pas de lui, mais d'un autre : « J'ai toujours su que Charlot jouait avec la mort. Il joue avec la mort, il se moque d'elle, se rit d'elle, et pourtant, à chaque instant de sa vie, il a conscience de la mort, et c'est pour cette raison qu'il a une conscience effroyable d'être en vie. »

Il récupéra derrière son secrétaire ce qui restait de la grande feuille de papier que Buster Keaton lui avait envoyée l'année dernière ; la feuille était plus petite qu'il ne l'espérait, mais cela suffirait pour s'allonger dessus. Ce qu'il renonça finalement à faire.

Il dira encore à ce même journaliste : « Le clown est si proche de la mort que seule une lame de couteau l'en sépare, et il lui arrive même de franchir cette frontière, mais il revient toujours. C'est pour cela qu'il n'est pas tout à fait réel, que dans un certain sens il est un esprit. » – Ce sens, se souviendra-t-il, s'était cette nuit-là transformé en non-sens.

Au bout du troisième jour passé seul dans la grande maison de Beverly Hills, 1085 Summit Drive, il appela le Dr Van Riemsdyk et lui demanda de passer lui apporter « un certain analgésique ». Il se plaignit de douleurs au bassin et à la jambe.

« De fortes douleurs ?

— Oui, de fortes douleurs.

— Au bassin et à la jambe, dites-vous ?

— Exactement.

— À quelle jambe ? »

Chaplin ne répondit pas.

Il y eut un long silence, puis le Dr Van Riemsdyk lui dit : « Monsieur Chaplin, je ne peux pas vous donner de morphine. Vous m'entendez ? Vous m'avez entendu ? C'est bien ce que vous voulez, n'est-ce pas ? Je n'en ai pas le droit. Ce n'est qu'une tension passagère, croyez-moi. Je vous fais apporter une fiole d'un remède de grand-mère qui a fait ses preuves, un mélange de valériane et de passiflore. »

Chaplin raccrocha sans dire au revoir.

Il se décida finalement à appeler Raphael Brooks – le « consolateur », comme l'avait surnommé Mary Pickford.

Une heure plus tard, l'homme était devant le portail et le saluait de la main ; c'était un monsieur soigné en costume sombre, sur lequel il portait un cache-poussière. Il avait apporté tout ce qu'il fallait. Il lui conseillait une cure de trois jours, dans une vingtaine, au pire une quarantaine d'heures, la crise serait surmontée. Il s'agissait de briser le cercle vicieux d'insomnie et d'insanité. Voilà tout. Pas besoin d'en faire toute une histoire. Plus vite il commencerait sa cure, plus vite la crise serait passée. Il ne connaissait personne qui soit devenu dépendant après une cure de trois jours. (Pour certains – ce qu'il ne dit évidemment pas, mais ce n'était pas nécessaire –, les trois jours s'étaient changés en trois ans, quant à Barbara La Marr, elle n'était jamais revenue de sa cure.)

La consolation se présentait sous forme de huit ampoules d'héroïne et d'une seringue. Douglas avait déjà surmonté plusieurs crises de la sorte. Mary avait elle aussi fait des expériences positives. Tous deux parlaient de lui en termes très élogieux. Son nom figurait dans le carnet d'adresses de tous leurs amis. Il ne faisait pas dans le sentimentalisme, ne vous faisait pas la morale, mais vous donnait des informations très précises et avait une meilleure connaissance de la médecine qu'une douzaine de docteurs réunis. Si elle avait été entre ses mains à lui, Barbara serait toujours en vie. À l'époque, l'héroïne était très à la mode à Hollywood, dans toutes les fêtes il y avait une petite pièce fermée à clé où étaient disposées, sur des miroirs, de minces lignes d'héroïne prêtes à être consommées. L'invité venait voir la maîtresse de maison et lui demandait avec un clin d'œil : J'ai besoin de me rafraîchir, je peux avoir la clé de la petite pièce ? Ou : Pouvez-vous m'indiquer le paradis, s'il vous plaît ? On inhalait la poudre en se servant de billets de banque roulés. Raphael Brooks condamnait cette mode. Premièrement, la drogue que l'on trouvait dans ces fêtes était généralement mauvaise, car fortement coupée, deuxièmement, cette manière de la consommer était très mauvaise pour la cloison nasale. Et puis, rares étaient ceux qui savaient vraiment quelle dose prendre. Lui garantissait en revanche une substance et des seringues propres, ainsi que toutes les informations nécessaires. La dose qu'il préconisait était certes élevée, mais d'autant plus efficace. Prendre de l'héroïne à petites doses, mais fréquemment, était bien plus dangereux, parce que le corps s'y habituait. Ce qui avait deux conséquences déplorables : la dépression, au lieu de disparaître, s'aggravait, et le patient devenait dépendant. Une cure brève avec un dosage relativement fort balayait la dépression sans donner le temps au corps de développer une addiction. Brooks comparait la dépression à un gisement de pétrole en feu et l'héroïne à de la nitroglycérine.

M. Brooks avait un grand sens des responsabilités. Dans le cas de M. Chaplin, dont c'était la première cure, il tenait à faire une première piqûre d'essai faiblement dosée, dont les effets se dissiperaient rapidement. Les réactions à l'héroïne étaient très différentes. Certaines personnes, rares il est vrai, ne la supportaient pas. Il fallait les aider par d'autres moyens. S'injecter l'héroïne seul était certes un jeu d'enfant, mais il considérait de son devoir d'accompagner le patient la première fois, il resterait donc deux heures auprès de lui, c'était compris dans ses honoraires.

Chaplin retroussa la manche de sa chemise, se laissa garrotter le bras avec une bande de caoutchouc, serra le poing puis ouvrit la main, et ses veines devinrent bien visibles à la saillie du coude. M. Brooks lui frotta la peau avec un coton imbibé d'alcool et enfonça la seringue.

« Vous allez ressentir les effets tout de suite », annonça-t-il en lui ôtant le garrot.

Le temps de prendre une inspiration, et l'héroïne avait atteint son cerveau. Il eut la sensation que ses yeux partaient en arrière, qu'une vague de chaleur déferlait sur son dos. Il était toujours assis sur cette chaise de cuisine, ses orteils seuls touchant le sol, et pourtant, il avait l'impression qu'il allait se répandre par terre comme une cire douloureuse. Bientôt, ses pensées ne lui permirent même plus de s'observer. Il était réconcilié avec tout.

Les effets durèrent une petite heure avant de s'atténuer, et après une heure de plus, il revenait sur terre.

« Le mieux, maintenant, c'est de dormir, lui conseilla Raphael Brooks. Vous plongerez dans un sommeil profond. En vous réveillant, vous irez beaucoup mieux. Ce qui ne doit pas vous inciter à interrompre la cure. Au contraire. Le fait que vous vous sentiez bien signifie seulement que la cure fonctionne. Au bout de trois jours, votre crise sera surmontée. »

Il acquiesça. Il ne voulait pas parler. Il pouvait, mais il ne voulait pas.

Brooks lui tendit un joli petit coffret en bois tapissé de velours qui contenait une seringue neuve et sept ampoules, et empocha son argent. Le coffret était offert, il pouvait le garder, et le recharger à tout moment en cas de nouvelle crise. Il lui conseilla de se faire une nouvelle injection avant d'aller se coucher, puis de continuer à en faire une le matin et une le soir. S'il avait des difficultés à se piquer, il lui suffisait de l'appeler. Toute nouvelle visite à domicile lui serait toutefois facturée.

Chaplin se coucha devant la gazinière, dormit jusque tard dans la nuit et se réveilla avec un sentiment d'échec total. De la misère de Londres à la misère de Hollywood – tel était le titre qui résumait son existence. Il était pour lui-même à la fois l'être le plus familier et l'hôte le plus angoissant. Il ne croyait plus en aucune forme d'aide possible, ni qu'il s'agissait seulement d'une crise. Il avait les yeux perdus dans le vide. Au bout d'un moment, il prit la seringue et aspira le contenu des sept ampoules, remplissant le cylindre de verre. Assis sur sa chaise de cuisine, il releva la manche de sa chemise, fixa le garrot autour de son bras. Il le serra, le desserra, le serra à nouveau, le desserra. La pointe de l'aiguille touchait sa veine verdâtre. Comme Raphael Brooks le lui avait montré.

Il dormit un peu, puis réessaya. Dormit à nouveau, et essaya une nouvelle fois.

Le 31 décembre à midi, il envoya un télégramme : « Charlie a besoin de Winston. »

La réponse lui parvint presque aussitôt : « Winston arrive. »

15

Deux jours avant la première qui, selon le vœu de Chaplin, eut lieu à New York, *Le Cirque* fut projeté devant un public choisi ; une trentaine de personnes intéressées – amis, critiques, artistes d'autres disciplines (notamment les écrivains Sherwood Anderson et Dorothy Parker, ainsi que le peintre William Glackens), des scientifiques (dont le futur Prix Nobel Artur Holly Compton), des hommes d'affaires (mais pas W. R. Hearst !), des hommes politiques (Joseph P. Tumulty, l'ancien secrétaire particulier du président Woodrow Wilson, et Al Smith, gouverneur de New York et candidat démocrate à la présidence des États-Unis) et, bien évidemment, Douglas Fairbanks et Mary Pickford, ainsi que Marion Davies. La séance, organisée en matinée, remporta un vif succès. Fait marquant : Marti Hobson, journaliste culturel pour le *Cosmopolitan* et notoirement hostile à Chaplin, vint le voir à l'issue de la projection et déclara – sans toutefois serrer la main qui lui était tendue : « J'aurais adoré descendre votre film, monsieur Chaplin, et je le ferais même s'il était bon, je suis assez injuste pour cela. Malheureusement, il est très bon, et même plus que cela, je serai donc contraint d'en faire l'éloge. Et je ne vous le pardonnerai jamais. » Le plus délicieux, se souvenait Chaplin, c'est que la fureur de Hobson n'était pas feinte. Cet *homme de lettres** avait quitté le lunch, écarlate, et s'était retiré pour écrire un plaidoyer comme il n'en écrirait jamais plus. « Quel pisse-trois-gouttes celui-là ! » s'était exclamé Sydney.

Voilà qui avait chassé le chien noir, à moins qu'il n'ait disparu de lui-même – et avec lui le souvenir précis de son passage. Oui, c'est vrai, avoua Chaplin dans une des interviews données à l'occasion, il avait été « parfois un peu contrarié » au cours des dernières semaines.

Sydney s'occupait déjà des premiers préparatifs du tournage des *Lumières de la ville*. Il ne voulait pas voir son frère inoccupé une seule journée.

Churchill arriva à New York le 5 janvier, la veille de la première officielle au Strand Theatre. Il se fit immédiatement conduire à l'hôtel de Chaplin, et dit au chauffeur d'attendre devant l'entrée. C'était la fin de la matinée, ils auraient le temps de faire une promenade dans Central Park et de lutter ensemble, côte à côte, contre le chien noir, comme ils l'avaient fait un an auparavant sur la plage de Santa Monica. – Or Churchill trouva un M. Chaplin « en pleine forme, radieux, d'excellente humeur ».

* En français dans le texte. *(Toutes les notes sont de la traductrice.)*

Churchill décrivit la scène dans une lettre à Brendan Bracken, avec l'obsession du détail qui caractérisait sa manière d'observer les gens et avait fait dire à Charles de Gaulle, à la fois admiratif et méprisant, qu'elle lui rappelait la méthode de l'entomologiste Jean-Henri Fabre.

Il était entré, écrivait-il, « en civil » (ainsi qu'il réinterprétait pour lui-même le concept d'« incognito ») dans le hall du Waldorf Astoria pour y trouver Chaplin au milieu d'une nuée de photographes, de curieux, de personnalités et de poseurs. Il était vêtu d'un smoking, ses tempes avaient blanchi depuis leur dernière rencontre, et une mèche de cheveux blancs traversait sa chevelure. Il avait à la main l'une de ces coupelles remplies de friandises disposées sur les tables du lobby. Il la fit tenir en équilibre sur son index, comme un tourneur d'assiettes au cirque, et tout le monde l'applaudit. Puis il la tint au-dessus de sa tête de la main droite, à l'envers, et, plaçant l'index et le majeur de la main gauche sous son nez, il esquissa Charlot, que tout le monde reconnut immédiatement – avec son chapeau melon et sa moustache. C'est au moment où il ébauchait le déhanchement caractéristique de Charlot, auquel tout le monde associerait sans aucun doute sa canne, que son regard, se frayant un chemin à travers la masse des journalistes et des admirateurs, était tombé sur Churchill. Il avait hésité une fraction de seconde, puis avait confié la coupelle et la moustache – oui, la moustache aussi – à une dame, avait fait de la place autour de lui en moulinant des bras, et s'était avancé vers lui en riant. Mais à peine avait-il fait deux pas qu'il parut se rappeler *pourquoi* Churchill avait traversé l'Atlantique, qu'il avait dû prélever un temps précieux sur son emploi du temps et sans doute semé la confusion parmi secrétaires et ministres, qu'il s'inquiétait sûrement énormément pour lui – et que toute gaieté ou même bonne humeur étaient déplacées, car elles prouvaient que cette inquiétude n'avait plus lieu d'être. Il leva donc les bras au ciel, changeant son exclamation de joie en plainte, un geste à la fois exagéré et peu crédible, si bien qu'il laissa aussitôt retomber les bras, voulant sans doute figurer un homme livré à de violentes sautes d'humeur, passant de l'exultation à la désolation ou, pour employer un terme médical, en proie à une psychose maniaco-dépressive. Était-ce vrai, était-ce joué ? Churchill avait vu à l'expression de son ami combien il lui était désagréable et embarrassant qu'il le trouve en pleine forme. Il avait oublié d'annuler son appel au secours ! Churchill avait fait un gros effort pour pouvoir être auprès de son ami dans cette situation de détresse et cet ami n'avait pas fait le petit effort de lui dire qu'il n'avait plus besoin de son aide. Charlie avait eu honte, honte d'avoir fait mauvais usage de leur serment, honte de cette pantomime ratée.

« Je savais, écrit Churchill, qu'on voyait rarement la vérité sur son visage. Mais qu'est-ce que cela voulait dire ? Et puis : quelle vérité ? On y voyait la *vérité du clown*. Qui en disait long sur celui qu'il était en train de jouer. Par exemple, qui en disait long sur moi tandis qu'il me jouait. Elle ne nous disait rien sur lui-même.

Cette vérité-là, il sait la cacher. Et si quelqu'un réussissait à la lui arracher, cela n'amènerait rien de bon. »

La lettre de Churchill à Brendan Bracken se termine ainsi : « Je suis profondément désolé d'avoir donné à cet ami unique le sentiment de m'avoir déçu. Alors qu'il lui suffisait de hausser le sourcil pour faire plus de bien à mon âme que deux poignées de cachets. »

Virginia Cowles, qui eut davantage l'occasion et le temps de se pencher sur le cœur de Churchill que Charles de Gaulle, écrit dans une de ses réflexions qu'elle avait remarqué au fil des années chez Churchill qu'une attention particulière, une observation microscopique et une obsession du détail dans la description étaient autant de signes annonciateurs d'un épisode dépressif ; comme s'il rassemblait ces qualités pour jeter un dernier regard sur le monde, qui s'éloignerait bientôt de lui pour une période sombre, trouble, possiblement longue. – Cette remarque me revint à l'esprit en lisant la lettre de Churchill à Brendan Bracken. (Une copie de cette lettre se trouvait parmi les documents légués à mon père par William Knott. J'ignore où se trouve l'originale. Il m'intéresserait de comparer l'écriture de Churchill à ce moment-là et lorsqu'il était d'humeur différente ; afin de voir si la trace du chien noir se retrouve dans sa graphie.)

Chaplin n'avait vraiment eu que peu de temps à consacrer à Churchill avant et après la première du *Cirque* ; le plaidoyer de Marti Hobson dans le *Cosmopolitan* avait provoqué un retournement de l'opinion publique.

Alexander Woolcott, rédacteur en chef du *New York Times*, écrivait ainsi dans son éditorial : « L'imbécillité et le manque de tact de notre civilisation ont poussé quelqu'un à se croire permis de poursuivre Chaplin en justice comme le premier venu, alors qu'il est le messager unique du rire salutaire que le monde entier connaît. » Manfred van der Laan, rédacteur en chef du *Chicago Tribune*, s'emportait quant à lui contre la double morale qui « aurait presque réussi à faire taire un des plus grands artistes américains ». Sydney attira l'attention de Charlie sur le côté impérialiste, mais aussi sur le comique involontaire de cette formule – prenant une voix spectrale, il railla le style du journaliste : « Lorsqu'une star britannique du cinéma muet se tait, c'est l'Amérique tout entière qui souffre ! » Ils rirent de bon cœur, longuement, comme avant.

Chaplin, que la presse avait d'abord brocardé, puis ignoré pendant un an et demi, passait d'interview en interview. Il avait vraiment eu peu de temps. Mais Churchill avait eu l'impression qu'il l'évitait.

Ils n'allaient pas se revoir avant trois ans.

16

En février 1931 eut lieu – trois ans après celle du *Cirque* – la première des *Lumières de la ville* au Dominion Theatre de Londres. Une véritable hystérie se déclencha dans la ville, ce qui surprit tout le monde : la police, le personnel de l'hôtel, les personnes qui accompagnaient Chaplin et, surtout, Chaplin lui-même. Qui fut littéralement porté : lorsque la limousine, à cause de la foule qui se pressait devant l'hôtel, fut contrainte de s'arrêter deux rues avant et que Chaplin, ne se doutant pas qu'il était lui-même l'objet de cette agitation, descendit de voiture pour voir ce qui se passait, deux courageux gardes du corps le soulevèrent et le portèrent jusqu'à l'hôtel, poussés par une foule en délire. Des centaines de mains se tendaient vers lui, les gens se battaient pour le toucher, comme s'il était un faiseur de miracles. Cet enthousiasme l'angoissait ; mais il goûtait en même temps tout ce charivari autour de sa personne, surtout ici, à Londres, une ville qu'il avait quittée en gamin misérable, sur le minable pont inférieur du minable *SS Cairnrona* – une histoire qu'absolument tout le monde connaissait désormais.

À l'époque aussi, il y avait foule, car la petite chérie de l'Empire, la princesse Mary, alors âgée de treize ans, rentrait tout juste d'Australie. Mais cette foule était moins importante que celle qui se pressait maintenant devant l'hôtel Carlton.

La presse britannique – comme la presse américaine avant elle – considéra *Les Lumières de la ville* comme *le* chef-d'œuvre de l'histoire du cinéma, un grand film tragicomique, comme si – ainsi le formula Timothy Bedford dans le *Manchester Guardian* – « les esprits d'Eschyle et d'Aristophane s'étaient rencontrés ». À Carlyle Robinson, le chef du service presse de United Artists, qui lui demandait s'il s'attendait à un tel engouement, Chaplin répondit le plus simplement du monde, avec un air de défi – et en dépit de la vérité : « Oui. »

Charlot fit la une de tous les journaux pendant une semaine, son visage souriant éloignant pour un temps les nouvelles déprimantes de la crise économique mondiale.

Lady Astor lança une invitation à déjeuner à Cliveden, le domaine de la branche britannique de la famille. Les réceptions de Lady Astor étaient légendaires, la presse en parlait comme si chaque visite était une visite d'État et elle le ministre des Affaires étrangères. Elle siégeait à la Chambre des communes au sein du groupe parlementaire tory, ce qui ne l'empêchait pas de défendre des idées libérales et d'avoir un train de vie excentrique, qui s'exprimait volontiers dans le choix de ses invités. Elle était amie avec l'économiste John Maynard Keynes, qui passait pour révolutionnaire, mais aussi avec l'auteur dramatique radical George Bernard Shaw et le non moins radical H. G. Wells, sympathisant de la Russie soviétique et en faveur de l'abolition de la monarchie. Étaient également conviés : David Lloyd George, Ramsay MacDonald et Stanley Baldwin – le premier : ancien et jusqu'alors seul Premier ministre libéral, le second : membre du parti travailliste et Premier ministre en fonction, le troisième : ancien Premier ministre conservateur, prédécesseur du précédent. Le futur leader du parti fasciste britannique Oswald Mosley était lui aussi invité. Ainsi que : Winston Churchill.

Lady Astor ne savait pas que Churchill et Chaplin étaient amis. Inviter Chaplin lui permettait de se pavaner devant tout le monde, inviter Churchill de se pavaner devant Chaplin. Pour elle, ni les trois Premiers ministres, ni les deux écrivains, ni l'économiste n'étaient à la hauteur ; seul Winston, expliquerait-elle en une autre occasion, pouvait briller autant que Chaplin.

Mais Churchill ne brilla pas. Il se tenait à l'écart, parlant peu, ne buvant rien (ce que tout le monde remarqua). Il avait l'air malade, son visage était bouffi, violet. Chaplin se rapprocha de lui, ils se serrèrent la main, échangèrent quelques mots, se gardant d'évoquer leur dernière rencontre à New York. Churchill se dit « charmé » par *Les Lumières de la ville*, un adjectif qui continuerait à déconcerter Chaplin des années après. Cette scène avec une corde attachée à un cou d'un côté, et à une pierre de l'autre, se souvenait-il qu'ils l'avaient imaginée ensemble, dans le paysage sauvage des collines de Malibu ? « Non, non, murmura Churchill, c'est Chaplin qui l'a imaginée, j'ai eu l'honneur de le regarder faire, c'est tout. »

Lady Astor pria Churchill de porter un toast. Il s'exécuta ; à voix basse, en cherchant ses mots, le dos voûté, comme s'il était souffrant : « My Lords, Ladies and Gentlemen », commença-t-il, « il était une fois un petit garçon qui vivait sur l'autre rive de la Tamise et qui était parti dans le vaste monde, et avait gagné l'amour des foules. » Il désigna Chaplin, assis en face de lui, voulut prononcer son nom mais sa voix s'étrangla, et les invités durent se contenter de le lire sur ses lèvres. Il ne l'avait pas fait exprès. Mais ce fut compris comme s'il n'était pas nécessaire de prononcer le nom de celui dont il parlait.

Chaplin, très nerveux, commit alors un impair. Il se leva et commença lui aussi son intervention par « My Lords, Ladies and Gentlemen », il adressa quelques paroles à l'assemblée, puis se tourna vers Churchill, qu'il appela « my friend, the late Chancellor of the Exchequer » – ce qui signifie certes « l'ancien », mais avant tout « feu » le chancelier de l'Échiquier. Et, au cas où cette embarrassante formule aurait échappé à quelqu'un, sa gêne le poussa à renchérir : « Pardonnez-moi, mais je trouve "ex-Chancellor of the Exchequer" moins heureux. »

La maladresse de Chaplin inspira sans doute une joie secrète à Lloyd George, Baldwin et MacDonald

– Churchill avait autrefois rejoint le parti libéral du premier, jouant ainsi un sale tour aux conservateurs, il s'était rallié à l'aile gauche du parti et, en tant que ministre de l'Intérieur, lui avait causé plus de tort qu'il ne lui avait rendu service ; après avoir une nouvelle fois changé de camp, il avait été promu chancelier de l'Échiquier sous le deuxième, mais après la défaite des conservateurs aux élections, il avait démissionné de leur cabinet fantôme, une décision que le parti avait accueillie avec un grand soulagement ; enfin, le troisième, Premier ministre travailliste en exercice, considérait Churchill comme un bouffeur de socialistes, un tortionnaire des ouvriers, ce qui faisait de lui l'ennemi numéro un du parti.

Churchill invita Chaplin à le rejoindre à Chartwell – lui seul, devant tout le monde ! Dans sa maison de campagne, il lui montra la piscine qu'il avait creusée et maçonnée lui-même, l'étang aux canards et le pavillon des invités, tous deux en travaux, mais il n'était pas vraiment là, il se comportait avec lui comme avec un étranger, s'excusa bientôt et laissa à son épouse Clementine le soin de s'occuper de son hôte.

17

Chaplin resta deux semaines à Londres, donna des fêtes, se rendit à d'autres, jouant tour à tour au playboy et à Till l'Espiègle, vécut diverses amourettes, donna d'innombrables interviews, s'amusant à affirmer dans l'*Observer* le contraire de ce qu'il avait annoncé quelques heures auparavant à l'*Evening Standard*. La rumeur se mit à courir que Ramsay MacDonald l'avait proposé pour être fait chevalier, et que la reine Mary y avait opposé son veto. Chaplin déclara dans un entretien qu'être reçu par la reine serait un immense honneur pour lui, et d'enchaîner sur une anecdote comique : on venait de lui proposer un rôle de chevalier dans un film, mais il jugeait le scénario trop mauvais. Une partie de la presse s'amusa de cette déclaration, mais beaucoup furent scandalisés ; on savait parfaitement interpréter ce genre d'histoires, cette plaisanterie était une offense à la monarchie. Chaplin s'excusa, pour se moquer de lui-même le lendemain parce qu'il s'était excusé. Cela lui plaisait de jouer au Puck.

Et puis soudain, il en eut assez. De jouer à cela à Londres, du moins.

Il partit sans faire d'adieux, laissant derrière lui la moitié de sa cour. Il traversa la Manche et partit en train pour Berlin, dans un wagon privé que les Astor avaient gracieusement mis à sa disposition. Il dîna avec Marlène Dietrich à l'hôtel Adlon, le prince Henri de Prusse lui montra les édifices imposants de Potsdam, il rendit visite à Albert Einstein, dont l'existence modeste l'impressionna, il fut témoin d'un défilé nazi et écouta le discours d'un certain docteur Goebbels. Il n'arrivait pas à croire qu'il s'agissait d'un homme politique, et non d'un collègue, on ne pouvait écouter cet homme sans être pris d'un fou rire, affirma-t-il. Ce grand clown parlait-il anglais ? Un acteur pareil ferait une belle carrière dans le cinéma parlant, il y ferait fortune. Dommage que Sydney ne soit pas là, l'affaire aurait été entendue tout de suite. Mais Peter Lorre et Celia Lovsky, qui accompagnaient Chaplin, le tirèrent par la manche, ils craignaient qu'on le reconnaisse, même si, avec ses cheveux blancs, il ne ressemblait plus guère à Charlot hors écran. S'il comprenait l'allemand, lui expliquèrent-ils, il ne lui faudrait que quelques mots pour se rendre compte que cet homme était tout sauf drôle et qu'il n'avait rien d'un clown. Le *Stürmer*, l'organe de propagande nazi, avait d'ailleurs publié un article haineux sur « cet asticot juif américain libidineux et insatiable ».

Son voyage le mena ensuite à Vienne, où il fut également accueilli par plusieurs milliers de personnes. Il fallut l'intervention de la police, formant un cordon autour de lui, pour qu'il parvienne à se frayer un chemin jusqu'à l'hôtel Imperial. Il aurait aimé voir Sigmund Freud, mais celui-ci ne recevait pas de visites.

Sa prochaine étape fut Venise – balade en gondole, palais des Doges, pont du Rialto, dîner avec l'écrivain Massimo Bontempelli, qui lui fit un exposé sur Mussolini et l'avenir radieux du fascisme. Puis, enfin, Paris ! Plusieurs lettres de Sydney l'attendaient à l'hôtel. Son frère ne le poussait pas à proprement parler à interrompre son voyage, il se contentait de lui envoyer la liste de toutes les idées que Charlie avait notées ou dictées au cours de ces dernières années, en vue d'un nouveau film traitant de critique sociale et de lutte des classes. Sydney savait qu'au bout du compte, il n'y avait qu'*une seule* tentation à laquelle son frère ne pourrait résister, celle du travail.

Mais Charlie résistait encore. Mi-avril, il retrouva Sydney à Nice pour l'anniversaire de celui-ci et réussit à le convaincre de laisser ses obligations de côté pour un temps. Ensemble, ils parcoururent l'Afrique du Nord – ce fut un voyage intéressant et drôle – avant de rentrer en France par l'Espagne après avoir appris une funeste nouvelle : à New York, Ralph Barton venait de mettre fin à ses jours.

Caricaturiste célèbre, Ralph Barton était également, jusqu'à l'année précédente, un illustrateur très recherché. Il avait la réputation d'être difficile, mais ces derniers temps, ses clients l'avaient jugé beaucoup trop difficile, et ils avaient annulé leurs projets. Tout se passait comme si ce type, par principe, ne pouvait jamais être d'accord avec rien. Avec lui, n'importe quelle commande prenait du retard. Il exerçait toutefois une véritable fascination sur Chaplin, qui ne connaissait aucun artiste à part Ralph qu'on puisse observer en train de créer son art. « Mettez-lui n'importe quoi entre les mains, un crayon d'ardoise, un caillou, un morceau de craie ou de charbon, et dites-lui : Lion ! ou : T. S. Eliot ! ou : archange Gabriel ! et il dessinera ce que vous lui avez demandé sur le papier ou sur l'asphalte, sur un tableau noir ou une serviette. Sans hésiter une seule seconde, il se met à dessiner, et ne pose pas son crayon avant d'avoir fini. Une instance supérieure guide sa main. » Cette description élogieuse ornait la quatrième de couverture d'un livre rassemblant une sélection de dessins de Ralph Barton. Elle avait présidé à l'amitié des deux hommes. Si bien que lorsque Chaplin avait appris la tentative de suicide de Ralph, parce qu'une femme l'avait quitté, il l'avait spontanément invité à l'accompagner en Angleterre et dans son voyage en Europe. Ils s'étaient beaucoup amusés à Londres, moins à Berlin, plus du tout à Vienne. Barton était vraiment difficile. Ses sautes d'humeur devenaient tyranniques, son délire de persécution avait de quoi exaspérer. Lorsqu'il quitta enfin le petit groupe, à Venise, tout le monde fut soulagé. Chaplin aussi. Tout le monde pensait qu'il ne fallait pas prendre au sérieux ses menaces constantes d'en finir, que ce n'était rien d'autre que du chantage. Mais il avait fini par le faire.

Chaplin apprit par le réalisateur français Abel Gance, qui les accompagna un moment, que Churchill séjournait à Biarritz ; le grand homme, désormais sans emploi, entendait enfin prendre des vacances, puisqu'il était de notoriété publique qu'il n'en avait pas eu depuis vingt ans.

« C'est ce qu'il a dit ?

— Apparemment, oui.

— Lui avez-vous parlé ? »

Non, Gance ne lui avait pas parlé personnellement. Il tenait cette information de l'acteur et poète Antonin Artaud, qui avait interviewé Churchill pour une revue surréaliste et avait été emballé par le personnage, son humour et son sens de la répartie – il n'avait répondu à ses questions que par monosyllabes.

« Et quelle impression lui a-t-il fait ? Était-il sérieux ? Gai ? Absent ? Furieux ? Triste ? »

Gance l'ignorait.

Chaplin décida d'aller voir son ami à Biarritz, seul. Il avait toujours mauvaise conscience à cause de l'impair commis chez Lady Astor (d'autant qu'on lui avait rapporté que « the Late Chancellor of the Exchequer » était devenu le surnom de Churchill au Parlement), il avait toujours mauvaise conscience de ne pas lui avoir accordé plus d'attention trois ans auparavant, lorsqu'il fêtait la première du *Cirque* à New York ; il estimait que c'était sa faute si leur relation s'était refroidie. La nouvelle du suicide de Ralph Barton l'avait profondément bouleversé, il n'avait voulu voir personne pendant toute une journée. Mais il devait s'avouer, là encore taraudé par la mauvaise conscience, que ses pensées n'allaient pas au pauvre Ralph, mais à son ami, seul sur la côte atlantique. Il ne s'était jamais – hélas ! – vraiment inquiété pour Barton, mais pour Winston, si. Ce n'était pas avec Barton qu'il avait fait un pacte, mais avec Winston.

Il trouva à Biarritz un « homme sans humeur ».

18

À l'hôtel du Palais, on lui dit que Churchill était sur la plage. Il peignait.

Chaplin le trouva enveloppé dans un manteau taché, coiffé d'un chapeau de paille attaché sous le menton par un lien en cuir, de solides chaussures aux pieds, et aux mains des gants de laine transformés en mitaines. Il était assis sur une chaise pliante, avait calé son chevalet dans le sable, la palette dans la main droite, le pinceau dans la gauche, un cigare entre les dents. Il peignait le phare blanc du cap Hainsart, le rocher au premier plan, la plage, l'océan et ses couronnes d'écume. Aucun oiseau. Personne.

C'était le début du mois de septembre, le vent de l'Atlantique apportait un air chargé de sel et poussait des pelotes de nuages devant le soleil, si bien qu'on passait d'un instant à l'autre d'une lumière vive et crue à une lueur pâle et terne. Or c'était un grand ciel bleu d'été au-dessus des terres et de la mer qu'il avait immortalisé sur la toile, se souvenait Chaplin. Ce tableau – ce fut sa première impression – racontait tout autre chose que le visage de son ami. Un visage à moitié caché par le foulard qu'il portait sous son chapeau, un fragment de visage qui exprimait la désolation et la colère, davantage la colère d'ailleurs. Si la caméra avait d'abord montré ce visage, tout le monde dans la salle aurait cru que le peintre faisait une satire, une caricature, qu'il portait chacun de ses coups de pinceau avec mépris et amertume, comme s'il voulait se venger, blesser quelqu'un. Or le tableau exprimait une paix qu'on ne trouvait pas dans la réalité, une paix qui ne pouvait être interprétée que comme le reflet symbolique d'un bonheur intérieur. Et pourtant, comme cette interprétation était erronée ! Et comme celle de l'expression du peintre était erronée elle aussi !

Chaplin raconta qu'il avait posé la main sur l'épaule de son ami, doucement, pour ne pas l'effrayer, et qu'il avait dit à voix basse, mais en articulant d'autant mieux – ce qui lui avait manqué dans les films sonores qu'il avait vus jusqu'ici :

« C'est moi, Charlie. »

Il voulait effacer immédiatement un éventuel sentiment d'étrangeté – ce qu'il avait échoué à faire à New York, puis dans la propriété de Lady Astor.

« C'est moi, Charlie », avait-il répété – sur un ton un peu plus théâtral cette fois, voulant dire, d'un côté, si on prenait ce pathos au sérieux : je suis venu t'apporter mon aide ; et, d'un autre, si on y voyait une certaine ironie : toi, Don Quichotte, moi, Sancho Panza, ensemble, nous vaincrons les moulins à vent – ou quelque chose de ce genre.

Churchill donna encore deux, trois, quatre coups de pinceau, puis se retourna vers lui.

« Oh », dit-il, et il se remit à peindre.

Je cite le livre de Josef Melzer, qui cite lui-même Chaplin sur trois pages :

« Je sais »… Melzer raconte que Chaplin s'interrompait constamment dans son récit et le fil de ses pensées pour se taire longuement, mais qu'il l'arrêtait d'un geste lorsqu'il s'apprêtait à lui poser une question. « Je sais, la plupart des êtres humains sur cette planète trouveront inconvenant, voire infâme, d'exploiter la souffrance d'un ami pour ses propres ambitions artistiques, d'observer cette souffrance de manière aussi précise que possible, afin de pouvoir la rendre de manière aussi précise que possible. De l'avis commun, les artistes sont inconvenants et infâmes. Le chien noir avait rendu visite à mon ami. Il l'avait saisi à la gorge. Il déchiquetait ses propos. Cet acteur et écrivain français qui l'avait interviewé pour sa revue devait être aveugle pour dire que Winston s'était montré plein d'humour et de répartie, ou alors il n'avait vu que ce qu'il voulait voir. C'est vrai, Churchill parlait par monosyllabes. Car la deuxième, la troisième, la quatrième syllabe, le chien les dévorait. J'étais arrivé au bon moment. Il me raconta plus tard que cela avait été la pire dépression de sa vie, la plus longue, et que jusqu'au paroxysme de la crise au moins, la seule chose qui lui permettait de passer la journée, c'était de savoir que dans sa valise, sous ses chemises, son Browning l'attendait. Je lui demandai pourquoi il ne m'avait pas fait venir, comme nous en étions convenus. Il me répondit qu'il n'en avait pas eu la force. Je crois qu'il n'avait plus confiance en moi. Et il avait eu toutes les raisons de me retirer sa confiance. Je l'avais laissé tomber à New York, puis chez Lady Astor. Et cette fois encore, je le laissais tomber. J'étais accouru alors qu'il ne m'avait pas appelé. Je pouvais être content de moi. J'étais là. Auprès de lui. Mais je ne valais guère mieux que cet auteur-acteur avec son interview. Je n'étais pas aveugle, mais moi aussi, je voyais uniquement ce que je voulais voir. Quelle scène incroyable ! Un vieil homme, plus vieux qu'il ne l'était en réalité, beaucoup plus vieux, assis sur la plage, prostré, tenant tour à tour son chapeau et son chevalet pour empêcher que le vent les emporte, lutte contre le chien qui le prend à la gorge et dévore son âme en peignant une scène idyllique sur sa toile. Un homme sans humeur, plein à craquer de rien, la vie comme règlement d'un sinistre. Pendant cette heure passée avec lui sur la plage, je ne pus m'empêcher de penser que cela pourrait donner une scène dans un film. Et pour la première fois de ma vie, je me dis que cela pourrait donner une scène dans un film sonore. Et pas seulement une scène, un film tout entier ! Et ce ne serait pas un tournage en studio ! C'est ici, à cet endroit même de Biarritz que je poserais ma caméra, pas un mètre plus loin. Winston avait su trouver le seul endroit vraiment légitime. Deux hommes se rencontrent sur la plage, et ce qu'on voit est différent de la réalité. Jamais une œuvre d'art n'a représenté pareille chose. En tout cas pas avec la force qui accompagnait ma vision. Seul un film peut montrer ça. Non, me disais-je, m'étonnant moi-même : *Seul un film sonore peut montrer ça !* J'avais envie de danser sur la plage ! Je venais d'inventer le film sonore ! Car qu'étaient ceux qu'on avait vus au cinéma jusqu'alors – *Le Chanteur de jazz* ou *Les Lumières de New York*, qui m'avait davantage plu – sinon du théâtre filmé ! Des documentaires. Des documentaires sur le théâtre. Alors que ce que je voyais ici, cette œuvre d'art achevée, c'était un vrai film sonore, un film parlant. *Le premier film parlant !* Ce qui se disait ici, la pantomime ne pouvait l'exprimer. Le philosophe dit que celui qui parle contracte des dettes. Cet aphorisme était gravé dans ma tête. Mais on ne peut effacer ses dettes qu'en continuant à parler. Celui qui commence à parler doit donc continuer. Le premier film parlant de Chaplin ! Évidemment, seuls des acteurs de notre ligue seraient en mesure de jouer dans ce premier vrai film parlant. Une œuvre à deux personnages. Titre : *Deux messieurs sur la plage*. Casting : *Buster Keaton et Charlie Chaplin.* Qui d'autre ? Qui d'autre, je vous le demande. Personne ne s'attendait à cela. Chaplin en anti-Chaplin. La vie telle qu'elle est ! Car ce n'est pas une œuvre en trois ou cinq actes, ce n'est pas une pièce de théâtre. La vie est une revue de scènes successives, sans ordre donné. La parole psalmodiée. L'éternel retour des mêmes choses. Chaque mot comme une mélodie reconnaissable. La lumière, c'est la journée, l'obscurité la nuit. Pas de métaphore ! Le film s'est toujours intéressé à l'étrange. Un bon film transforme ce qui n'était qu'étrange en mystère. Il le fait en montrant ce qui est. Que pourrait donner un excès d'authenticité ? Il serait logique de faire un film en couleurs. Chez Milton, Adam a des boucles couleur de jacinthe, comme Ulysse chez Homère... Je m'assis dans le sable à côté de Winston, et au lieu de lutter à ses côtés contre le chien noir, comme cela aurait été mon devoir en tant qu'ami, j'étais assis dans mon petit cinéma privé, dont l'écran était large comme l'intérieur de ma tête, je regardais, je m'étonnais, j'écoutais, je ne disais rien. Winston aurait compris. Je lui en ai parlé plus tard, et il a compris. Je lui ai dit : "Depuis que nous autres êtres humains avons appris à parler, nous voyons les choses différentes de ce qu'elles sont." C'est ce constat, lui ai-je dit, que j'avais fait cet après-midi-là sur la plage de Biarritz. Et c'est vrai. C'est pour cela que je voulais me souvenir de cette scène le plus précisément possible. C'est pour cela que cette nuit-là, dans ma chambre d'hôtel, j'ai fait un compte rendu de mémoire. C'est pour cela que j'ai été aussi attentif. Et aussi inattentif. »

Chaplin quitta Biarritz le lendemain matin – avec, dans la poitrine, la sensation amère d'avoir une nouvelle fois trahi son ami. Il eut encore droit à un gros titre peu flatteur dans le *Daily Herald* car, comme on le rapportait dans le journal, il avait tordu une fourchette dans la salle du petit-déjeuner et avait fait mine de viser un journaliste avec comme s'il s'agissait d'un revolver lorsque celui-ci lui avait demandé quand le monde pourrait voir cette pièce sur la mafia que Churchill et lui avaient tramée dans cet environnement distingué.

Il rentra en Angleterre, il fit diverses choses, il ne fit rien. En novembre, à Douvres, il envoya un télégramme à Churchill :

Apples, peaches, pears and plums
*Tell me when your birthday comes**.

Il fit diverses choses, il ne fit rien.

Nous l'avons déjà évoqué, il avait l'intention de passer les fêtes de fin d'année à Londres et de fêter Noël avec les orphelins de Hanwell School ; mais en apprenant la nouvelle de l'accident de Churchill à Manhattan, il était immédiatement parti pour New York – il voulait bien faire, cette fois –, il avait réussi à passer le majordome et l'infirmière qui ne l'avaient pas reconnu et ne voulaient pas croire qu'il était vraiment Charlie Chaplin, et il avait trouvé Churchill d'« excellente humeur », assis dans son lit, entouré de livres et de manuscrits.

« Où sont le chevalet? la peinture? les pinceaux? lui demanda-t-il, hors d'haleine.

— Tout cela n'est pas à moi, répondit Churchill, comprenant immédiatement ce que son ami voulait dire. Ne vous inquiétez pas, Charlie. Je suis ici chez ma

* Comptine. Littéralement : « Pommes, pêches, poires et prunes, dis-moi quand tombe ton anniversaire. »

cousine. Elle est peintre. Je peux donc me remettre de mon duel avec la Chrysler DeSoto dans son atelier. »

Pendant plus d'une semaine, Chaplin rendit visite à son ami chaque jour, restant toujours plusieurs heures auprès de lui. Churchill fit son portrait. Il dut peindre de la main droite alors qu'il était gaucher, car l'autre avait souffert de l'accident. Chaplin déclara que c'est ainsi que naissait une véritable œuvre d'art, du manque, et il jugea le résultat « terriblement beau ». Churchill écrivit à sa femme que jamais de sa vie il n'avait ri d'aussi bon cœur. Si M. Chaplin se trouvait un jour en danger : « Je prendrai le commandement de la Royal Navy, par un putsch s'il le faut, pour aller le tirer d'affaire. » Car la joie était une matière première dont l'Empire pouvait encore moins se passer que de charbon, de caoutchouc ou de thé.

19

La Vertu de Chaplin. – Josef Melzer écrit que Chaplin avait insisté pour que son livre porte ce titre. Si naïf que cela puisse paraître, à l'approche de la mort, il entendait rassembler des « arguments pour obtenir la grâce divine ».

À un moment de l'interview, alors qu'ils étaient en train de parler de tout autre chose, Chaplin lui avait demandé : « Monsieur Melzer, croyez-vous que… mais vous devez me dire la vérité, n'est-ce pas… croyez-vous que… Dieu a regardé un de mes films, au ciel ? »

Melzer raconte cette histoire dans la postface de la seconde édition de son livre. Il ne faut pas oublier, explique-t-il pour justifier ce décalage, que la première édition était parue à peine un an après la mort de Chaplin, à un moment où sa réputation d'artiste avait massivement souffert de ses derniers films. Selon Melzer, de nombreux critiques avaient dénié au film muet dans son ensemble toute qualité artistique supérieure, ne le voyant plus que comme une sorte de préhistoire, comme l'avait été la Commedia dell'arte pour les drames de Shakespeare. Certains, avec le recul, estimaient qu'un Buster Keaton, un W. C. Fields, un Harold Lloyd ou, plus tard, les Marx Brothers, mais aussi Stan Laurel et Oliver Hardy, avaient été non seulement aussi bons qu'un Chaplin, qu'on avait courtisé bien trop longtemps, mais qu'ils le surpassaient même et que, contrairement à lui, ils s'étaient montrés dignes de leur registre – ils n'avaient pas commis des œuvres aussi embarrassantes que *La Comtesse de Hong Kong* –, soit en évitant soigneusement le film sonore, soit en y faisant une apparition tout à fait respectable.

Le souvenir de la critique rédigée par Billy Wilder sur l'autobiographie de Chaplin était toujours vivace dans la mémoire de Melzer, tout autant que la réaction de Chaplin lorsqu'il l'avait évoquée : il n'aurait pas cru possible que quatorze ans plus tard, Chaplin en soit toujours aussi blessé. Il est vrai que ce n'était pas une critique, mais une attaque en règle, qui n'était pas dirigée contre son livre, mais contre la personne de Charlie Chaplin ; on sentait entre les lignes un mépris et une haine que ni la célébrité, ni l'œuvre, ni même l'arrogance, en érigeant autour de lui un mur protecteur, ne pouvaient mettre à distance. Le plus douloureux pour Chaplin, c'est que Wilder, avec l'instinct d'un inquisiteur, avait flairé ses propres craintes ; comme si, tout droit sorti de ses cauchemars, il lui avait tatoué sur le front, avec une aiguille incandescente, les aboiements du chien noir :

« Chaplin fut un géant tant qu'il jouait Charlot, le petit vagabond muet. Mais lorsqu'il ouvrit la bouche, ce fut pour débiter d'embarrassantes banalités… Comme si un collégien avait écrit un texte sur la *Quatrième Symphonie* de Brahms… Armé de l'érudition d'un lecteur du *Reader's Digest*, il lance de grands mots : socialisme, citoyen du monde, fraternité entre tous les hommes… C'est à pleurer : un véritable génie quitte son terrain et se ridiculise – un peu comme si Michel-Ange était descendu du plafond de la chapelle Sixtine et avait enfilé des patins à glace pour danser avec Sonja Henie. »

« L'époque, écrit Melzer, n'était guère à apprécier la naïveté d'un artiste. » Ne voulant pas compromettre Chaplin, il avait renoncé à raconter cette histoire dans la première édition de son livre – même si le titre de celui-ci, *La Vertu de Chaplin*, y trouvait sa justification. Il craignait que les pensées de son protagoniste aient l'air bêtes et soient une nouvelle fois tournées en ridicule si elles n'étaient rendues qu'en mots – sans qu'on puisse le regarder dans les yeux, suivre ses gestes, son corps encore éloquent malgré son grand âge, son enthousiasme.

Aujourd'hui (dix ans plus tard), personne n'essayait plus de minimiser le génie de Chaplin, et seuls les éternels cyniques auraient pu se moquer de sa naïveté.

Lorsque Chaplin parlait des sentiments qui l'assaillaient en plein travail, ses paroles n'étaient pas moins ferventes que celles d'un mystique qui aurait eu une révélation divine :

Ainsi lui avait-il dit un jour : « Picasso ne croyait pas en Dieu, mais il était convaincu qu'au moins un de ses tableaux était accroché au ciel… Il n'aura certainement pas vu tous mes films, je ne peux pas attendre ça de lui… J'aimerais qu'il ait vu *Le Kid*… non, plutôt *La Ruée vers l'or*, qu'en pensez-vous ? Que lui conseilleriez-vous, Monsieur Melzer ? Einstein lui recommande *Les Lumières de la ville*, je le sais. Pour ce qui est des *Feux de la rampe*, j'aimerais d'abord modifier certaines scènes, en couper quelques autres, si c'est encore possible… »

L'interview avait duré au total cinq longues journées de travail, écrit Melzer, et jamais Chaplin n'avait été aussi sérieux qu'au cours de cette petite demi-heure. Comme s'il s'agissait là du dernier message qu'il voulait laisser au monde de son vivant – et qu'il adressait déjà un peu à l'au-delà.

Il était revenu une nouvelle fois sur l'épisode de l'hôtel Biltmore à Los Angeles, en février 1927, lorsque Churchill et lui avaient fait un pacte contre leur chien noir et que la fille de Churchill, Sarah, alors âgée de treize ans, les avait rejoints parce qu'elle n'arrivait pas à dormir. Churchill voulait le complimenter devant sa fille, et il avait affirmé que Chaplin pouvait jouer n'importe qui. Selon le souhait de Sarah, il avait joué son père, si parfaitement qu'elle hésitait entre effarement et enchantement, s'exclamant, d'abord à voix haute, en riant, « Encore ! Encore ! », puis d'une voix de plus en plus basse et sérieuse, et finissant par secouer la tête, en cachant son visage dans ses mains.

« Allons-nous demander à M. Chaplin de jouer quelqu'un d'autre ? proposa Churchill à sa fille.

— Qui ? demanda-t-elle.

— Comme tu veux ! Choisis quelqu'un que tu connais et que M. Chaplin connaît aussi.

— Je n'ai pas d'idée, Pomp.

— Veux-tu qu'il joue le président des États-Unis ?

— Je ne le connais pas.

— Le roi ? »

Cela ne l'intéressait pas particulièrement.

« Ebenezer Scrooge ? »

Il n'existait pas, c'était un personnage inventé.

« Veux-tu qu'il joue Charlot ?

— Mais c'est lui, Charlot, Pomp.

— Non, Sarah, lui, c'est M. Charles Chaplin.

— Je n'ai vraiment pas d'idée.

— Moi, j'en ai une, annonça Churchill. Voulons-nous lui demander de te jouer, toi, Sarah ? »

Ils éclatèrent de rire tous les trois, et Sarah dit : « Mais ce n'est pas possible, Pomp, il est bien trop vieux pour ça.

— Il pourrait te jouer telle que tu seras dans vingt-cinq ans », reprit son père.

Sarah refusa.

Et puis, racontait Chaplin cinquante ans plus tard, Sarah avait fait une suggestion étrange.

Elle avait proposé qu'il se joue lui-même.

Chaplin avait alors repensé à Eva Lester et à sa théorie selon laquelle l'artiste trompe Dieu avec son art. Il s'était dit : je suis moi tel que Dieu m'a fait ; Charlot, en revanche, c'est moi tel que je me suis fait, et Charlot est plus réussi que moi, voilà ma tromperie. Les avocats de Lita sont des crapules, mais même s'ils exagèrent, au fond, ils ont raison. Je suis ce qu'ils disent de moi : vaniteux, égocentrique, pingre, despotique, brutal, impitoyable, méchant, lubrique. Mais j'ai créé un personnage qui est meilleur que moi. C'est en cela que réside ma vertu.

« Je ne peux pas, lui avait-il répondu. Je ne peux pas me jouer moi-même. Et puis, c'est déjà assez que je sois comme je suis. Moins il y a de gens qui le voient, mieux c'est. »

Cela amusa Churchill. Mais Sarah lui lança une nouvelle fois un regard semblant dire qu'elle lisait sur son visage les pensées qu'il n'avait pas formulées à voix haute ; qu'elle le voyait tel qu'il était vraiment, sans qu'il se joue lui-même, comme si elle avait déjà eu le même genre de pensées.

Il dit à Josef Melzer : « Une vie pleine de vices, et une seule vertu. » Voilà pourquoi il souhaitait que le journaliste intitule son livre *La Vertu de Chaplin*.

« Je ne suis pas un imbécile, comme le croit M. Wilder, et je ne suis pas naïf, je ne suis même pas heureux. Seul un imbécile heureux peut persister toute sa vie dans la naïveté. N'importe qui d'autre s'en défait ou la perd à un moment ou à un autre. La plupart deviennent alors butés ou méchants. Mieux vaut ne jamais avoir été naïf. Mon frère Syd et moi n'en avons pas eu l'occasion. Heureusement. Ou malheureusement pour nous. »

C'est sur cette citation que s'achève la postface de Melzer à la seconde édition de son livre.

TROISIÈME PARTIE

20

L'inquiétude de Clementine Churchill avait pour principal objet son mari ; c'était une « inquiétude empreinte de fatalisme », comme j'ai pu le lire dans les passages de son journal intime qui ont été conservés ; une inquiétude qui « exigeait souvent une attention de fin limier » sans « toutefois lui donner mauvaise conscience ». Elle avait toujours su que Winston était « guidé », que toutes ses tentatives de protection active resteraient donc sans effet, et seraient perçues comme gênantes. Elle estimait de son devoir de « déblayer le chemin, d'installer des pancartes de mise en garde, d'atténuer les aspérités » et, surtout, « de se préparer elle-même et sa famille à une catastrophe ». Elle lisait dans le cœur de son mari et y voyait, à côté de cette joie de vivre « baroque », admirée et décriée à la fois, et galvaudée aussi car évoquée dans le moindre portrait qu'on faisait de lui dans les journaux, un mal de vivre aux aguets, dont elle savait qu'il était aussi puissant que son chatoyant contraire. Qui aurait pu jurer que même si son mari était « guidé », il serait plus fort que les forces destructrices ? « Il ne craint pas la mort, écrit-elle. Parfois même, il la souhaite. Il l'avalera comme un cachet. » L'idée qu'il puisse mettre fin à ses jours était présente à son esprit dès le jour de son mariage. C'était une nouvelle qu'elle s'attendait toujours à entendre.

L'inquiétude qu'elle éprouvait pour son fils, en revanche, était synonyme de mauvaise conscience. Il était clair qu'il buvait trop. Il buvait déjà à l'âge de quinze ans. Ses parents ne lui avaient pas donné le bon exemple. Mais depuis la nuit où Stan Carrick, le chauffeur de Winston, l'avait ramassé dans le caniveau, à une centaine de mètres de leur appartement londonien, et s'était fait taper dessus pour l'avoir ramené à la maison, Clementine évitait de boire de l'alcool devant Randolph. Elle devenait mutique en sa présence ; elle regardait de côté, elle regardait en l'air, ou ses pieds, et faisait en sorte de ne pas se retrouver seule avec lui dans une pièce. Winston ne voyait rien de grave dans ce « côté excessif du fils » ; au contraire, il lui arrivait d'aménager son emploi du temps lorsqu'ils se livraient ensemble à une beuverie nocturne – une orgie de champagne, de brandy, de whisky, de tabac.

Un ami le mit en garde : depuis que Randolph était tout petit, son père le gâtait beaucoup trop, il allait récolter la tempête. Mais Winston n'était pas de cet avis. « Les jeunes gens, avait-il l'habitude de dire, font ce qu'ils veulent. Le seul moment où les parents ont vraiment un certain contrôle sur leurs enfants, c'est avant leur naissance. Après cela, leur caractère se développe trait pour trait, impitoyablement. » Il fit de Randolph son camarade – ou, pour le dire comme cet ami, il le força à le devenir –, son confident, son acolyte ; il l'emmenait avec lui lorsqu'il rencontrait les grands de ce monde. Et ne lui demandait *pas* de se taire. Il l'encourageait au contraire à prendre la parole chaque fois qu'il estimait pouvoir apporter une contribution à la discussion. Ce que faisait le fils à haute et intelligible voix – une voix qui, pour certaines oreilles, avait des accents tyranniques.

Diana, qui avait deux ans de plus que son frère, avait été « l'enfant-test ». En lisant cette expression et ce qu'elle signifiait, un frisson me parcourut l'échine, et je me hâtai d'aller voir comment se terminait son histoire : « Puppy Kitten », comme on la surnommait enfant, avait mis fin à ses jours à cinquante-quatre ans ; avant cela, elle avait elle-même consacré beaucoup de temps aux suicidaires au sein de la Samaritian Organisation. Et puis son mal de dos l'avait reprise et, une nuit, il était devenu insupportable. Ce que son père appelait « le chien noir », elle le nommait « son mal de dos ». « Puppy Kitten a mal ici, et là, et plus haut, et de l'autre côté aussi ! », s'exclamait-elle, enfant, lorsqu'elle voulait qu'on lui gratte le dos, et quand elle était triste, son père lui demandait : « Puppy Kitten a mal au dos ? », et il la grattait. Lorsqu'elle quitta ce monde, il avait encore deux rotations autour du soleil à vivre. À compter de ce jour, il garda les yeux à terre, en murmurant de temps à autre : « Plus maintenant. Plus maintenant. » Lorsqu'on lui demanda ce qu'il voulait dire par là, il répondit : « Désormais je suis trop vieux pour le faire moi aussi. C'est trop tard, maintenant. Même pour cela. Il ne faut pas remettre ce genre de chose trop longtemps. »

On n'accordait pas beaucoup d'attention à l'enfant-test. Diana n'était pas difficile comme Randolph, elle ne nourrissait pas d'ambitions artistiques comme Sarah, la préférée de leur père, et elle était loin d'être aussi jolie que celle-ci, dont la chevelure roux Titien constituait l'attraction de chaque sortie en société ; elle n'était pas aussi intelligente que Mary, la plus jeune, et ne possédait pas son potentiel de séduction. Elle buvait. Mais à la différence de Sarah et Randolph, elle en avait honte et elle en souffrait. Elle fut la première, dans cette famille, à employer le terme d'addiction en lien avec l'alcool. Elle ne plaisantait pas à ce sujet comme le faisait son père : « Je ne suis pas alcoolique, aucun alcoolique ne pourrait boire autant que moi. » Elle ne s'exprimait pas en public, refusait les interviews, sur quelque sujet que ce soit. Elle ne semble pas avoir eu beaucoup d'amis. Elle aimait la solitude. Et elle en avait peur. Car lorsqu'elle était seule, elle buvait. On a parlé à son sujet de « crises de nerfs ». Il s'agissait de dépressions soudaines, arrivant sans crier gare et ne pouvant être considérées comme le symptôme de telle ou telle maladie. Dans les biographies de son père, on évoque rarement Diana, et elle est la seule enfant Churchill à ne pas apparaître dans le récit autobiographique de la Seconde Guerre mondiale rédigé par celui-ci.

William Knott, en revanche, parlait d'elle dans ses lettres à mon père. Ils n'avaient pas eu souvent l'occasion de se voir – pendant la guerre, Diana s'était engagée dans le Women's Royal Naval Service, la branche féminine de la Royal Navy, et Knott était auprès de son père, où qu'il soit –, mais ces quelques rencontres avaient suffi pour faire naître une sympathie réciproque. Comme Mary, dont Knott ne fera la connaissance que plus tard, elle était dépourvue de toute arrogance, mais contrairement à elle, elle était grave et extrêmement consciencieuse ; elle n'était pas pour autant renfermée, en tout cas, c'est l'impression qu'elle avait faite à Knott, au contraire, elle lui avait parlé de ses parents et de ses frères et sœurs avec une grande franchise. Diana fut d'ailleurs la seule de la famille Churchill à rester en contact avec lui une fois qu'il eut quitté ses fonctions. Mary ne l'avait contacté que dix ans après la mort de son père.

Clementine n'était pas inquiète pour sa fille Diana. Elle déclara dans d'autres circonstances – Virginia Cowles, la biographe de Churchill, se souvient des mots exacts qu'elle avait prononcés : « On ne s'inquiète par pour ceux qu'on aime le plus, mais pour ceux qui constituent le plus grand danger pour votre propre bien-être. » L'inquiétude n'était rien d'autre qu'« une forme d'égoïsme déguisé ». Diana, manifestement, ne semblait pas constituer un tel danger.

21

À l'époque où se passe l'événement dont je prépare ici le récit, et qui constitue un premier point d'orgue dans mon histoire – Munich, avril 1932 –, Diana était fiancée à John Milner Bailey, le fils de Sir Abe Bailey, un riche Sud-Africain ami de son père. Le mariage devait avoir lieu en décembre. Diana avait vingt-trois ans, John trente-deux. On ne peut pas dire qu'il s'agissait d'un mariage arrangé – aucun accord n'avait été passé dans leur dos, on leur avait parlé, ensemble et individuellement, tout à fait ouvertement ; les familles s'étaient contentées de leur « suggérer » un rapprochement. Diana et John se connaissaient à peine, elle ne l'avait pas spécialement impressionné, et lui non plus. C'est ce qui ressort de leur premier échange, en présence des parents, après la promenade dans le parc de Chartwell qu'ils avaient effectuée à la demande de ceux-ci. Ils qualifièrent tous deux l'atmosphère de cette balade à deux de neutre. Winston déclara que c'était là la base idéale d'un mariage prometteur ; lorsque l'homme et la femme se connaissaient bien et depuis un certain temps avant de se marier, et que le temps de la passion amoureuse se situait donc avant les noces, le mariage inaugurait une période d'attiédissement ; et toute la vie, le mariage avait un arrière-goût insipide et le souvenir du temps d'avant devenait une source d'insatisfaction. Tandis que dans leur cas, la passion amoureuse et l'amour allaient croître en même temps, sur le même terrain.

Comme l'avait prédit Winston, chacun – indépendamment l'un de l'autre – fit savoir peu après ses fiançailles qu'il ne considérait pas comme irréaliste la possibilité de tomber amoureux de l'autre dans les mois suivants.

Pour encourager ces sentiments, Winston proposa d'entreprendre un dernier voyage en famille – une réunion de famille informelle, un voyage qui les mènerait aux Pays-Bas, un peu en France également, et plus longuement en Allemagne – en Rhénanie, en Hesse, en Bavière ; on n'était pas obligés de rester tout le temps tous ensemble – quelques jours, puis certains quitteraient le groupe, des amis viendraient les rejoindre, puis ils seraient à nouveau tous les trois, Clementine, la petite Mary et lui, avant de tous se retrouver autour d'une table – chacun selon ses envies, tout le monde gravitant autour de tout le monde : des vacances, quoi. Des vacances, comme si on n'avait rien d'autre à faire.

À cette époque, Winston n'avait effectivement rien d'autre à faire – mis à part sa fonction de député à la Chambre basse, où il était considéré comme un des orateurs les plus zélés ; mis à part le fait qu'il écrivait régulièrement des chroniques : pour *Strand Magazine*, le *Sunday Pictorial*, le *Daily Mail*, le *Times*, la *Saturday Review*, pour *Answer*, le *Sunday Telegraph*, le *Sunday Chronicle*, le *Sunday Dispatch*, le *Sunday Times*, dans l'*Evening Standard*, *News of the World*, le *Jewish Chronicle*, le *Daily Telegraph* et toute une série de journaux et magazines britanniques et américains, à raison de deux, trois, quatre articles par semaine (le traitement d'un simple député pouvait être qualifié de symbolique et pas seulement au vu du train de vie des Churchill ; or si Winston avait perdu une part considérable de sa fortune à la suite du krach boursier, il n'était pas prêt à envisager le moindre changement dans ses habitudes et celles de sa famille, il avait donc besoin de son travail de journaliste pour vivre, et se désignait donc lui-même comme un « pigiste », avec un mélange d'ironie et de fierté, sachant très bien que ses articles lui rapportaient plus du double de ce que gagnait le Premier ministre) ; mis à part le fait qu'il avait appris le métier de maçon et qu'à Chartwell, avec son maître Harry Whitebread, il avait déjà bâti un mur de vingt mètres de long, un pavillon pour les invités, une piscine et un étang, où il élevait des orphes et deux cygnes noirs, et autour duquel il avait aménagé une roseraie qui n'avait rien à envier en raffinement à celle de Sa Majesté ; et mis à part le fait qu'il avait construit, sans aucune aide une maisonnette en briques pour sa plus jeune fille, Mary, avec une cheminée et un petit poêle, qui se vit attribuer le nom de « Mary Cot ». – Mis à part tout cela, il n'avait effectivement rien à faire. Il était hors jeu. À l'écart du pouvoir.

Il lui avait fait ses adieux.

Un matin – « d'excellente humeur, [il avait] regardé le soleil, éternué vigoureusement, allumé un Romeo y Julieta, éteint l'allumette entre pouce et index, léché ses doigts et, chapeau de paille sur le crâne, pantalon retroussé » –, il s'était « mis en route » dans le gazon humide du mois de mars, avançant jusqu'à l'orme au tronc fendu (allant un peu de travers et boitant un peu à cause de son accident new-yorkais), il avait installé son chevalet et sa petite table de peinture et peint jusqu'au soir. David Inches, le majordome, – « my man », – avait pour tâche de lui apporter à manger et, de temps en temps, de remplir de glace le seau à champagne. Churchill peignait le paysage qui se terminait à l'ouest en une colline tout juste arrondie et qui, vu de cet endroit, n'était que prairie, il peignit le ciel au-dessus et, entre les deux, une bande de colza. Il employait des pinceaux plus fins que d'habitude ; comme cela, il n'aurait pas fini de sitôt. Ce jour-là, racontait-il avec le même enthousiasme trente ans plus tard, il s'était senti comme un jeune peintre qui s'aventurait pour la première fois à réaliser une huile sur toile. Il avait tout oublié autour de lui. Il s'était oublié lui-même. Il avait oublié le paysage. Le paysage lui avait révélé son être véritable, qui n'était pas caché derrière son apparence, mais à l'intérieur de son cœur à lui ; c'est dans son cœur, il le savait maintenant, que le monde des idées de Platon existait. Ce qu'un ami lui avait prédit venait enfin de se produire : un jour, il comprendrait qu'au fond de lui-même, il était peintre et, ce jour-là, il s'assiérait devant son chevalet et peindrait pour peindre, et non plus pour se changer les idées.

Le tableau que Churchill a peint en ces premiers jours de mars est effectivement différent de ses autres œuvres ; au premier abord, on dirait une peinture abstraite. Détail plutôt inhabituel pour un paysage, le tableau se présente dans le sens vertical et se compose de trois plans de couleur horizontaux, celui du milieu étant beaucoup plus mince que les deux autres. Rien dans ces couleurs ne rappelle un paysage naturel. Walker Pfannholz, expert chez Sotheby's et commissaire d'exposition de la toute première rétrospective de l'œuvre de Churchill (qui ne fut organisée qu'en 1987 !), qualifie ce tableau dans la préface du catalogue de l'exposition comme le meilleur de Churchill, meilleur que ne le jugeait l'artiste lui-même ; il rappelait la peinture en champs de couleur de Marc Rothko, qui n'apparaîtrait que vingt ans plus tard.

À plusieurs reprises au cours de ces journées, Clementine s'était glissée près de lui car elle était inquiète. Il ne parlait pas lorsqu'il peignait ; on pouvait le *regarder*, si on voulait ; en revanche il n'y avait rien à écouter. Elle scrutait son visage. Le soir, après le dîner, il singeait les gens de pouvoir, qui faisaient les clowns tout près de là, à Londres, et dans le vaste monde, et il exposait ce qu'il ferait de Gandhi s'il avait son mot à dire. Là, il y avait de quoi écouter. Même s'il était plus modéré ces derniers temps, qu'il ne fouillait plus trop profond dans l'Histoire, et qu'il évitait les comparaisons, comme celle qu'il avait faite entre Gandhi et le tristement célèbre Tipû Sultân, chef de l'Empire moghol, dans le Sud de l'Inde, qui avait pris l'habitude, au XVIIIe siècle, de nourrir ses tigres de citoyens de l'Empire britannique. Il pouvait disserter sur ce sujet pendant des heures, décrivant les cruautés les plus inimaginables, pour conclure en chuchotant que ce cauchemar occidental d'un despote oriental était, quand on avait affaire à lui personnellement, d'une bonté angélique et aussi conciliant qu'une plante verte, exactement comme M. Gandhi.

Dans la biographie qu'elle consacre à sa mère (Mary Soames, *Clementine Churchill*, Londres, 1979), Mary écrit que pour Clementine, l'affairement proprement surhumain de son mari fut pour elle « un lourd fardeau ». Écouter ses monologues évidemment encensés, dans lesquels il savait évidemment convoquer les grands esprits de toutes les époques dans une argumentation fluide, parer ou éviter ses humeurs, qui avaient évidemment quelque chose de génial, se dresser contre son silence dépressif, accepter ses accès de colère comme les caprices du temps, bref : être le témoin de cette vie évidemment grande n'était pas moins éreintant que de la vivre, car cette vie ne laissait aucune place à celle de Clementine. Celle-ci était habituée à jauger les humeurs de son mari dès leur stade « sous-cutané ». Elle savait également reconnaître un accès de désespoir étouffé. Le teint de Churchill en disait long. Les gens pâles de nature disposent d'une palette plus large que ceux dont la peau est très pigmentée. Celle de

Winston était un film transparent laissant apparaître la moindre émotion, traduite en afflux sanguin. Lorsqu'il rougissait, les rougeurs n'étaient pas uniformément réparties, mais dessinaient des taches. Ce n'était pas vraiment joli, mais très instructif pour qui savait lire ce visage. Une rougeur sur le cou qui montait lentement jusqu'aux joues, mais épargnait la bouche et le nez était synonyme de colère. Lorsque ses oreilles étaient incandescentes mais que le reste du visage gardait son aspect normal, c'est qu'il était impatient ; la plupart du temps, cela annonçait une remarque méprisante qui ferait taire la personne concernée pendant au moins une heure. Lorsque le contour des yeux devenait gris cendre, l'interprète savait que son mari avait été offensé. Un front humide, pâle, bleuâtre, était signe d'épuisement, ce qui ne diminuait pas le flux de la parole, mais le rendait plus confus, si bien que l'orateur se perdait parfois en conditionnelles et subordonnées sans parvenir à retrouver sa proposition principale. Des lèvres rouge vif indiquaient une amélioration de son humeur, la soirée s'annonçait drôle, avec sans doute quelques enfantillages, et plus d'alcool que d'ordinaire. Elle était attentive au rythme et au modèle syntaxique de son discours, au ton qu'il prenait lorsqu'il s'échauffait, qui étaient les plus fiables indicateurs permettant de dire si Churchill était bien ou mal dans sa peau. Ses mimiques et ses gestes en disaient long eux aussi. Sa démarche. La voussure de son dos. S'il marchait en traînant les pieds ou non. L'aspect brillant ou mat de ses ongles. Si la ceinture de sa robe de chambre était enroulée ou nouée, ou si ses extrémités pendaient. Clementine avait l'habitude d'observer la moindre émotion de son mari à toute heure du jour et de la nuit et, le cas échéant, de prendre les mesures nécessaires.

22

Lorsque ce visage d'ordinaire enclin aux taches et aux nuances de couleur était d'une pâleur régulière et durable, cela pouvait signifier que le chien noir avait réussi à s'échapper de sa cage.

Clementine, cachée derrière l'orme au tronc fendu, observait son mari. Pour la première fois, elle fut incapable d'interpréter les signes qui s'offraient à elle. Elle savait d'expérience que des mouvements monotones, sans rythme reconnaissable, pouvaient être les symptômes d'une humeur dépressive. Winston sifflait doucement en peignant – c'était impossible, il avait horreur de siffler. Aucun doute, il était de bonne humeur. Elle alla demander son avis à David Inches. Le majordome, le meilleur limier sur place après elle, confirma son impression : « Je ne l'ai jamais vu d'aussi bonne humeur, déclara-t-il, avant de se reprendre, mais peut-être n'est-il pas exact de parler de bonne humeur, Milady. Je crois qu'il serait plus approprié de parler d'humeur tempérée. »

Il n'empêche que le visage de Winston était d'une pâleur régulière, et ses mouvements monotones. Quant à son sourire, il se perdait dans le lointain.

Elle inspecta donc la maison, vérifiant que les armes étaient à leur place. Elle trouva le fusil Mannlicher chargé. Cela ne voulait rien dire. Elle en sortit tout de même les cartouches et les cacha. Le Webley Scott 42 mm et le Colt 45 mm étaient dans leurs étuis, et rien n'indiquait qu'on y avait touché depuis sa dernière inspection. Elle mit son réveil à quatre heures, l'heure à laquelle Winston allait se coucher. Elle entra dans sa chambre, s'allongea à côté de lui, passa sa main sur son ventre imberbe, encore plus imposant en position couchée, souleva d'un côté le bandeau qu'il portait la nuit pour voir s'il dormait déjà. Il ne dit pas un mot, mais enroula une mèche de ses cheveux autour de son index. Elle posa son oreille sur son torse. Écouta attentivement. Elle avait lu quelque part que seul le cœur de personnes dépressives ou dans le coma battait avec la régularité d'un métronome. Le cœur de Winston battait à un rythme régulier, calme, avec quelques irrégularités. Le lendemain, elle inspecta la pharmacie. Elle ne trouva rien d'étrange. Elle s'y attendait. Plus jeunes, ils avaient souvent évoqué le thème du suicide, en toute objectivité, comme s'il s'agissait d'un phénomène anthropologique uniquement observable chez une certaine race, à laquelle ils n'appartenaient pas. Ils s'étaient également livrés à des réflexions afin de déterminer la manière dont ils s'y prendraient en admettant qu'ils fassent partie de cette race. Clementine avait exprimé une préférence pour les variantes sanglantes, Winston pour le poison. Dans la mort, s'était-elle justifiée, elle n'accordait plus aucune importance à l'esthétique ou à la discrétion. « Moi, c'est le contraire », avait-il rétorqué. Elle ne l'avait pas cru. Ce mensonge lui avait mis la puce à l'oreille. Winston se tuerait avec une arme à feu. C'était la seule méthode envisageable pour lui. Elle se dit que de telles idées devraient lui faire peur. Mais elle n'avait pas peur.

Ce soir-là, ils reçurent la visite de Robert J. G. Boothby et Brendan Bracken. Tous deux faisaient partie du public régulier de Winston. Il les considérait comme des amis. Clementine préférait parler de public régulier – ce qui lui permettait aussi de dédramatiser la compagnie intimidante de ces personnalités ; la coiffure de Bracken, par exemple, était si imposante qu'on devait la voir depuis la Lune. Ils faisaient partie des rares personnes qui ne s'étaient pas détournées de l'ancien chancelier de l'Échiquier de Sa Majesté, une fois qu'il fut mis hors jeu par Stanley Baldwin. Pour Boothby et Bracken, qu'il soit officiellement à sa tête ou non, Winston était le chef du parti conservateur.

Ils restèrent bien après minuit, dégustèrent la mayonnaise au crabe que Sir Abe Bailey avait rapportée d'Afrique du Sud, le foie gras que les cousines de Clementine avaient rapporté de France, burent du champagne et du scotch en écoutant Winston disserter sur la photographie – d'une voix inhabituellement calme, laissant de la place aux éventuelles questions, mais aussi à sa propre réflexion : la photographie donnait toujours à voir un instant passé, c'était la plus triste des formes d'art, car elle évoquait un moment qui ne reviendrait jamais ; « la peinture nous dit ce qui est, la photographie ce qui fut » ; la photographie plongeait la peinture dans une crise, comme le faisait le film pour le théâtre ou le film parlant pour le film muet ; la littérature elle-même n'était pas à l'abri d'une telle crise, car qui pouvait garantir que l'humanité ne se détacherait pas un jour de l'écrit pour privilégier à nouveau l'oral, qu'étaient quelques millénaires d'écriture contre les centaines de milliers d'années au cours desquelles les hommes s'étaient rassemblés pour écouter l'un d'entre eux, qui maîtrisait le verbe. Tout était sujet au changement, toute forme d'art, toute fonction officielle et la politique en général, la vie, les émotions, les passions. Aucun instant ne revient jamais.

« Je sais que ce constat n'a rien d'original. Mais l'envisager et le comprendre sont deux choses différentes. Je ne l'ai compris qu'en réfléchissant à la photographie pendant que je peignais. »

Tout cela était infiniment triste. Ou pas, après tout. La répétition incessante d'une même chose, voilà qui vous rendrait fou.

Lorsque Clementine raccompagna ses hôtes à la voiture, où le chauffeur s'était assoupi, Boothby déclara : « Il est heureux. J'ai raison, n'est-ce pas ? »

Clementine acquiesça.

« Voilà donc comment il est, lorsqu'il est heureux. C'est un spectacle auquel il faut s'habituer. Est-il heureux, ou plutôt content ? »

Clementine lui demanda quelle était la différence.

« Je ne l'ai jamais vu de meilleure humeur, s'étonna Boothby. Ou n'est-ce pas le bon terme ? On peut le dire, n'est-ce pas ?

— Inches pense qu'il est d'humeur tempérée. Je crois qu'il a raison. C'est un meilleur terme que “de bonne humeur”. C'est plus durable.

— Moi qui croyais que la politique était aussi addictive que l'opium.

— Cela n'est vrai que quand on mise toute sa vie dessus, le corrigea Bracken, avant de demander à Clementine : Que fait-il ?

— Il peint.

— Je croyais que c'était dangereux.

— Ce ne sont pas les mêmes tableaux qu'avant. Et il siffle en peignant.

— Il siffle ! Bonté divine ! Et que siffle-t-il donc ?

— *Tiptoe through the Tulips.* Il fredonne l'air, puis il le siffle. Il alterne.

— Et où a-t-il appris cette chanson ?

— C'est Sarah qui la lui chante. »

Clementine était très inquiète.

23

C'est de cette période que date la première des deux lettres de Churchill à Chaplin qui ont été conservées. Churchill y évoque l'inquiétude qui le ronge *lui*, et on a l'impression que de tous ses soucis, ce qui l'affectait le plus n'était pas, comme toutes les biographies écrites sur lui l'affirment, la perte de pouvoir à la Chambre basse et au sein du parti conservateur, ni la peur d'être arrivé à la fin de sa carrière politique et de mourir d'ennui, ni non plus ce qu'évoquait Clementine lorsqu'elle parle, dans une lettre à sa cousine Gwendoline, de « *notre* (c'est moi qui souligne) principale inquiétude », c'est-à-dire celle que leur cause leur fils Randolph, ce n'est pas non plus l'idée que Diana allait se marier et passer sa vie aux côtés d'un homme qu'elle n'aimait pas, qu'elle connaissait à peine, non, cette inquiétude qui le rongeait avait pour objet sa fille Sarah. D'autres sources viennent confirmer cette impression. Il avait apparemment confié à plusieurs reprises à Brendan Bracken : « Dans les veines de Sarah coule le sang de ma mère. » Bracken savait ce que Winston entendait par là. Il en avait parlé à son tour dans une lettre à un ami, et manifestement, l'ami en question savait lui aussi de quoi il retournait. « Pauvre Sarah, répondait cet ami, pauvre Winston, pauvre Clementine ! »

Sarah avait dix-huit ans à présent, et de l'avis de son père, elle s'intéressait bien trop aux hommes ; Bracken, qui ne mâchait pas ses mots, la qualifiait de « nymphomane ». Elle n'était pas une beauté classique, son visage était trop mince, ses cheveux d'un roux trop flamboyant, ses dents un peu trop grandes, un peu trop blanches, mais jeune fille déjà, elle dégageait une énergie sexuelle et un désir tels qu'à chaque fois qu'elle était en société, les hommes se pressaient autour d'elle, et elle ne se gênait pas pour montrer ses préférences. En cela, elle ressemblait beaucoup à sa grand-mère Jennie.

La mère de Winston, Jeanette « Jennie » Churchill, née Jerome, était la fille d'un homme d'affaires et spéculateur en Bourse américain, et elle fut l'une des plus belles femmes de son temps. Son mari et elle n'étaient pas bien assortis, entendit-on après la mort précoce de celui-ci, le cœur passionné de Jennie s'était heurté à un esprit froid et calculateur. Arthur James Balfour (qui fut Premier ministre entre 1902 et 1905) livre du couple une description semblable : « Lord Randolph était un fanatique, Jennie une romantique, sa passion à lui consumait l'amour, la sienne à elle la raison. » Une fois veuve, Jennie mena une vie légère, multipliant les aventures, notamment avec le roi Édouard VII d'Angleterre, le roi Milan de Serbie, le diplomate hongrois Karl comte Kinsky. Le chancelier de l'Empire allemand, Otto von Bismarck, le plus fidèle des époux, avait fait sa connaissance à Bad Kissingen, et il s'était épris si violemment de la jeune femme, qui était de quarante ans sa cadette, qu'il avait mis fin prématurément à son séjour, avant, comme il le confia à son biographe Lothar Bucher, d'avoir « quelque chose à regretter ». Le vicomte d'Abernon, écrivain et homme politique, l'un des hommes d'État européens les plus influents de l'entre-deux-guerres, ne tarissait pas d'éloges à son propos : « Son regard tenait davantage de la panthère que de la femme, mais son esprit cultivé n'était pas le fait de la nature sauvage. » On ne trouve pas que des hommes célèbres parmi ses conquêtes, son appétit sexuel ne s'accompagnait d'aucun snobisme. D'après ses propres calculs, elle avait dû avoir plus de deux cents amants. Elle se remaria deux fois après la mort du père de Winston, et son dernier mari, qu'elle épousa à soixante-six ans, avait vingt-cinq ans de moins qu'elle, soit cinq de moins que son fils Winston.

Winston était loin d'être prude ; dans l'aristocratie, sexualité et morale n'étaient pas forcément liées. Il admirait sa mère, et lui écrivit à l'âge de vingt-quatre ans : « Cela ne fait aucun doute, tous deux, toi et moi, sommes du même tempérament téméraire – nous sommes prodigues et extravagants. » Par ce dernier mot, il entendait : dépourvu d'« un sens de la morale vraiment développé ». Il aurait bien voulu ressembler à son père, mais aussi à sa mère. Or il ne ressemblait nullement à son père, il en avait fait le triste constat ; et pour être comme sa mère, il lui manquait « cette dévorante joie de vivre », comme il le formula dans une de ses chroniques autobiographiques (que, comme une douzaine de textes semblables, il ne publia jamais). Sa vitalité notoire, « baroque », n'était pas de la joie de vivre mais, comme il l'écrivait dans ce texte, une « discipline pour lutter contre la mort ». La vérité, c'était que la sexualité le dégoûtait – mais ce n'était pas un dégoût bourgeois ou moral. Il n'était même pas contre un peu de vantardise dans ce domaine, mais lui-même menait une vie quasi monacale. Il se souvenait de sa mère comme de quelqu'un d'excessif ; dans la formule « dévorante joie de vivre », joie était un euphémisme. Il savait qu'elle était malheureuse, qu'elle souffrait de son appétit sexuel comme d'une addiction. Et il savait aussi que comme lui, elle avait souvent pensé à mettre fin à ses jours.

Au moment d'embaucher William Knott, son secrétaire particulier très particulier, il lui dira : « Je pleure tout le temps. Il faudra vous y habituer. » Il n'était pas rare qu'il ait les larmes aux yeux lorsqu'il pensait à son père, et lorsqu'il pensait à sa mère, c'était toujours le cas.

Il craignait à présent que Sarah, sa préférée, sombre dans la même addiction que sa mère. Le fait qu'elle boive trop d'alcool comme son frère, alors qu'elle n'avait même pas vingt ans, ne l'inquiétait pas outre mesure ; en revanche, qu'elle ne puisse regarder un homme sans trahir ce qui se passait en elle, cela l'inquiétait beaucoup.

Cette lettre adressée à Chaplin est d'autant plus étonnante. Winston connaissait évidemment la réputation de son ami à Hollywood, et pas seulement à Hollywood. Après tout, ils avaient fait connaissance à un moment où on portait contre Chaplin les accusations les plus grossières, et où les rumeurs les plus révoltantes circulaient sur son compte dans les journaux.

La succession de Chaplin ne mentionne aucune lettre de Churchill, celle de Churchill aucune lettre de Chaplin. Mais on trouva deux « brouillons » chez Churchill. Je mets ce terme entre guillemets car on ne sait pas s'il s'agit effectivement de brouillons, ou de lettres qui n'auraient pas été envoyées – à moins qu'elles n'aient été envoyées sous une autre forme et détruites par leur destinataire. La lettre dont il est question ici est dactylographiée ; ce qui est étonnant, car Churchill, les rares fois où il écrivait lui-même, sans dicter son courrier, écrivait toujours à la main. Au vu du contenu, il est à exclure qu'il l'ait dictée à une secrétaire qui aurait ensuite tapé les notes prises en sténo. Selon William Knott, Churchill – on ignore pourquoi – aurait lui-même tapé cette lettre à la machine ; les nombreuses fautes de frappe sont pour lui un indice allant dans ce sens – je les corrige ici.

(Cette lettre, je l'ai trouvée dans les documents de mon père – il s'agit d'une copie de copie de copie, délavée, presque illisible par endroits. C'est à sa demande que William Knott lui avait envoyé ces feuillets, après lui avoir fait jurer qu'il n'en citerait jamais la moindre ligne, en quelque occasion que ce soit. Cette précaution n'aurait pas été nécessaire car mon père était quelqu'un de très discret. L'intérêt qu'il portait à l'auteur de cette lettre était tout autre que le mien – nous aurions pu toutefois choisir le même titre, lui et moi : *Sauver le monde*. Pour ma part, je m'intéresse davantage à la question de savoir comment ces sauveurs, avant de sauver le monde, se sont sauvés eux-mêmes, et de quoi. Dans ce genre d'enquête, la discrétion n'est pas de mise. Non, j'expose tout à la lumière. Lorsque je rentre à la maison après un spectacle, tard le soir, ma femme a pris l'habitude de me demander : « Tu les as encore tous réduits en miettes, pas vrai ? » Et comme d'habitude, je réponds : « Oui. Oui. Oui. »)

Cher Charlie,

Ma fille Sarah sort juste d'ici. Elle est venue me voir dans mon bureau. Elle a souvent du mal à dormir. Un profond chagrin l'afflige. Elle veut devenir actrice. Elle m'a raconté qu'elle avait déjà auditionné pour plusieurs théâtres. Je l'ignorais. Elle a joué dans une pièce quand elle avait seize ans. Je l'ignorais. Un petit rôle dans une pièce inconnue, dans un petit théâtre. Elle avait passé une audition et avait été retenue. Elle s'était présentée sous un faux nom, avec une fausse date de naissance. Mais cela s'est su. L'imprésario a voulu faire imprimer de nouvelles affiches avec son vrai nom, et avec le mien, en lettres deux fois plus grandes. Il espérait remplir son théâtre, garder la pièce à l'affiche plus longtemps. Mais Sarah a refusé. Alors il l'a renvoyée.

Elle dit que jouer, c'est toute sa vie. Elle dit qu'elle déteste le nom de Churchill car il détruit sa vie. Elle dit que jamais, en Angleterre, on ne jugera la fille de Winston Churchill pour ce qu'elle est et ce qu'elle vaut vraiment. Elle a pleuré. Les Américains, lui ai-je dit, n'ont pas de préjugés, ni dans un sens, ni dans l'autre, ce sont des pragmatiques. Je lui ai parlé de vous, Charlie. Prends Charlie Chaplin, lui ai-je dit, il faisait partie des plus pauvres parmi les pauvres, de la classe la plus inférieure de toutes, il n'avait aucune chance en Angleterre, de la même manière que toi, tu n'as aucune chance parce que tu fais partie de la classe supérieure de la société. Sa douleur m'a tellement ému ! Vous le comprendrez certainement. Tente ta chance en Amérique, lui ai-je dit. Je crois que j'ai réussi à la consoler. Elle a tellement de projets. Le destin des Churchill est peut-être d'engendrer, après Marlborough, le grand général et homme d'État, une grande actrice, tout comme le destin de tous les Chaplin avant vous a été d'engendrer Charlot. Je lui ai assuré qu'on ne dirait pas : voici la fille de Winston Churchill, mais : voici le père de Sarah Churchill. D'abord en Amérique, puis dans le reste du monde, et on finirait même par le dire en Angleterre.

Autrefois, ce sont les parents qui choisissaient une épouse pour leur fils et un mari pour leur fille. Et on l'acceptait. Il n'y a pas de raison, à mon avis, d'abandonner cette coutume. Autrefois, les barrières entre les classes étaient infranchissables, et on l'acceptait. Aujourd'hui, ce sont la persévérance et le succès qui comptent, et cela vaut mieux. Vous rappelez-vous la soirée que nous avons passée au Biltmore tous les trois ? Sarah avait été tellement ravie de vous rencontrer ! Vous, Charlie, vous resterez toujours jeune, car lorsque vous étiez enfant, vous étiez déjà plus mûr que les autres. Il vous faut une jeune femme passionnée à vos côtés, qui comprend votre vocation. Sarah a tout pour promettre une union heureuse. Laissez votre cœur décider, mais écoutez d'abord les arguments de l'esprit, son secrétaire.

Sarah part pour l'Amérique, le pays de sa grand-mère. Je m'inquiète pour elle. Prenez-la sous votre aile, Charlie ! Il va sans dire que je vous en serai reconnaissant jusqu'à la fin de mes jours, et sachez que je serais profondément heureux d'avoir cette dette envers vous.

Votre Winston

24

Comme si toutes ces activités ne suffisaient pas, il était aussi écrivain.

Sa biographie de John Churchill, premier duc de Marlborough, était rédigée au tiers, il s'était mis d'accord avec l'éditeur pour livrer un texte de deux cent mille mots, même s'il paraissait déjà évident qu'il serait bien plus long (il en comptera finalement cinq fois plus). L'à-valoir était le plus important jamais versé dans l'histoire de l'édition anglaise, mais il ne permettait même pas de couvrir ses frais. Trois secrétaires se tenaient à sa disposition et se relayaient pour prendre son texte en note. Un doctorant d'Oxford était à la tête d'une équipe d'une demi-douzaine d'étudiants qui écumaient les bibliothèques publiques et privées à la recherche des sources ; Churchill n'utilisait pas un seul document sans en avoir évalué lui-même le poids et la vraisemblance. Martin Gilbert, un des plus grands historiens anglais, estime tout simplement que « son savoir historique était infini ».

Comment expliquer alors que des contemporains tout à fait intelligents, qui connaissaient *bien* Churchill

– contrairement à Hitler, qui ne le connaissait *pas* – l'aient qualifié de réfractaire au travail ? – Hitler, à Berlin, le traitait quant à lui d'« ivrogne et feignant de première ». Comment expliquer qu'il ne parvint jamais à se défaire de sa réputation de charlatan, de brouillon, d'imposteur, de simulateur ? Comment expliquer que les plus grandes marques de reconnaissance qu'on lui accorda manquaient toujours de chaleur ? Ces questions fascinaient tellement mon père qu'il leur a consacré un essai. Il s'agit là d'un des nombreux textes qu'il a rédigés sur Winston Churchill, dont la plupart n'ont jamais été publiés – mais quelques-uns le furent, et celui-ci fut le seul à paraître dans une revue internationale, *The English Historical Review*. Il a sans aucun doute bénéficié de l'appui de William Knott ; au cours du siècle d'existence de la revue, on y trouve à peine trois articles d'auteurs allemands. Le titre de cet article : « Good-For-Nothing or Saviour. Work and Mission in the Life of Churchill and Hitler ». Il fut salué par la profession et commenté dans les trois numéros suivants, et les pages culturelles du *Times* en ont cité des passages entiers. Une retraduction vers l'allemand, « Taugenichts oder Heiland. Werk und Mission im Leben von Churchill und Hitler » – « Bon à rien ou sauveur. Œuvre et mission dans la vie de Churchill et Hitler » – fut publiée dans la revue d'histoire contemporaine *Vierteljahreshefte für Zeitgeschichte*, précédée d'un avant-propos de l'historien germano-américain Hans Rothfels. Mon père écrit que l'aura de Churchill était si étroitement liée à la conviction de celui-ci d'être guidé, de suivre une destinée métaphysique, et que cette conviction transparaissait tellement dans tout son être, que les attentes démesurées qui pesaient sur lui n'auraient pu être comblées que par un être divin – ce qui occasionnait forcément quelques déconvenues. À l'inverse de ces attentes qui frisaient le surnaturel, ces déceptions renvoyaient de l'homme une image de banalité. C'était le contraire avec Hitler. Tout le monde savait qu'il venait d'un milieu très modeste, qu'il avait échoué en tant qu'artiste, avait été refusé par l'Académie des beaux-arts de Vienne, que quelques années avant de devenir le Führer, une entité quasi déifiée, il vivait encore dans un asile de nuit. L'attente était modeste, la surprise en fut d'autant plus grande. Le jugement porté sur les deux hommes se basait sur une espérance de salut sans doute suscitée et encouragée par une situation politique et économique déprimante, mais dont il fallait selon lui chercher la raison originelle dans l'absence totale, jugée choquante, de respect du transcendantal dans le monde moderne. Les deux hommes auraient incarné cette espérance de salut. Dans le cas de Churchill, on disait : *Un sauveur est parmi nous* ; dans le cas d'Hitler : *Un sauveur nous a été envoyé*. La première phrase renforçait la croyance en sa propre force, en son propre peuple, en sa propre nation ; la seconde en ce que Hitler appelait lui-même « la Providence ». Un sauveur qui n'est pas vraiment différent de nous ne bénéficie que d'une confiance momentanée ; en revanche, le salut qui vient du règne de la métaphysique est absolu. La carrière de sauveur de Churchill fut interrompue par des élections démocratiques en 1945 ; Hitler mit fin à la sienne en se suicidant.

Au printemps 1932, la famille Churchill, en vacances, traversait les Pays-Bas, avant de naviguer sur le Rhin vers le sud et de rejoindre la Hesse, puis la Bavière. Pour la petite Mary, l'Allemagne était un sombre pays de contes de fées où les grands-mères se faisaient dévorer par des loups. Pour Clementine, Sarah, Diana et le fiancé de Diana, l'Allemagne était *terra incognita* ; l'Australie, Terre-Neuve, les îles Falkland ou le Soudan leur étaient plus familiers. Les seules associations qu'ils avaient avec ce pays étaient négatives, elles étaient liées à la guerre et à cet idiot d'empereur qui, détail embarrassant, avait un lien de parenté avec leur propre famille royale. Sarah qui, chaque fois que leurs regards se croisaient, souriait à son père avec l'exubérance de ses dix-huit ans, ce qui l'enchantait (et le tourmentait en même temps), avait parcouru la bibliothèque de Churchill jusqu'à trouver dans un livre un portrait de Guillaume II. Voilà comment elle se représentait l'Allemagne, avait-elle déclaré : idiote, laide et bouffie d'orgueil. Mais ce fut justement Sarah qui poussa des cris d'enthousiasme lorsqu'ils remontèrent le Rhin, naviguant entre les vignobles jusqu'au rocher de la Lorelei. Jamais elle n'avait vu paysage aussi charmant, soupira-t-elle. Elle demanda qu'on lui procure un recueil de poèmes allemands car elle voulait en apprendre quelques-uns par cœur, même si elle n'en comprenait pas un mot. De la même manière qu'elle avait tiré des conclusions sur le paysage allemand en découvrant le visage de l'ancien empereur, elle imaginait la poésie allemande à partir du paysage qu'elle admirait. Sa mère rétorqua qu'elle était trop grande pour ce genre de bêtises et que l'allemand, criblé de consonnes comme l'étaient d'éclats d'obus les champs de bataille de la Somme, était une langue affreuse. Sarah insista, et Winston défendit sa fille.

Ils descendirent de bateau près de Coblence et poursuivirent leur route dans un wagon spécial qu'on avait ajouté pour eux à un train de la Reichsbahn. Ils passèrent quelques jours à Blindheim, en Souabe. C'est là qu'avait eu lieu, en août 1704, la célèbre seconde bataille de Höchstädt, *The Battle of Blenheim*, la rencontre décisive des armées de John Churchill et du prince Eugène de Savoie d'un côté, des troupes du roi Louis XIV et de Maximilien II Emmanuel de Bavière de l'autre. Pourquoi ne pas profiter des vacances pour visiter les champs de bataille des campagnes ducales ? Winston, qui avait étudié chez lui le déroulement de l'affrontement et en avait mémorisé le moindre détail, leur fit un exposé sur son lieu même. Il avait convaincu Frederick Lindemann – qu'on surnommait « the Prof » –, un ami de longue date de la famille, de se joindre à eux au moins pour une partie du voyage. Lindemann, professeur de physique expérimentale à l'université d'Oxford, était un modèle d'intelligence. Il conseillait Churchill en matière de stratégie militaire, il parlait allemand, et jouait volontiers les interprètes. Il insista pour choisir un recueil de ballades allemandes dans une librairie de Stuttgart et il l'offrit à Sarah, sans quitter son air impassible. Cet homme au parfum ambré, toujours renfrogné, qui perpétuait obstinément l'héritage de la bohème méprisant tout public, voilà qu'il se mit à enseigner à Sarah, avec « une patience d'âne » – comme on disait selon lui en allemand – la signification et la prononciation des mots. Outre la *Lorelei* de Heinrich Heine, Sarah apprit *Le Roi des aulnes* de Goethe, *La Caution* de Schiller et *Le Bon Compagnon* de Ludwig Uhland. Désormais, une demi-heure lui était réservée chaque soir, après le dîner pris à l'hôtel. Avant de les réciter, elle présentait le contenu de chaque ballade. Des années après, Churchill continuerait à en parler à son secrétaire particulier très particulier avec un enthousiasme intact, comme des plus belles soirées de tout le voyage. La deuxième strophe du *Bon Compagnon* ne manquait jamais de l'émouvoir aux larmes. Et le Premier ministre de Sa Majesté de fermer les yeux et de citer – en allemand :

Eine Kugel kam geflogen,
Gilt's mir oder gilt es dir?
Ihn hat es weggerissen,
Er liegt mir vor den Füßen,
Als wär's ein Stück von mir.

Une balle siffle à nos oreilles,
Est-elle pour toi, est-elle pour moi ?
C'est lui qu'elle emporte,

Il gît à mes pieds,
Comme une part de moi.

William Knott lui dirait alors : « Vous êtes un guerrier, sir. »

Et Winston Churchill de répondre : « Telle est ma destinée. »

25

Autre guerrier : John Churchill, son aïeul – qui avait mauvaise réputation, même s'il avait sauvé l'Europe de la tyrannie d'un homme assoiffé de pouvoir. Dans les chroniques nationales, le duc de Marlborough apparaissait comme un homme sur qui on ne pouvait pas compter, qu'on pouvait tout aussi bien imaginer dans le camp adverse et qui, les historiens s'en souvenaient, était passé provisoirement à l'ennemi pour y tisser ses intrigues. – Enfant déjà, Winston éprouvait à la fois de l'attirance et de la répulsion pour ce personnage.

À quinze ans, John était page à la Cour. Le roi, qui l'appréciait, l'aida, le garda près de lui, et finit par lui offrir son amitié. Jacques II souhaitait que l'Angleterre revienne au catholicisme, et voulait se hisser au rang de monarque absolu, sur le modèle français. Des cercles puissants organisés autour de sa fille Mary et de l'époux de celle-ci, Guillaume III d'Orange, organisèrent la rébellion, le renversèrent et le poussèrent à l'exil, en France. John Churchill, son favori, n'était pas aux côtés de son roi, mais dans les rangs des rebelles.

On n'aime pas les traîtres, même quand ils agissent pour la bonne cause. Mais on leur pardonne éventuellement lorsqu'il se trouve, parmi les historiens des générations suivantes, un bon défenseur, qui décèle derrière cette trahison une lutte tragique entre des sentiments amicaux et un devoir patriotique. En revanche, qu'ils trahissent une seconde fois et on ne leur donnera plus aucune chance, on ne croira plus à des motifs nobles. L'art du discours ne leur est plus d'aucune aide, ni le leur, ni celui d'un défenseur. Or John Churchill commit apparemment une nouvelle trahison, au détriment de Guillaume d'Orange cette fois. Il aurait écrit une lettre à son ancien maître dans son exil français pour le prévenir de l'attaque de la flotte française près de Brest.

Winston venait de découvrir que cette lettre compromettante n'avait jamais existé ; la seule copie qu'on en avait était un faux, il pouvait le prouver. Ses adversaires parmi les historiens (il passait aux yeux de cette corporation pour un dilettante prétentieux, un Schliemann, à ceci près qu'il n'avait pas trouvé Troie) furent obligés d'admettre qu'il avait raison. Il pouvait enfin, avec toute la puissance de son verbe, faire apparaître son héros dans la lumière dans laquelle il le rêvait depuis l'enfance. John Churchill, son aïeul, n'était ni un opportuniste, ni un escroc cupide. C'était un homme politique intelligent et pragmatique. Et il était du bon côté. Il avait pris la tête de l'armée anglaise contre Louis XIV. Il avait sauvé l'Europe de la plus terrible tyrannie qu'on puisse imaginer.

C'est pendant la visite du champ de bataille de Blenheim, sous le soleil d'avril, que Winston dicta à une de ses secrétaires la préface du premier tome de sa biographie de Marlborough :

L'Europe s'engagea dans une bataille qui… devait durer un quart de siècle. On n'avait pas vu tel affrontement depuis le duel qui avait opposé Rome à Carthage. Toutes les nations civilisées s'y retrouvèrent impliquées, tous les territoires accessibles du monde furent touchés. Ce conflit décida pour… longtemps du pouvoir relatif, de la richesse relative et des frontières de tous les grands États européens.

Le premier tome de *Marlborough. Sa vie et son temps* fut publié en 1933 – cette même année, Adolf Hitler devint chancelier du Reich.

Churchill dictait au moins deux heures par jour, de préférence dehors. Comme la sténotypiste était occupée à autre chose qu'à l'écouter, puisqu'elle prenait des notes, mais que Churchill avait besoin d'un public lorsqu'il discourait, même si celui-ci se résumait à une paire d'yeux et d'oreilles, les membres de la famille et les amis se relayaient auprès de lui. Mais au bout de quelques jours à peine, ils se défilèrent les uns après les autres. Il ne resta plus finalement que la petite Mary, âgée de dix ans. Il n'y avait rien de plus beau pour elle que d'écouter son père. Et bientôt, il n'y eut rien de plus beau pour lui que de parler de son ancêtre à sa fille. Il voyait le regard que portait Mary sur cette histoire, comme si elle feuilletait un livre d'images, et il se mit à son tour à regarder l'histoire comme Mary, et dicta désormais calmement, en un flot continu retranscrit par le crayon de « Mme P. », sa secrétaire, et absorbé par les grands yeux étonnés de sa fille.

Bien des années plus tard, il évoqua ces après-midi dans une chronique pour le *Times* : la présence de l'enfant l'avait contraint, premièrement, à s'exprimer clairement, deuxièmement, à mettre l'accent sur la narration, sans laisser trop de place à ses réflexions. Cette expérience l'avait poussé à retravailler les chapitres précédents ; si la critique, aujourd'hui – il venait de recevoir le prix Nobel de littérature – louait sa biographie de Marlborough (pour laquelle il était récompensé), en disant qu'elle se lisait comme un roman passionnant, il ne le devait à personne d'autre qu'à sa fille Mary, qui posait toujours la bonne question au bon moment et se laissait moins impressionner par l'Histoire que par l'histoire. « L'Histoire, si pompeusement qu'elle intervienne parfois, n'est que le décor dans lequel un individu, deux ou une demi-douzaine vivent une partie de leur vie. On ne peut raconter que l'histoire d'individus, l'Histoire en tant que telle ne peut être racontée. » Cette phrase, il envisagea de la mettre en exergue de son *Histoire de la Seconde Guerre mondiale* en six tomes (parue en 1954), se citant lui-même, mais il abandonna cette idée lorsqu'un ami, le fameux Frederick Lindemann, le mit en garde : certaines mauvaises langues pourraient suggérer avec malice que le livre aurait dû s'intituler *Moi – sur fond de Seconde Guerre mondiale*.

Churchill avait « trop bien réussi » son *Marlborough*, jugeait Rilana Jamchy, à la tête des pages culturelles du quotidien israélien *Haaretz* au début des années 1970 – mais elle ne parlait pas là des qualités littéraires du livre. Selon elle, le personnage de Louis XIV rappelait Hitler. Le Roi-Soleil avait dû servir de modèle au génocidaire. En réalité, cette biographie n'était pas un ouvrage historique, mais un roman à clés. Quelle absurdité, si l'on prend en compte la période de rédaction du livre, entièrement écrit *avant* la guerre, et pour un tiers avant même la prise de pouvoir par Hitler ! Et pourtant, c'est vrai. On retrouve Winston dans le personnage de John Churchill, et l'Autrichien dans celui du Français.

Mme Jamchy ne fut pas la première à se rendre compte qu'avait lieu dans ce livre une *bataille avant la bataille*. Le psychanalyste danois Esklid Ottensen écrit dès 1959 qu'on a affaire ici à « un des anachronismes les plus étranges de la littérature moderne », le terme d'anachronisme ne devant pas être compris au sens habituel de distorsion du passé, mais d'anticipation du futur. La biographie de Marlborough par Churchill lui rappelle les peintures rupestres du paléolithique, représentant des animaux qu'on n'avait pas encore chassés. Ottensen croit avoir découvert chez l'homme d'État le signe inquiétant d'une pensée magique traversant toute son œuvre – littéraire comme picturale. Ottensen constate que Churchill n'a pas le sens du symbole. Il rapporte l'anecdote de la prestation de serment de Winston nommé en 1908 ministre du Commerce par Édouard VII : il avait affirmé le plus sérieusement du monde ne vouloir aucun mal au roi ; Édouard VII, qui avait le goût du faste, était en effet vêtu de sa cape d'hermine et portait sa couronne, mais il avait également son sceptre à la main et, manifestement, le nouveau ministre n'avait pas vu dans ce bâton le symbole, mais bien plutôt l'arme qui était à l'origine de l'accessoire royal. Ottensen parle d'un défaut qu'on ne saurait pourtant rapprocher d'une incapacité à l'abstraction – car cela ferait de Churchill un idiot, ce qu'il n'était évidemment pas. Il baptise ce défaut le « syndrome Churchill ». Cela ne l'étonne d'ailleurs pas, écrit-il, que le jeune Winston ait été un cancre. L'enseignement des premières années met l'accent sur l'apprentissage et l'entraînement de la pensée symbolique – les chiffres, les nombres, les lettres. Le fait que le vocatif, appliqué à une table, l'ait déstabilisé, n'est donc pas étonnant. Dans l'histoire du premier duc de Marlborough et de sa bataille contre Louis XIV, Churchill a anticipé sa propre bataille contre Hitler. Écrire ce livre participait déjà de cette bataille, même si, au moment de sa rédaction, il ne pouvait prévoir rationnellement qu'elle allait ou non avoir lieu. Voilà pour la thèse d'Esklid Ottensen.

Mon père était d'avis que parmi les esprits qui philosophaient sur l'écrivain Churchill, rares étaient ceux qui avaient vraiment lu *Marlborough*. Lui aussi considérait cette œuvre comme un roman, et même comme l'un des plus grands romans du siècle, de la trempe de

Guerre et paix ou de *La Chartreuse de Parme*. William Knott le conforta dans son opinion : Sir Winston, écrit-il dans une de ses lettres, aurait aimé qu'on qualifie son livre de roman – à condition toutefois qu'on lui explique l'évolution qu'avait connue le concept de roman au XXe siècle. Les goûts littéraires de Churchill étaient « modestes », ils se limitaient à la série des Hornblower de Cecil S. Forester et au *Martyre de l'Homme* de Winwood Reade ; à part cela, il adorait évidemment Walter Scott et James Fenimore Cooper, qu'il considérait comme le plus grand romancier américain. En revanche, il dénigrait les romanciers contemporains en panne de nouvelles idées et qui continuaient à écrire comme Forester et Reade, Scott et Cooper. Lorsque William Knott lui faisait remarquer que ce reproche ne pouvait justement *pas* être fait à la littérature moderne, et qu'il lui citait des noms comme James Joyce, Marcel Proust ou William Faulkner, le chef les balayait d'un geste de la main – quelle importance pouvaient bien avoir les auteurs cités, puisqu'il n'en avait jamais entendu parler. De tous les Prix Nobel de littérature, résumait Knott pour clore ce chapitre, Churchill était sans aucun doute celui qui avait la culture littéraire la moins développée.

Évidemment, tout portait à croire que Winston Churchill s'identifiait fortement au héros de son « roman », John Churchill ; premièrement, il se battait pour que ce nom soit blanchi, deuxièmement, comme une ombre née en un siècle ultérieur, il se battait à ses côtés contre le despote français ; troisièmement, cette lutte évoquait une *bataille avant la bataille* menée contre un autre adversaire qui, au moment de l'écriture du livre, était tout juste en train de construire de bric et de broc un parti du nom de NSDAP avec une poignée de desperados fanatiques, superstitieux et abrutis qui devaient former le noyau de la troupe avec qui il voulait s'emparer d'abord de l'Allemagne puis, demain, du monde entier. Que ce soit avant, pendant ou après la remise du prix Nobel en 1953, on ne cesserait de dire à Churchill que *Marlborough* était un exemple unique dans l'Histoire de prophétie politique ; et il n'eut jamais la fausse modestie de vouloir prendre ses distances avec ses origines aristocratiques – oui, cela l'étonnait lui-même, mais c'est exactement comme cela qu'il voyait les choses : le duc, c'était lui.

Mon père gardait tout ce qui avait un rapport avec le protagoniste de ses recherches ; il consulta donc diverses biographies de Louis XIV – parcourut les mémoires du comte de Saint-Simon et du cardinal de Retz, ainsi que les lettres de Liselotte von der Pfalz, il se plongea dans l'imposant tableau de mœurs de Harrison Salter et étudia également *Le Roi-Soleil* de Nancy Mitford, la cousine de Clementine Churchill, où il crut lire beaucoup de choses « entre les lignes » –, et finit par se faire une image du roi de France qui l'ébranla. Ce qui n'était pas forcément dû au monarque absolu lui-même, mais à un fait qui n'était jusqu'alors apparu à personne – pas même à Churchill.

Churchill voulait évidemment s'identifier au héros de son roman, le premier duc de Marlborough. Il voulait lui ressembler.

Mais il ne ressemblait pas au duc.

John Churchill est un personnage complètement différent. On peut, et on doit même voir en lui une antithèse de l'auteur. La question de savoir comment John Churchill était vraiment n'a aucune importance. Ce qui est important, c'est de voir comment son biographe et descendant Winston Churchill l'a dépeint. De la même manière, peu importe comment Louis XIV était vraiment. Ce qui est intéressant, c'est de voir quel personnage le romancier Winston Churchill crée à partir du despote.

Louis XIV est peut-être un lointain reflet d'Adolf Hitler, mais il est avant tout un autoportrait parfait de son auteur, Winston Churchill!

C'est mon père qui s'en est rendu compte. Il a écrit un essai sur ce sujet dans la revue *Blätter für Geschichte und Politik*, (cahier n° 2, 1979).

Churchill s'est-il jamais rendu compte qu'en décrivant le Roi-Soleil, c'est son autoportrait qu'il avait fait? Mon père pensait que non. Lorsque l'historien et philosophe anglo-belge Marc Landier, dans sa brillante étude *Through the Looking-Glass. Churchills Doppelganger*, « De l'autre côté du miroir. Churchill et son double » , développa l'idée que si Churchill fut le premier, et resta longtemps le seul, à voir clair dans les plans de Hitler, c'est parce qu'il lui ressemblait en de nombreux points, mon père triompha – à sa manière toute britannique : il haussa un sourcil, marqua ce passage au crayon, ôta ses lunettes et fit lentement glisser le journal vers moi sur la table de la cuisine.

« Landier aurait quand même pu te citer, ou au moins t'évoquer », telle fut ma réaction.

Mon père se contenta de retrousser les lèvres en un sourire et de secouer la tête, presque imperceptiblement.

26

« Je passai mon mercredi après-midi à aller de meeting en meeting avec Hitler, qui se déplaçait en avion. Nous nous étions retrouvés pour le déjeuner dans un aérodrome en dehors de Berlin. Hitler, qui ne buvait jamais d'alcool, ne fumait pas et était végétarien, déjeuna en cette occasion d'œufs brouillés, qu'il aimait particulièrement, et de salade. Ses lieutenants et moi prîmes un en-cas plus consistant. » Voilà ce qu'on pouvait lire dans le journal londonien *Sunday Graphic* du 31 juillet 1932, jour des élections au Reichstag. Le reporter, vingt et un ans tout juste, n'était autre que Randolph Churchill.

Randolph faisait partie de la demi-douzaine de journalistes étrangers qui accompagnaient Hitler dans sa campagne électorale. Hitler savait-il de qui ce jeune homme était le fils ? Goebbels le savait. Et l'avait probablement caché à son Führer. Il était tout à fait envisageable que le chef de la propagande considère l'accréditation du jeune homme comme une manœuvre particulièrement habile, qui serait tôt ou tard payante. Mais il savait aussi que Hitler n'aimait guère jouer par la bande et détestait les intrigues ; en même temps – et cela revient comme un leitmotiv dans son journal intime – pour Goebbels, un homme doué de raison et de sentiments ne pouvait résister au charisme du Führer, c'était « presque une loi naturelle », il était donc confiant : Randolph rédigerait des articles favorables au mouvement. Signé par un Churchill, peu importe lequel, un compte rendu même modérément élogieux dans un journal anglais avait plus de valeur que dix articles enthousiastes signés Mills, Jones ou Brown.

Randolph était un jeune homme extrêmement doué, au physique éblouissant. « Il ressemble à un dieu grec », avait déclaré Ann-Mari von Bismack, l'épouse de l'ambassadeur allemand, qui était tombée sous son charme, ajoutant, ce qu'on cite beaucoup plus rarement : « et il se comporte comme un satyre. » Brillant, arrogant, cynique, faisant volontiers étalage de son savoir qui, effectivement, était souvent supérieur à celui d'autrui, il savait mettre les rieurs de son côté – il avait un véritable talent pour se constituer un public et en faire son complice lorsqu'il avait décidé de ridiculiser quelqu'un. D'un tempérament de conquérant, il était apprécié des femmes et se construisait une carrière internationale d'écrivain et de journaliste. Il admirait son père et, s'il fumait des cigarettes, pour le reste il suivait son exemple.

En vérité, il ne connaissait guère le grand homme. Il ne savait rien de la dépression, ni en général, ni en ce qui concernait sa famille. Si on l'avait mis au courant, il aurait balayé ces histoires d'un revers de main : son père était bien trop fort, bien trop puissant, bien trop influent, bien trop emporté pour se laisser commander par quelque chose d'aussi inconsistant que l'âme. Dans une lettre adressée à son fils, Churchill emploie une formule qui en dit long : « Si tu m'avais demandé, comme tu as certainement voulu le faire avant d'oublier, comment vont les choses à la maison, je t'aurais répondu : la vie s'écoule paisiblement. »

Randolph souhaitait ardemment que son père retrouve bientôt un rôle sur la scène politique. Contrairement à sa sœur Sarah, il profitait volontiers du rayonnement des Churchill. Il avait dans l'idée qu'une activité extraparlementaire de son père redonnerait plus de poids à leur nom, plus que cet exaspérant travail de fourmi à la Chambre basse et dans ses innombrables commissions et sous-commissions. Selon lui, ce n'était pas au sein des parlements que se décidait l'avenir de l'Europe. C'était une poignée de grands hommes qui décideraient de l'avenir du monde. Son père était l'un d'entre eux. Et Adolf Hitler en était un autre.

À Munich, il s'était lié d'amitié avec Ernst Hanfstaengl, le conseiller de Hitler en politique extérieure, qui avait introduit celui-ci dans la bonne société et lui avait appris quelques bonnes manières, comme il s'en vantait. Hanfstaengl, un géant au visage aplati de boxeur – paradoxalement surnommé « Putzi » – avait grandi à New York, où sa famille tenait une galerie d'art, il avait étudié à Harvard, parlait plusieurs langues, jouait du piano et, lorsqu'il chantait, avait une voix tout à fait correcte. Sur son épouse, américaine et nazie convaincue, courait le bruit parmi les proches de Hanfstaengl qu'elle entretenait une relation « mystique » avec le Führer. Randolph était réfractaire à toute grande vision du monde, et les idées national-socialistes le laissaient de marbre ; en revanche, il s'intéressait à l'homme qui, il y a peu encore, dans un foyer pour indigents de Vienne, trempait un quignon de pain dans sa soupe aux choux, et dont la tête de prolétaire cristallisait aujourd'hui tous les espoirs et les visions d'avenir de l'Allemagne. Les Hanfstaengl pouvaient le mettre en contact avec Goebbels, et Goebbels avec Hitler.

Hanfstaengl, qui avait séjourné à Londres, savait qui était Churchill. Il était d'avis que même si l'homme approchait la soixantaine et avait l'air d'avoir été mis au rebut, d'être *out*, il était le seul homme politique européen qui avait suffisamment de jugeote, de caractère, d'ambition et d'énergie pour repenser le vieux continent avec Hitler : une Europe où l'Angleterre et l'Allemagne ne seraient pas ennemies, mais feraient montre d'un respect mutuel, les Allemands voyant en l'Angleterre la première puissance maritime, les Anglais l'Allemagne comme la seule puissance continentale, formant ensemble un rempart contre le bolchevisme. Selon lui, Hitler admirait, vénérait presque l'Empire, il avait toujours voulu s'allier à l'Angleterre, ce que Hanfstaengl lui avait toujours conseillé de faire. Jusqu'alors, on n'avait rien entendu de négatif de la part de Winston Churchill sur le Führer et le national-socialisme, au contraire ; en outre, en 1922, il s'était déclaré, contre Poincaré, en faveur d'une politique d'entente avec l'Allemagne. Hanfstaengl était enchanté par l'idée de Randolph. La communauté des nations serait soulagée de voir – selon la formule de Randolph dans une circulaire envoyée à des journalistes triés sur le volet – que « la vieille carriole égarée était entre les mains des vrais coryphées, qui parlaient enfin *tacheles**. » Il faudrait absolument trouver un autre terme pour les communiqués de presse allemands, insista Hanfstaengl.

Avant le départ de la famille Churchill en « villégiature » en Hollande et en Allemagne, Randolph avait parlé au téléphone avec son père et celui-ci avait accepté de rencontrer Hitler lors d'un « dîner dans un cadre privé ». Hanfstaengl, quant à lui, avait parlé à Hitler, qui avait lui aussi donné son accord. On convint de Munich comme lieu de rencontre. Hanfstaengl réserva donc le somptueux salon privé de l'hôtel Continental, dans la Max-Joseph-Straße, et organisa un souper pour onze personnes.

* Terme yiddish évoquant le franc-parler.

27

Ernst et Helene Hanfstaengl arrivèrent à vingt heures, avec une heure de retard – et sans Hitler. Ils s'excusèrent : ils l'avaient attendu, et excusèrent Hitler : la campagne électorale battait son plein, et aucun homme politique avant lui n'avait eu un programme aussi chargé que celui du Führer, qui se déplaçait en avion, assurant jusqu'à trois meetings par jour et s'adressant à plusieurs dizaines de milliers de personnes ; il était à Dortmund dans l'après-midi, à Cologne en début de soirée, à Berlin dans la nuit, faisant à chaque fois un discours d'une à deux heures, jamais deux fois de suite sur le même thème, mais toujours avec le même « indescriptible » enthousiasme.

Ils patientèrent.

À vingt et une heures, Hitler n'étant toujours pas là, Clementine proposa de commencer à dîner sans lui.

Helene Hanfstaengl semblait s'amuser de l'impolitesse du Führer – à la manière de certaines mères dont les yeux s'allument en disant combien leur fils est unique, dont le mauvais comportement ne fait que leur apporter une preuve supplémentaire de la singularité.

Elle raconta qu'avec ses amies proches, Helene Bechstein et Else Bruckmann – la première épouse du fabricant de pianos, la seconde née princesse Cantacuzène –, elle avait essayé de lui apprendre quelques bonnes manières. « Autant demander à un ouragan de souffler modérément. » Dîner avec les couverts appropriés, assister à un concert, faire des essayages chez le tailleur, utiliser correctement les divers titres de noblesse, respecter la ponctuation, connaître les différents styles de conversation selon qu'on a affaire à un diplomate, un scientifique, un chef d'orchestre, un capitaine d'industrie…

« Cet homme est une idée », dit-elle en secouant lentement la tête de droite à gauche, comme si – Sarah s'en souviendrait plus tard – elle évoquait l'envergure de cette idée ; les yeux fixés sur la table, elle répéta : « Cet homme est une idée. » Puis, une troisième fois : « Cet homme est une idée. »

Il y avait un piano dans le salon privé – « un Bechstein, évidemment » –, et Hanfstaengl s'y installa, livrant un pot-pourri des morceaux préférés de Hitler – Johann Strauß, Liszt, Brahms – et de danses écossaises traditionnelles. Pour annoncer chaque morceau, il improvisait un petit sketch. Il imita Goebbels, Goering, Guillaume II, mais pas Mussolini, car M. Hitler était plus doué que lui pour le faire, en revanche il se paya la tête de l'ancien président américain Woodrow Wilson, en décalant involontairement, comme il l'expliqua, tous ses gestes de deux centimètres. Randolph s'exclama que c'était le monstre de Frankenstein qu'il imitait le mieux. Il traitait le géant comme un amuseur dont on aurait loué les services. Mais Hanfstaengl rit avec lui, Hitler était du même avis. Et sa femme, riant elle aussi, d'expliquer : dans ce roman, c'est le monstre qui incarnait le bien, le mal, c'était le docteur Frankenstein, c'est d'ailleurs bien pour cela qu'il s'appelait ainsi. Le professeur Lindemann lui demanda si elle voulait dire par là que Mary Shelley avait choisi le nom de Frankenstein pour le méchant scientifique parce qu'elle croyait qu'il s'agissait d'un nom juif. Et Mme Hanfstaengel de rétorquer, sans regarder le professeur, ni aucune des autres personnes présentes, qu'elle connaissait tous les noms juifs, absolument tous, même ceux qui avaient l'air particulièrement allemands, et qu'elle pouvait sentir l'odeur d'une peau juive à travers la plus parfumée des étoffes de tweed.

« Et moi, je sens la mort, s'exclama Winston, en lui coupant soudainement la parole, alors qu'il n'avait rien dit de la soirée. Elle sent la merde jaunâtre et fermentée. » Il fut lui-même profondément choqué de ce qu'il venait de dire, ne comprenant pas qu'il ait pu le faire, d'une voix aussi forte et si agressive, et sa femme et ses enfants furent choqués eux aussi.

Mais Mme Hanfstaengl se contenta de hocher la tête, en levant les yeux vers lui, qui était devenu blanc comme un linge.

« C'est exactement pareil pour moi, monsieur Churchill, dit-elle d'une voix douce. Je la sens, je sens sa présence » – et elle raconta comment, après l'échec du putsch de Munich, le 10 novembre 1923, elle avait empêché Hitler de se suicider, en lui arrachant son arme avec une prise de jiu-jitsu avant de la plonger dans une jarre de farine.

Un silence se fit dans le salon privé.

Avant qu'il ne s'éternise, M. Hanfstaengl proposa que Sarah récite un poème, puisqu'elle lui avait raconté que c'était sa nouvelle passion, il improviserait au piano pour l'accompagner.

Ce soir-là, Sarah avait récité *La Caution*, de Friedrich Schiller, se souviendra Churchill, le plus allemand de tous les poèmes allemands, et le géant à la face concave et imbécile et aux manières de fayot l'avait accompagnée en martelant le clavier de ses gros doigts maladroits beaucoup trop fort, sans aucun égard pour la voix délicate de Sarah.

Après la guerre, après la mort de son père, William Knott reparla à Sarah Churchill de cette soirée, il voulait en avoir le cœur net. Elle se souvenait elle aussi de ce moment, mais ce n'était pas *La Caution* qu'elle avait récitée, c'était un autre poème, sûrement pas *La Caution*. Voilà qui était typique de son père, de dramatiser la réalité *a posteriori* : le sauveur du monde attend le destructeur du monde, un monstre joue du piano, une délicate jeune fille récite un poème, et le tout se passe en Allemagne, il ne pouvait donc s'agir que de *La Caution*.

28

William Knott écrivit à mon père que deux ans après la mort de Churchill, il fut invité à Chartwell par Mary, devenue entre-temps Mme Soames, pour l'aider, elle et l'historien Martin Gilbert, à examiner la correspondance de son père. La famille savait depuis longtemps quel rôle Knott avait joué dans la vie de Churchill pendant la guerre. Lady Churchill avait su apprécier ses mérites à leur juste valeur, si on peut parler de mérites pour désigner ce « secrétariat de l'âme » ; elle avait même proposé de lui verser une rente à vie, ce qu'il avait refusé. Sa tâche, avait répondu William Knott à Lady Churchill, avait consisté à servir un homme, c'était exact ; mais si l'on considérait le contexte dans lequel il l'avait fait, et *quel* homme il avait servi, on comprenait qu'il avait également été au service de l'humanité, et il ne pouvait donc être rétribué pour cette tâche. Quoi qu'il en soit – écrivait William Knott –, lorsqu'il s'était agi de mettre de l'ordre dans la correspondance de Churchill avant de la publier, la famille avait décidé de faire appel à ses conseils. Mme Soames lui avait en outre proposé d'être un des directeurs de publication de l'ouvrage. Là encore, il avait refusé ; il appréciait cet honneur à sa juste valeur et l'aiderait volontiers, mais il ne voulait toujours pas apparaître en public.

Il était donc parti pour Chartwell, où il avait passé près de trois mois – et où on l'avait traité comme un membre de la famille ; il s'était lié d'amitié avec les chiens, les canards et les cygnes, avait récolté des légumes et avait régulièrement fait la cuisine pour tout le monde ; il avait eu de longues conversations avec Mme Churchill en particulier, et il se flattait qu'elle lui avait témoigné une grande confiance. Il avait bu un peu du whisky de la réserve de Sir Winston – pas un prétentieux single malt, non, quelque chose de simple : du Jonny Walker Red Label. Ils travaillaient jusqu'à dix heures par jour. Mme Soames, le jeune et sympathique Martin Gilbert et lui s'étaient réparti les monceaux de lettres, une vingtaine de grands cartons en tout. Churchill n'avait jamais accordé beaucoup d'importance à l'archivage, on trouvait donc dans chacune de ces boîtes un mélange de lettres importantes ou non, de lettres personnelles et politiques, publiées et « secrètes ». Dans une de celles qu'il lui revenait d'examiner, écrit Knott, se trouvaient deux lettres qui avaient fait battre son cœur plus vite. Elles étaient toutes deux adressées à M. Charles Chaplin.

J'ai cité la première *in extenso*.

La seconde est « étrange, inquiétante, terrible » – à tel point que William Knott décida de cacher ce document à la famille de son ancien chef. Je crois qu'en le faisant il pensait surtout à Randolph ; il craignait que ce dandy, qui n'avait jamais pu le souffrir, qui essayait de le rabaisser à la moindre occasion, et était devenu « un Robin Goodfellow, imprévisible et dangereux », ne fasse une quelconque bêtise avec cette lettre.

Je rapporte ici la description qu'a faite William Knott de l'objet : il s'agit d'une grande feuille de papier, un carré d'un mètre quatre-vingts de côté composé de deux feuilles plus petites qu'on a assemblées ; le papier est blanc, épais. La feuille, formant un rouleau serré, se trouvait dans un long cylindre de carton ouvert aux extrémités ; elle est couverte d'une écriture à l'encre marron qui décrit une spirale, de l'extérieur vers l'intérieur. Nous sommes en droit de penser que Churchill était couché sur le ventre et tournait sur lui-même en écrivant. L'écriture devient tremblante, irrégulière, à cause de la position inconfortable de Churchill, qui s'accentuait à mesure que la spirale des phrases se rapprochait de son corps. Au centre, on voit une tache formant un cercle d'une trentaine de centimètres de diamètre. William Knott pense qu'il s'agit d'une tache de sueur. Churchill transpirait facilement. William Knott pense qu'il était nu lorsqu'il a écrit cette lettre. Churchill s'était manifestement souvenu de la méthode de Charlie pour combattre le chien noir – la *méthode du clown*.

Avant de commencer à écrire en spirale, Churchill avait rédigé une sorte de préambule dans le coin supérieur gauche de la feuille :

Mon cher ami,

Charlie,

Je persiste à croire, comme lorsque j'étais enfant, qu'il n'existe rien qu'on ne puisse toucher, et que ce qu'on ne peut toucher n'existe pas. On peut toucher la peau d'un mourant, et la sentir se glacer.

Dans la spirale, Churchill décrit brièvement la soirée passée avec les Hanfstaengl à l'hôtel Continental.

À un moment, écrit-il, il avait quitté le salon privé pour aller se passer de l'eau sur le visage et prendre l'air. Il y avait un homme dans les toilettes. Il ne l'avait d'abord vu que de dos. L'homme était en train de se raser, il avait rabattu le col de sa veste sur ses épaules et se penchait au-dessus d'un des lavabos. Ses joues, sa bouche, son menton et son cou étaient recouverts d'une épaisse couche de savon à barbe. Churchill lui avait fait un signe de tête dans le miroir, et l'homme lui avait retourné son salut. Ce faisant, il s'était coupé à la naissance de la tempe avec son rasoir, la coupure était manifestement profonde, le savon à barbe sur sa joue s'était teinté de rouge en quelques secondes. Ce qui s'était passé alors, écrit Churchill, il n'avait encore jamais eu le courage de l'exprimer. L'homme s'était mis à jurer, à jurer dans cette langue étrangère « criblée de consonnes », tout en gesticulant avec son rasoir devant son reflet – et Churchill, se laissant entraîner comme il se laissait entraîner par Mme Everest quand il était enfant, s'était mis lui aussi à jurer. Et comme, à part eux, il n'y avait personne dans les toilettes, et qu'ils ne comprenaient pas la langue de l'autre – qu'ils ne pouvaient donc ni admirer les jurons, ni s'en offusquer –, ils avaient bientôt renoncé à employer des mots existants et avaient sombré dans une sorte de charabia, comme s'ils étaient nés avant Babylone, qu'on aurait compris dans le monde entier, et bientôt, ils ne regardaient plus l'autre dans le miroir, ils ne regardaient plus non plus leur propre reflet, ils s'étaient détournés, et chacun pour soi, le regard fixe, ils avaient continué à lancer leurs insultes à la face du monde – jusqu'à ce qu'ils en aient assez et que Churchill, tournant les talons, quitte les toilettes à la hâte.

La fin du récit coïncidait avec le moment où la spirale semblait toucher son ventre ; le reste, écrit William Knott à mon père, était à moitié effacé, illisible.

29

Mais l'histoire n'est pas terminée. À l'âge de quatre-vingts ans, Ernst Hanfstaengl écrit ses mémoires (*Zwischen Weißem und Braunen Haus. Memoiren eines politischen Außenseiters*, « De la Maison Brune à la Maison Blanche. Mémoires d'un outsider », Munich, 1970). Il y revient lui aussi sur la soirée d'avril 1932 à l'hôtel Continental. Il rapporte que la situation lui était particulièrement désagréable et qu'il avait essayé de joindre Hitler à plusieurs reprises. Il écrit :

J'allai à la cabine téléphonique de l'hôtel, où j'appelai d'abord la Maison Brune, puis le domicile de Hitler. On me dit la même chose : personne ne savait où Hitler était passé. La seconde d'après, je crus être en proie à une hallucination : devant moi, dans les escaliers, se tenait un Hitler vêtu de son trench-coat tout élimé, et pas rasé. Je me précipitai vers lui et sifflai : « Grand Dieu, monsieur Hitler, que faites-vous ici? Churchill ou son fils pourraient arriver à tout instant. » Hitler me rétorqua que dans cette tenue et mal rasé, il était hors de question qu'il les rencontre.

Hanfstaengl poursuit : il avait conseillé à Hitler de se faire prêter une chemise propre par l'hôtel, de se raser, puis de les rejoindre dans le salon privé. Les Churchill étaient des gens sympathiques, ils se montreraient compréhensifs pour son retard, ils pourraient encore passer une agréable soirée. Il n'avait pas besoin de s'étendre sur l'importance de cette rencontre. Mais Hitler avait refusé. Et Hanfstaengl n'avait eu d'autre choix que de transmettre l'information obtenue au téléphone – sans toutefois évoquer qu'il venait de voir M. Hitler.

William Knott connaissait bien évidemment le livre de Hanfstaengl. Mon père aussi. Tous deux l'avaient trouvé répugnant, arrogant, témoignant de la folie des grandeurs et de la servilité de son auteur. Et tous deux étaient fascinés par l'idée que l'homme des toilettes ait pu être Adolf Hitler. Si c'était lui, Churchill ne l'avait pas reconnu. Car s'il l'avait reconnu, il l'aurait sûrement évoqué dans sa « lettre de clown » à Chaplin. Dans *La Seconde Guerre mondiale*, ses mémoires, il raconte simplement – et son souvenir rejoint celui de Hanfstaengl – que sa famille et lui l'avaient attendu en vain, et résume : « C'est ainsi que Hitler manqua cette unique occasion de me rencontrer. Plus tard, une fois qu'il eut tous les pouvoirs, je devais recevoir de sa part plusieurs invitations. Mais il s'était passé beaucoup de choses entre-temps, et je n'y ai jamais donné suite. »

Mais l'histoire n'est toujours pas terminée.

J'ai déjà évoqué plus haut Erica Southern et son *Entretien avec Charlot*. Je sais que ce livre a très mauvaise presse, pas seulement auprès des spécialistes de Chaplin ; et Dieu sait qu'il y a suffisamment de raisons pour qu'il en soit ainsi. Elle entraîne l'artiste sur le terrain du ragot mondain – ce qui n'aurait probablement pas dérangé Chaplin – mais surtout elle lui fait dire des choses d'une banalité affligeante et tellement mal formulées qu'un lecteur crédule se demandera forcément comment un tel homme a pu devenir ce qu'il est. J'eus tôt fait de constater que, premièrement, Erica Southern était un pseudonyme, derrière lequel se cachait une certaine Lilian Bosshart ; deuxièmement, que celle-ci avait inventé les trois quarts des « réponses » de Chaplin. Lilian Bosshart – cela aurait certainement plu à Chaplin – était serveuse au grand hôtel du Lac de Vevey, et s'occupait parfois de la table à laquelle dînait le maître avec sa famille et ses invités. Elle avait simplement tendu l'oreille et bricolé son « entretien » à partir de ce qu'elle avait entendu.

En dépit de ces réserves, cet ouvrage nous apprend tout de même plusieurs choses intéressantes. Winston Churchill est lui aussi évoqué à un moment. Chaplin raconte que l'homme d'État anglais lui a rapporté qu'il avait rencontré, au début des années 1930, une amie de Hitler, qui affirmait que le Führer lui avait confié avoir tenté de se suicider à l'âge de six ans. Chaplin avait alors répondu à son ami – je cite : « Winston, nous ne pouvons malheureusement pas choisir les membres de notre club. »

Lorsque je lus cette phrase, mon crayon me tomba des mains. William Knott cite exactement la même phrase dans une lettre à mon père ! Toutefois, chez lui, c'est Churchill qui la prononce – *la même, mot pour mot* ! Churchill lui avait raconté qu'après s'être rendu aux toilettes, il avait regagné le salon privé, où il avait seulement trouvé Mme Hanfstaengl. Les enfants étaient partis en ville, et son mari s'était proposé de reconduire Clementine, Mary et le professeur Lindemann à l'hôtel Regina, mais il devait revenir. Elle était passablement ivre. Elle lui avait raconté une nouvelle fois qu'elle avait sauvé la vie de Hitler, en lui « arrachant son arme avec une prise de jiu-jitsu avant de la plonger dans une jarre de farine ». Elle lui avait également dit que cette nuit-là, alors qu'elle berçait dans ses bras un Hitler en larmes, lui caressant la tête tandis que les gendarmes tambourinaient à la porte, il lui avait raconté d'une voix tremblante qu'à l'âge de six ans, il avait voulu se suicider car son père le tabassait quotidiennement et ne laissait jamais passer une occasion de se moquer de lui et de le ridiculiser devant les autres. – Commentaire de Churchill à William Knott : « Nous ne pouvons malheureusement pas choisir les membres de notre club. »

J'ignore de quelle manière cette phrase est arrivée dans la bouche de Chaplin ; mais l'*Entretien* d'Erica Southern / Lilian Bosshart prouve qu'elle y est arrivée. Peut-être Churchill a-t-il montré à son ami, lors de l'une de leurs rencontres après guerre, sa « lettre de clown ». Ce qui ne fait aucun doute, c'est que cette phrase ne pouvait être adressée qu'à une seule personne : Charlie Chaplin. Lui seul pouvait savoir de quel club il était question.

J'ai alors revu *Le Dictateur*, et deux scènes au moins me sont apparues dans une lumière nouvelle – celle où le barbier juif savonne et rase un client au son de la *Cinquième Danse hongroise* de Brahms ; et la rencontre entre les deux dictateurs Adenoid Hynkel / Adolf Hitler et Benzino Napaloni / Benito Mussolini qui se termine dans un duel de jurons au cours duquel ils se regardent avant de se détourner et d'envoyer chacun de son côté, le regard fixe, leurs injures à la face du monde.

Au fait : à la place de Churchill, j'aurais moi aussi affirmé que ce soir-là, Sarah avait récité *La Caution*. Les deux derniers vers de la ballade s'intègrent trop bien dans l'histoire :

> *Daignez m'admettre à votre union,*
> *et que nos trois cœurs n'en forment plus qu'un seul**.

* Traduction de Gérard de Nerval, Méquignon-Havard, Paris, 1830.

30

La *méthode du clown*. – Les adjectifs « étrange, inquiétant, terrible » appliqués par William Knott à la « lettre de clown » sont trompeurs. En réalité, cette lettre écrite en spirale est un témoignage de froid pragmatisme. Churchill et Chaplin étaient des pragmatiques – plus précisément : ils étaient des pragmatiques capables de moments d'enthousiasme. Il n'y a que les pragmatiques incapables de tels moments d'enthousiasme pour considérer cette expression comme un oxymore. La *méthode du clown* n'est ni étrange, ni inquiétante, ni terrible – en tout cas, pas lorsqu'elle fonctionne ; c'est-à-dire lorsqu'elle permet de chasser ou, du moins, d'atténuer, la dépression. C'est celui qui guérit qui a raison. Churchill tenait cette méthode de Chaplin, Chaplin de Buster Keaton, qui la tenait lui-même de Harold Lloyd (ce qu'on apprend grâce à une brève allusion dans l'essai de Sylvia Davis *Laughter without laughter. What's funny to Buster Keaton ?*, « Rire sans rire. Qu'est-ce que Buster Keaton a de drôle ? », Los Angeles, 1976, publication privée à l'occasion du dixième anniversaire de la mort de Buster

Keaton ; cette origine est expressément qualifiée de « rumeur » dans l'ouvrage de Marion Meade, *Buster Keaton: Cut to the Chase, a Biography*, « Buster Keaton. Droit au but, une biographie », New York, 1995). Lloyd aurait vu un ouvrier en train de repeindre, à une hauteur vertigineuse, le cadran de l'horloge d'une église ; l'homme, se trouvant en difficulté, avait écrit « Help ! » entre les aiguilles car personne n'entendait ses appels à l'aide. Il s'était agrippé à l'aiguille pour écrire, mais celle-ci avait été entraînée sous son poids, si bien que les lettres dessinaient un demi-cercle. D'en bas, on aurait dit que ses membres étaient les aiguilles de l'horloge. Harold Lloyd, qui souffrait de terribles crises de panique, avait été durablement égayé par ce spectacle. Il en avait tiré la « méthode du clown » – le concept est de lui – et l'avait transmise à ceux de ses amis qui souffraient du même mal que lui. La scène la plus célèbre de son film *Monte là-dessus !* dans laquelle il se retrouve suspendu à l'aiguille d'une horloge au sommet d'un building, fait allusion à cet incident. Après quelques essais, raconta Lloyd à son collègue Buster Keaton, il s'était guéri de son mal en écrivant, couché sur le ventre sur une grande feuille de papier, une lettre adressée à lui-même en forme de spirale ; il en déduisait que le peintre officiant là-haut, sur l'horloge de l'église, était en fait un ange. Keaton, pourtant athée convaincu, répondit qu'il en était sûr lui aussi – avant de se faire décrire la « méthode » dans les moindres détails.

La première allusion écrite à ce concept se trouve dans l'essai de Theodor W. Adorno *Fondements d'une théorie du comique* – même s'il n'y fait référence ni à Buster Keaton, ni à Harold Lloyd, ni à Chaplin, comme il aurait convenu de le faire, mais au comique W. C. Fields. Adorno avait rassemblé des idées sur ce sujet dès 1933 pour une conférence qu'il devait donner à Cologne devant une association d'étudiants sociaux-démocrates. Or les nazis avaient interdit cette organisation, et le projet était tombé à l'eau. Adorno avait émigré en Angleterre peu après et c'est à Oxford qu'il approfondit ses réflexions sur le phénomène du comique, mais dans le secret de son bureau, pour ainsi dire, en plus de son travail, et sans partager ses idées avec personne. Il finit toutefois par présenter le résultat provisoire de sa réflexion devant un petit public – sur le bateau qui, partant de Londres en février 1938, les emmenait, son épouse et lui, à New York. C'est au cours de cet exposé qu'il employa pour la première fois l'expression « méthode du clown ». C'est ainsi qu'il définissait une « manière de lutter contre l'angoisse suscitée par l'impudence du monde ». Il n'expliqua pas d'où il tenait ce concept, et les personnes présentes – des émigrants allemands comme lui – en conclurent que c'était lui qui l'avait inventé, ou qu'il était pour ainsi dire évident. Parmi ses auditeurs se trouvait Reinhard Mangold, un « étudiant » d'Adorno, qui avait tout juste dix-neuf ans ; il avait fui Francfort avec ses parents et avait suivi à Oxford les « cours magistraux » d'Adorno ; il poursuivait à présent son voyage vers l'Amérique. (J'emploie des guillemets car au Merton College, Adorno n'avait que le statut d'*advanced student* ; il avait certes été professeur en Allemagne, mais il n'avait pas obtenu d'autorisation officielle d'enseigner à Oxford ; il donnait tout de même des cours magistraux.) Une fois arrivé dans le Nouveau Monde, Reinhard Mangold se donnera un nouveau nom et entrera dans l'histoire de Hollywood comme l'un des producteurs de cinéma les plus courageux et les plus novateurs. En 1965, ne se doutant pas qu'Adorno avait perdu les notes qui constituaient la base de sa conférence, il évoquera, dans un portrait tourné sur lui par une chaîne de télévision allemande, sa rencontre avec le philosophe et les réflexions de celui-ci sur le complexe du comique, disant que ses idées l'avaient beaucoup inspiré et qu'il en avait reconnu la source dans les classiques du slapstick, en particulier dans les films de Charlie Chaplin ; et il montrera fièrement à la caméra les notes qu'il avait prises sur cette conférence. Adorno vit par hasard ce documentaire à la télévision et contacta la chaîne pour retrouver son ancien étudiant ; celui-ci lui envoya les fameuses notes par retour de courrier. Le philosophe reconstruisit ainsi son ancien raisonnement, complétant le tout de nouvelles idées – étrangement, elles ne comprennent *pas* de réflexions sur l'art de Charlie Chaplin (auquel il avait déjà consacré deux essais parus dans le recueil *Ohne Leitbild. Parva Aesthetica*, « Sans modèle. Parva Aesthetica ») – et bâtit sur cette base ses *Fondements d'une théorie du comique*, au centre desquels on trouve la *méthode du clown*. Il ne lui fut pas donné de terminer cet essai, nous ne savons donc pas comment ce concept est arrivé jusqu'à Adorno – en admettant qu'il ait eu l'intention de nous éclairer sur ce point. Je voudrais résumer ici ce qu'Adorno écrit sur la *méthode du clown*.

Le comique, expose-t-il, est « une réponse mi-amicale, mi-hostile à la joie mauvaise ». Cette dernière est une forme de volonté de vengeance. Le rire est une moquerie et, en tant que telle, une forme de punition que la masse fait subir à un individu ayant, sans le savoir, dérogé aux règles, pour attirer l'attention sur son manquement. Adorno suit en cela les réflexions d'Henri Bergson, telles que le philosophe français les a fixées dans son ouvrage sur le rire – *Le Rire. Essai sur la signification du comique* – en 1900. On peut résumer une des thèses de Bergson comme suit : il est nécessaire pour la survie et la vie en communauté que l'individu respecte les mœurs de la communauté ; les infractions graves sont jugées au tribunal, les plus anodines sont sanctionnées d'une autre manière, par exemple par la moquerie. Lorsqu'un homme – sans le faire exprès – glisse sur une peau de banane, nous le punissons de notre joie mauvaise*, car glisser sur une peau de banane peut être dangereux : la prochaine fois, qu'il fasse attention ! L'idée nouvelle d'Adorno, c'est que le comique soit une réponse *consciente*, donc

* Le terme allemand *Schadenfreude* désigne le fait de se réjouir du malheur des autres.

voulue, à la joie mauvaise. Ce qu'il explique en faisant référence à l'œuvre de W. C. Fields.

Le comique de Fields vient du fait qu'il brise un tabou. Lorsqu'il s'exclame – le plus célèbre de ses bons mots – que quelqu'un qui déteste les enfants et les chiots ne peut pas être tout à fait mauvais, nous rions, car il est tout à fait condamnable de détester les enfants et les chiots et que notre répugnance se voit confirmée lorsque – suivant la théorie de la catharsis aristotélicienne – l'espace d'un instant, pendant que nous rions, nous faisons comme si nous étions nous-mêmes de tels salauds ; et nous rions en étant convaincus que W. C. Fields pense exactement comme nous et qu'avec cette blague, il ne fait qu'affirmer la légitimité de son opinion et de la nôtre. En brisant ce tabou – détester les enfants et les chiots –, il semble en illustrer la nécessité. Or ce n'est pas là l'essence du comique de W. C. Fields. Ce n'est pas une blague. Il déteste vraiment les enfants et les chiots. Et lorsqu'il affirme que Felix Hoffmann est un meilleur messie que Jésus car si celui-ci a transformé l'eau en vin, le premier a changé le pavot en héroïne et, c'est prouvé, l'héroïne rend plus heureux que le vin, ce n'est pas censé être une blague. W. C. Fields ne fait pas de blagues. Il ne s'est jamais défini comme un comique, mais plutôt comme un bouffon – ce que tout le monde considérait comme une blague. Il nous pousse à être aussi méchant que lui. Même si nous faisons semblant de ne pas nous en rendre compte, même si nous faisons comme si ce gros bonhomme avec ses mauvaises manières et ses problèmes d'alcool et de drogue était un traditionnel « bon » briseur de tabous, qui ne brise donc en fait aucun tabou, nous savons parfaitement qu'il n'est pas drôle, mais méchant. Alors pourquoi rions-nous quand même ? Bergson, Adorno et bien d'autres avant eux qui ont réfléchi au concept de comique sont unanimes : tout est dans le décalage. Un pape qui flatule est plus comique qu'un monsieur Dupont qui pète. Chaplin qui déguste sa bottine comme s'il s'agissait d'un mets délicat servi dans un grand restaurant parisien, cela nous fait rire, car dans son assiette il n'y a rien d'autre qu'une vieille chaussure sale. Cela nous fait rire que W. C. Fields nous croie capables, nous autres minables – ridicules ! – petits-bourgeois, de quelque chose d'aussi méchant que détester les enfants et les chiots – ou de construire des camps de concentration. Nous-mêmes, nous ne nous en serions pas crus capables ! Selon Adorno, W. C. Fields parvient à faire ressortir la haine petite-bourgeoise enfouie en nous de tout ce qui est pur et beau, et qui résulte d'un complexe d'infériorité chronique. Nous partageons notre moi en deux, nous nous voyons comme un nain monstrueux – et trouvons cela comique. Nous *nous* trouvons comiques. Et, surprise, l'espace d'un instant, le monde ne peut rien contre nous.

La *méthode du clown* consiste donc tout simplement à se rendre ridicule à ses propres yeux – dans le but de se rendre étranger à soi-même. Lorsqu'il est tout à fait lui-même, l'homme ne peut pas rire de lui, le rire se faisant toujours aux dépens de quelqu'un. Il doit donc diviser son moi en un moi qui rit et un autre dont on rit. Voilà le but de cette méthode.

La biographie d'Adorno nous apprend que lui aussi fut parfois tourmenté par le chien noir. Il n'évoque pas dans son essai la mise en pratique de la *méthode du clown* – s'écrire une lettre couché à plat ventre sur une grande feuille de papier, les lignes formant une spirale dans le sens des aiguilles d'une montre. Il avait honte. Mais il paraît qu'un jour, sa gouvernante le surprit à l'appliquer.

QUATRIÈME PARTIE

31

En mai 1939, Chaplin reçut un coup de téléphone d'une femme se présentant sous le nom de « Hannelore » et parlant avec un fort accent allemand, lui sembla-t-il (s'agissait-il vraiment d'un accent allemand, ou l'avait-il juste pris pour tel, Chaplin resta toujours évasif sur le sujet). Elle souhaitait le rencontrer ; et affirma que cette rencontre n'était pas dans son intérêt à elle, mais dans le sien à lui. En principe, Chaplin ne donnait pas suite à ce genre de tentatives d'approche. En principe, il ne répondait jamais au téléphone ; aux studios, il laissait à la réceptionniste, Mlle Nicolaisen, ou à sa secrétaire, Mme Pryor, à la maison à son secrétaire, Kono Toraichi, le soin de décider s'il fallait ou non lui passer un appel. Il arrivait parfois qu'une femme – c'était toujours une femme – arrive à se procurer un de ses numéros, on ne sait comment ; à deux reprises déjà il les avait tous fait changer, ce qui lui avait valu d'assommantes formalités administratives.

Il était seul à la villa. Paulette s'était fait conduire au Griffith Park Zoo avec les enfants, Charles Jr. et Sydney, pour aller voir le tigre de Sibérie prêté au parc pour un an par le zoo de San Diego. Et, par hasard sans doute, ses employés avaient un après-midi libre ou étaient en train de faire une course quelconque. Il ne savait pas pourquoi tout le monde était sorti en même temps. Une demi-heure plus tôt, la maison était pleine de bruits, comme c'était toujours le cas lorsque les enfants – qui n'étaient déjà bientôt plus des enfants – venaient rendre visite à leur père, tout n'était alors que rires, jeux, chahut, repas gargantuesques où on ne servait que leurs mets préférés – il ne fallait surtout pas donner à Lita le moindre prétexte pour se plaindre à l'office de Protection de la jeunesse. Et puis soudain, ce fut le silence, ils avaient tous quitté la maison – hasard ou non – et il s'était retrouvé seul. Et le téléphone avait sonné. Chaplin ne connaissait pas assez bien les sonorités de la langue allemande pour en juger, mais il avait eu le sentiment que cet accent était faux.

La femme lui donna le nom d'un bar à Westwood, annonça qu'elle l'y attendrait dans une heure ; là-bas, on parlerait uniquement français. Il n'eut pas le temps de lui demander ce qu'elle entendait par là qu'elle avait déjà raccroché.

Il ne prévint personne. Il aurait pu appeler un ami, ou son frère. Il aurait pu laisser un message sur le guéridon de l'entrée. Ç'aurait été plus raisonnable. Six mois auparavant, un incident s'était produit lors d'une sortie près de Carmel avec Paulette et quelques amis. Ils avaient fait une excursion jusqu'à Point Lobos pour admirer la côte sauvage de la Californie. Ils étaient une dizaine. Ils avaient pris trois voitures, qu'ils avaient laissées près des falaises et, une coupe de champagne à la main, ils avaient regardé le Pacifique grondant en contrebas. Soudain, un homme était sorti des fourrés – un fou, dirait la police pour minimiser l'affaire –, il s'était incliné devant Paulette en lui disant « S'il vous plaît, madame Goddard, faites un pas de côté », il avait salué d'un sourire et d'un signe de tête Dan James et Tim Durant qui se tenaient à côté de Paulette, puis il avait sorti un stylet de la poche intérieure de son cache-poussière et, le bras tendu, l'arme à la main, il s'était dirigé d'un pas raide et lent vers Chaplin, pâle et sombre à la fois, une véritable caricature de méchant. Ils étaient restés pétrifiés – sauf Durant, qui s'était jeté sur lui, lui avait tordu le bras et enfoncé le visage dans le sable en appuyant une botte sur sa nuque. L'homme n'avait opposé aucune résistance, il s'était laissé ligoter avec les ceintures des autres et la sienne, il les avait même aidés, un sourire sur son visage tordu de douleur, adressant un nouveau signe de tête, en larmes cette fois, à Paulette, avant que Durant, James et les autres – à l'exception de Chaplin – le poussent à l'intérieur de l'une des voitures et l'installent à plat ventre sur la banquette arrière. Le gros David Saddik s'était assis sur lui, lui tordant le bras et le maintenant en l'air comme un levier commandant l'arrivée de la douleur. Un des amis de Durant l'avait emmené en ville, suivi des deux autres voitures. Ils l'avaient livré au sheriff – dans l'hilarité générale. Chaplin avait prié les officiers de police de traiter l'incident avec discrétion et de ne rien laisser filtrer à la presse. Il craignait qu'un autre fou, moins sympathique, puisse avoir la même idée et la mette en pratique avec moins de dilettantisme. Il lui semblait évident que ses amis ne souffleraient mot de l'incident. Mais le surlendemain, en une du *Los Angeles Daily News*, on apprenait que M. Charles Chaplin avait échappé de justesse à un attentat. Le journal affirmait même connaître le mobile des agresseurs (pluriel !). Certains cercles, lisait-on, n'appréciaient pas que Chaplin projette de faire un film désobligeant sur le chancelier du Reich, Adolf Hitler. Chaplin avait passé un savon au rédacteur en chef ; d'où sortait-il une affirmation aussi absurde ? M. Wilson avait rétorqué que révéler ses sources ne faisait pas partie des tâches d'un journaliste sérieux, avant de raccrocher. À cette époque, Chaplin s'était effectivement lancé dans les préparatifs du film qu'il intitulerait *Le Dictateur*. Avant de se mettre au travail, il était personnellement allé serrer la main de chaque personne associée au projet, il l'avait regardée dans les yeux et lui avait donné l'ordre de ne pas piper mot de ce qu'ils faisaient, à quiconque, que ce soit mari, femme, maîtresse ou meilleur ami. L'un d'entre eux avait donc parlé. Les reporters se mirent à assiéger les studios, et Chaplin finit par publier un communiqué de presse annonçant qu'il « envisageait de produire un film sur la situation politique actuelle en Europe, et plus particulièrement en Allemagne » – Hitler et les nazis. Il ne dit pas qu'il avait l'intention d'élever sa voix contre leur barbarie. Ce qui n'empêcha pas la critique Louella

Parsons d'annoncer dans le *New York Times* : « Le prochain film de Chaplin sera une parodie de Hitler ! » On pouvait lire le même genre de chose dans le *Denver Post* et le *Detroit Times*. Le consul allemand, Dr Georg Gyssling, envoya une note de protestation au président des États-Unis, le prévenant qu'un sous-produit de ce genre nuirait grandement aux bonnes relations entre son pays et le Reich. William Dudley Pelley, le chef de la Silver Shirt Legion, l'équivalent américain des SA, rédigea un pamphlet sur les juifs à Hollywood, répétant ce qu'on pouvait lire dans le *Stürmer* et d'autres journaux allemands nazis : Chaplin était juif et s'appelait en réalité Karl Thronstein. Jesse Maugh, un des portiers des studios Chaplin, se retrouva un matin complètement perplexe devant le portail : on avait déversé du purin devant l'entrée. Dans une lettre adressée au *Daily Mail*, un lecteur, sous couvert de l'anonymat, écrivait que s'il était vrai que Chaplin voulait se livrer à une mauvaise plaisanterie de juif aux dépens du représentant suprême du Reich allemand, cela signifierait la « disparition de sa personne ». Les amis de Chaplin le pressèrent de porter plainte contre le journal pour avoir publié cette grossièreté : l'auteur de la lettre faisait manifestement référence à un discours de Hitler dans lequel celui-ci avait parlé de « disparition de la race juive », ce par quoi il entendait son extermination. Mais Chaplin refusa. « Nous sommes en Amérique, objecta-t-il. L'Amérique est un pays démocratique, libre, ici, on est libre de dire ce qu'on veut, et aussi d'ignorer ce que disent les autres. » La police de Los Angeles plaça tout de même Chaplin sous protection. Deux fonctionnaires en civil le suivaient partout ; quand il était chez lui, ils attendaient dans leur Ford 35 sur Summit Drive, fumant et surveillant l'entrée de la villa – ils étaient devenus une attraction pour les touristes et les badauds. Il fallut que Chaplin menace d'en référer au tribunal pour que les policiers disparaissent.

Ses amis s'étonnèrent. « Tu n'as pas peur ? » lui demanda Dan James, qui l'aidait à écrire le scénario.

« Non », avait répondu Chaplin, s'étonnant lui-même de sa réponse ; il s'étonnait que le travail sur un sujet qui était plus proche de la réalité que celui de tous ses autres films puisse l'emmener aussi loin de cette réalité ; il avait l'impression de vivre dans un conte de fées.

Il appela un taxi – pas une voiture de GY Taxi Service comme à son habitude, mais une compagnie à laquelle il ne s'était encore jamais adressé ; il ne donna pas son nom, et sans qu'on lui demande rien, il dit qu'il appelait d'une cabine téléphonique et qu'il attendrait dans la rue. Il enfila des vêtements larges et clairs, mit un chapeau et des lunettes de soleil, descendit dans la rue et attendit à quelques pas de l'entrée de la villa. Il avait « un drôle de sentiment », un sentiment d'aventure – enfin, avoua-t-il par la suite, peut-être surinterprétait-il aujourd'hui, peut-être était-il simplement curieux.

Il n'était pas content de sa vie.

Cela ne veut pas dire qu'il n'était pas content de lui ; pas davantage qu'il doutait de lui ou qu'il souffrait des visions aussi redoutées que familières d'échec et de capitulation – non : s'il n'était pas content, c'est parce qu'il se croyait capable d'autre chose qu'être simplement comique et de produire des films comiques. Il se sentait doué pour autre chose. Pas quelque chose de mieux – lorsqu'il aurait terminé ce film, les gens verraient bien qu'il fallait vraiment chercher pour trouver mieux – non, quelque chose de différent. Il voulait écrire un ouvrage sur l'économie nationale. Il avait un carnet rempli d'idées. Cela faisait longtemps qu'il s'intéressait à des sujets comme l'économie et la justice. Ce n'est pas le tournage des *Temps modernes* qui avait suscité son intérêt, mais l'effet qu'avait produit le film ; le fait que Charlot provoque la colère des capitalistes *et* des communistes l'avait tout d'abord chagriné ; mais ces ennemis irréconciliables se rejoignaient dans leur révolte contre la représentation même du plus faible, du sans-voix, du plus à plaindre, et il y voyait le signe que la *méthode du clown* pouvait guérir l'âme de la société. Il avait montré au monde la folie d'une économie qui fait de l'homme l'esclave des machines ; Charlot avait combattu cette folie avec la sienne propre, il avait « décalé » de quelques degrés le regard porté sur la réalité pour montrer la réalité telle qu'elle était. Lors de son séjour à Berlin, il y avait dix ans de cela, il avait parlé d'économie avec Albert Einstein, des programmes fascinants de simplicité d'un homme du nom de Silvio Gesell, qui était contre la rente foncière et les intérêts car ceux-ci, en raison de la répartition de bas en haut qui leur était inhérente, perpétuaient l'injustice du monde et le rendaient de plus en plus laid. (Lui-même n'avait rien lu de Gesell, mais il avait écouté très attentivement ses deux inspirateurs, Herbert Oakley et Ben Eichengreen, le premier anarchiste, le second marxiste, s'entretenir de ses théories.) Einstein lui avait offert la *Théorie de l'évolution économique* de Joseph Schumpeter, qu'il venait de lire lui-même (une édition en allemand, malheureusement), et l'avait dédicacée : « Pour Charlie Chaplin, l'économiste national. » Cela lui avait donné à penser. Il avait écrit une nouvelle. La première de sa vie. Il s'était senti comme un jeune poète, dont le génie se doutait qu'il n'avait plus beaucoup de temps, Keats ou Shelley avaient dû se sentir ainsi. Lorsqu'il prenait son stylo-plume, il sentait son cœur battre dans ses doigts. La nouvelle s'intitulait *Rythme*. Elle avait été traduite en français et publiée au mois d'avril de cette année dans la revue *Cinémonde*. Elle se passait pendant la guerre d'Espagne. Un homme doit être exécuté. L'officier qui commande le peloton d'exécution est un ami du condamné ; il espère jusqu'au dernier moment qu'arrive la nouvelle de sa grâce. Mais le temps passe, il n'a plus le choix, il doit donner l'ordre de tirer, un ordre qui se décompose en quatre commandements rythmés : « Attention ! Présentez, armes ! En joue ! Feu ! » Juste avant de prononcer le dernier mot, il entend des pas, le messager qui va sauver son ami accourt. Il crie : « Stop ! » Mais c'est trop tard. Obéissant à l'habitude – au rythme –, les soldats tirent. Un critique littéraire – Chaplin apprit qu'il s'agissait même d'un des plus renommés, mais il n'avait pas retenu son nom – avait qualifié cette nouvelle de chef-d'œuvre, digne de côtoyer les meilleures du genre. Cela lui avait donné à penser. Le vrai génie, pensait-il avoir lu chez Edgar Allan Poe, pouvait se révéler dans tous les domaines ; un poète de génie, s'il se tournait vers la musique, serait également un musicien de génie, un musicien de génie serait un peintre de génie, un peintre de génie un homme d'État de génie, etc. Cela aussi lui avait donné à penser. Il était certain d'avoir du génie, et cette certitude l'émouvait et le remplissait d'humilité. Le noble battement dans sa poitrine qui annonçait quelque chose de nouveau, de grand, de différent, le rendait à la fois heureux, curieux – et mécontent. La rédaction du script de son film sur le dictateur d'un État fictif lui avait coûté plus d'énergie qu'aucun autre projet auparavant, mais aucun effort. Il savait que ce serait son plus grand film, le chef-d'œuvre de l'histoire du cinéma. Lorsque ce film serait terminé, il mettrait longtemps avant d'en tourner un autre, peut-être même n'en tournerait-il plus jamais ; il commencerait une nouvelle vie, avec un nouvel art – ou une carrière de scientifique – de politicien, de rhéteur, de tribun, il serait un nouveau Démosthène, un Cicéron, un Danton.

Il n'était pas content – mais c'était une insatisfaction joyeuse, pleine d'espoir. Ce coup de téléphone était peut-être une première impulsion vers quelque chose de nouveau, de grand, de différent – si bien qu'il pourrait dire plus tard : tout a commencé avec un appel téléphonique que j'ai reçu en mai 1939…

Il ne croyait pas si bien dire.

32

Il était peu probable qu'on le reconnaisse. Sa tête ne ressemblait en rien à celle de Charlot. Il avait les cheveux blancs maintenant, et sans maquillage ses joues étaient déjà flasques. Les lunettes de soleil ne faisaient nullement penser qu'il essayait de se cacher : à Los Angeles, la lumière des après-midi de mai était tout simplement aveuglante. Quant au chapeau, la plupart des hommes en portaient. Et puis il s'était rendu compte que les gens se souvenaient plus facilement des mouvements d'un corps que d'un visage. Rien dans sa démarche ne rappelait celle de Charlot. En entrant dans le bar de Wilshire Boulevard, il retroussa légèrement les lèvres, ce que Charlot ne faisait jamais, et imita la démarche de Douglas Fairbanks, comme il en avait pris l'habitude ces derniers temps, consciemment et inconsciemment – parce que Doug lui manquait ; il ne l'avait pas vu depuis le divorce de celui-ci trois ans auparavant, Doug n'habitait plus Pickfair, le bruit courait qu'il n'allait pas particulièrement bien, qu'il passait son temps à boire ; Mary elle non plus ne venait plus le voir, rien n'était plus comme avant, il s'était promis d'inviter Doug à faire une partie de tennis avec lui un après-midi, mais ne l'avait toujours pas fait.

Il faisait sombre dans le bar, il ne voyait rien. Il ôta ses lunettes de soleil. Le comptoir en L laissait juste assez de place pour se faufiler entre le mur et la rangée de tabourets. Deux hommes, debout l'un à côté de l'autre, discutaient avec le barman. Ils lui jetèrent un rapide coup d'œil, sans lui manifester un intérêt particulier, et poursuivirent leur conversation. Il s'assit au comptoir, le plus loin possible d'eux. Le barman s'approcha lentement, essuyant au passage le zinc de son torchon, et lui demanda avec un fort accent californien ce qu'il pouvait lui servir – il croyait qu'on parlait uniquement français ici ! Il commanda du vin blanc. Le barman poussa vers lui l'inévitable verre d'eau qui sentait le chlore, il y avait des gens qui ne supportaient pas cette odeur, mais lui l'aimait ; en revanche, il n'avait jamais vu personne boire cette eau. Pouvait-il avoir un sandwich avec son verre de vin ? Bien sûr. Un sandwich au fromage suisse ? Au fromage suisse, d'accord.

Il attendit. Il mangea son sandwich, but son verre de vin. Huma l'odeur de chlore. L'un des deux hommes, avant de s'en aller, fit un signe de la tête dans sa direction. Pas parce qu'il l'avait reconnu. Mais parce qu'il avait des manières. L'autre survola encore la page sports du journal, une cigarette fichée entre ses lèvres, puis salua et s'en alla lui aussi. Le barman savait lire les signaux qu'on lui envoyait ; si ce client s'était assis tout au fond, c'est qu'il n'avait pas envie de parler. Il se contentait de jeter de temps à autre un coup d'œil dans sa direction, au cas où il aurait voulu commander autre chose.

Il attendit. Il attendit trois quarts d'heure.

Puis un homme et une femme firent leur entrée dans le bar. Elle était grande, très mince, brune, les cheveux ramenés en rouleau à l'arrière de la tête, son visage avait un éclat pâle, elle portait une robe vieux rose avec une large ceinture blanche dont la boucle était décorée de trois épines. Ils se dirigèrent vers lui. L'homme lui adressa un sourire aimable, lui tendit la main – sans se présenter – et annonça qu'Hannelore avait malheureusement un rendez-vous très urgent et devait repartir tout de suite. Les lèvres et les ongles de la femme étaient du même rouge. Elle évita son regard, tourna les talons et quitta le bar sans avoir dit un mot, sans lui avoir serré la main. L'homme la suivit des yeux jusqu'à ce qu'elle disparaisse dans la lueur diffuse de la rue. Il annonça qu'il n'avait malheureusement que très peu de temps lui aussi. Il portait un costume clair dans les tons rose, un Stetson de la même couleur, avec un ruban bleu profond, comme sa cravate. Il avait à l'annulaire droit une imposante bague en or avec une pierre d'onyx ovale. Ses lunettes de soleil étaient légèrement teintées, suffisamment claires pour voir à l'intérieur du bar, suffisamment sombres pour cacher ses yeux.

L'homme commanda une Apollinaris. Lorsque le barman se fut éloigné, il lui dit que s'il ne faisait pas attention à lui, dans un an au plus tard il ne serait plus en vie ; il le priait de ne pas l'interrompre, comme il le lui avait déjà dit, il n'avait pas beaucoup de temps, que Chaplin se contente de l'écouter : s'il ne faisait pas attention à lui, dans un an au plus tard, il mettrait fin à ses jours ; il croirait avoir pris la décision lui-même, mais en réalité, sans l'avoir remarqué, il y aurait été poussé. Il devait comprendre qu'il avait affaire à des gens qui disposaient des moyens les plus sophistiqués de faire la guerre. La neutralisation de sa personne était un acte de guerre. C'était tout ce qu'il avait à dire. Il ne voulait que son bien. Il le pria de régler l'eau minérale pour lui.

Sur ce, il tourna les talons et disparut. Peut-être avait-il entendu la question lancée alors qu'il partait : « Pourquoi ? » Mais c'était peu probable. Car Chaplin l'avait posée d'une toute petite voix.

Il demanda au barman une feuille et un stylo et écrivit tout ce que l'homme lui avait dit. Il se souvenait du moindre mot qu'il avait prononcé. Il décrivit l'allure de la femme, son visage, ses vêtements, sa démarche ; et fit de même pour l'homme. Il décrivit le son de sa voix – ni discrète, ni insistante, il n'avait décelé aucun accent ; ce qui était frappant, c'était son ton détaché totalement en opposition avec ses paroles.

Il demanda une nouvelle feuille de papier au barman. Il décrivit l'odeur de la femme : il s'agissait sans doute d'un parfum, mais elle avait éveillé en lui le souvenir du cuir ; elle sentait le cuir, une énigmatique et entêtante odeur de cuir. Il ne croyait pas qu'il s'agissait d'Hannelore. Si elle n'avait rien dit, c'est parce qu'elle n'était pas allemande, qu'elle ne savait pas imiter l'accent allemand, et que sa voix était bien différente de celle d'Hannelore. Dans la voix d'Hannelore, croyait-il se souvenir – et il l'écrivit –, il y avait de la peur, de cette peur qu'on éprouve lorsqu'on a fait quelque chose de grave, d'irréparable, quelque chose qui entraîne sa propre perte. Elle n'avait pas prononcé plus de quatre ou cinq phrases au téléphone, mais de la première à la deuxième, puis à la troisième phrase, la peur s'était insinuée dans sa voix et avait progressivement pris possession d'elle, avait effacé ce qu'elle avait eu de résolu au début, cette fermeté qu'Hannelore avait voulu lui donner, et pour finir elle s'était changée en une angoisse d'enfant, implorante ; ses derniers mots, Hannelore les avait dits d'une voix tremblante, presque en pleurant. Ces montagnes russes d'émotions sur un nombre de syllabes aussi réduit l'avaient fasciné, et c'est pour cette raison, et pour elle seulement, s'il était honnête avec lui-même, qu'il avait accepté de la rencontrer dans ce bar de Wilshire Boulevard. Hannelore n'était-elle qu'un prétexte, l'avait-on forcée à lui parler au téléphone ? Quelqu'un se cachait-il derrière sa voix ? L'accent allemand ou son imitation étaient-ils volontaires ? Était-ce un indice censé lui indiquer d'où venait le vent ? Quelqu'un croyait-il que cette conversation serait enregistrée et analysée ? Est-ce qu'on s'y attendait ? Est-ce que c'était même souhaité ? L'industriel Francis W. Purkey, c'était connu, enregistrait toutes ses conversations téléphoniques sur bande magnétique à l'aide d'une machine tout droit sortie d'un film de science-fiction, qui occupait une grande table dans son bureau et se mettait en route automatiquement dès que le téléphone sonnait. Purkey avait acheté ce truc après l'enlèvement d'un de ses enfants. Chaplin en avait fait construire une réplique en contreplaqué pour *Les Temps modernes*, mais par respect pour Purkey, il avait finalement renoncé à l'installer dans le bureau du patron du groupe sidérurgique.

Il écrivit absolument tout – ses souvenirs, ses observations, ses pensées, ses associations d'idées, ses hypothèses. Il écrivit, écrivit, écrivit encore. Il écrivit pendant une heure, commanda un deuxième verre de vin blanc, puis un troisième. Sans qu'il le lui ait demandé, le barman lui tendit une nouvelle feuille de papier.

Il demanda au barman s'il connaissait l'homme et la femme qui étaient entrés dans le bar, ou s'il les avait déjà vus. Non. Il lui demanda ce dont il se souvenait – leur apparition datait d'une heure à peine. Le barman fit une brève description qui recoupait la sienne ; il la compléta en faisant remarquer que l'homme se tenait voûté, qu'il était légèrement bossu ; il l'avait remarqué lorsque l'homme quittait le bar. Le barman ne demanda pas à son client pourquoi il posait toutes ces questions. On était trop près de Hollywood. Dans ce quartier, les barmans ne s'étonnaient de rien. C'est exactement ce que disaient ses paupières fatiguées et impassibles, et il savait parfaitement que l'autre comprendrait. Il comprenait. Chaplin nota également cette observation.

Dans le taxi qui le ramenait chez lui, il éprouvait une profonde satisfaction. Une voix avait beau le mettre en garde, lui dire que ce sentiment n'était pas approprié, puisqu'on venait de lui annoncer sa mort, qui plus est de sa propre main, elle ne parvenait pas à chasser ce contentement.

33

Lors de leur première rencontre, à Los Angeles, Churchill et Chaplin avaient fait le projet de développer ensemble une idée de film – sur Napoléon. En descendant les sentiers pleins de ronces de Carbon Canyon, au-dessous d'eux leurs jambes de pantalon déchirées, au-dessus d'eux le blanc et brûlant foyer des mondes, les idées de scènes avaient fusé. Le héros serait un sosie de l'empereur. Il arrive à Paris tandis que le vrai Napoléon est en exil à Sainte-Hélène. On l'admire, on le fête, le peuple veut le remettre sur le trône. Il ne comprend rien à ce qui lui arrive, il essaie d'expliquer qui il est vraiment. Personne ne l'écoute. Finalement, ne sachant plus lui-même qui il est, il met fin à ses jours. On décrète un deuil national. Entre-temps, le vrai Napoléon a réussi à s'enfuir. Il rentre en France. Mais les gens se moquent de lui, le montrent du doigt comme s'il était le chimpanzé de l'empereur. Il ordonne l'exécution des mauvais plaisantins. Ils se moquent de plus belle. Personne ne croit en lui, il n'a plus aucun pouvoir. Il finit clochard, et suscite l'hilarité de ses camarades en jouant le grand Napoléon sous les ponts de Paris.

Ce projet ne vit jamais le jour. Mais le thème du double continua à travailler Chaplin. L'idée de jouer simultanément deux rôles dans un film exerçait sur lui un charme hypnotique. Le point de départ du *Dictateur*, qui allait finalement donner corps à ce thème, ne fut pas tant l'aspect politique que le défi esthétique consistant à jouer contre soi-même : avec les techniques ancestrales de la pantomime *et* les premiers mots qu'il dirait à l'écran, « pour que l'un en finisse avec l'autre ». Roland Totheroh, son fidèle caméraman – il avait été de chaque film depuis les débuts de l'ère United Artists –, rapporte qu'il ne fut jamais question de politique pendant le tournage. « Si Chaplin avait ressemblé à Staline, affirmait-il, ramenant sans doute brutalement à la réalité ceux qui considéraient le Chaplin de cette époque comme un artiste politique, le film aurait été un règlement de comptes avec le communisme. S'il avait ressemblé au pape, ç'aurait été une campagne contre le catholicisme. Il ressemblait davantage à Hitler, c'est tout. »

Lui ressemblait-il vraiment?

Tout le monde, en particulier dans les caricatures, bien évidemment, attirait l'attention sur la fameuse moustache qu'ils avaient en commun. Or que nous dit-elle? En regardant quelques photographies de l'époque, des scènes de rue au hasard, que ce soit en Allemagne, en Australie ou en Amérique, on remarque ceci : les hommes portent un chapeau, la plupart un melon (comme Charlot), et ils sont très nombreux à porter la fameuse petite moustache – très souvent carrée, comme Hitler, plus rarement en forme de trapèze, comme Charlot. Le débat houleux tournant autour de la question de savoir si Hitler avait piqué cet emblème au clown qu'il avait un jour adoré est donc complètement absurde – car on pourrait se poser la même question pour plusieurs millions d'autres hommes. Il est d'autant plus étonnant que l'opinion publique en soit venue à cette idée de film bien avant que Chaplin lui-même n'imagine jouer le dictateur allemand.

Je voudrais raconter deux événements.

Le premier nous est rapporté par Charlie Chaplin Jr. Dans ses souvenirs de son père (je ne possède que l'édition allemande, *Mein Vater Charlie Chaplin*, éditions Diana, Constance, 1961), il écrit qu'on avait envoyé à celui-ci, au milieu des années 1930, un article d'un journal français, accompagné d'une traduction, dans lequel on pouvait lire que Hitler avait interdit les films de Chaplin en Allemagne. Pourquoi ? Parce que, de l'avis des plus éminents physionomistes allemands, Charlot ressemblait trop au Führer. (On trouve effectivement – j'ai fait quelques recherches – dans le sixième décret relatif à l'application de la loi sur le cinéma du 3 juillet 1935, un paragraphe concernant Charlie Chaplin, avec l'habituel renvoi à sa judaïté présumée et, en conclusion, l'interdiction de montrer ses films dans les cinémas allemands.) Le journal en question était *Paris-Midi* ; on peut y lire en accroche de l'article, en gras : « Charlie Chaplin jouera dans son prochain film sans sa légendaire petite moustache…

Pour ne pas ressembler à Hitler. » Suit une histoire qui semble aussi tirée par les cheveux que clairvoyante. D'où Gaston Thierry, son auteur, la tient-il, tout le monde l'ignore. Chaplin essaiera à plusieurs reprises d'entrer en contact avec lui – en vain. Charlie Chaplin, écrit Thierry, travaille en ce moment – on est en 1935 ! – à un film de propagande contre Hitler. La scène suivante y serait centrale : Charlot, portant comme toujours sa moustache, entre chez un barbier. Il contemple les portraits de différentes personnalités. « Son regard s'arrête sur celui de Hitler, bien en vue. Alors il tâte sa propre moustache, puis tout à coup s'empare rageusement d'un rasoir, [...] la fait disparaître, et s'en va. » Gaston Thierry assure que « la scène est jouée par Chaplin avec une telle expression qu'il est absolument impossible au public de se méprendre sur la signification du geste. » Il semble très bien informé : « Bien qu'on ait prévenu Chaplin qu'il risque de voir interdire son film en Allemagne, ce qui entraînerait pour lui des pertes matérielles considérables, il ne veut à aucun prix renoncer à cette scène. » Pas une once de vérité là-dedans !

Tout cela était angoissant. Et angoissait Chaplin. En 1935, il n'avait pas encore le début d'une idée d'un film sur ce thème. Mais, se souvient son fils, à partir de ce moment, il a commencé à « tisser et tresser des idées dans sa tête ». Chaplin essaya de savoir qui lui avait envoyé cet article avec sa traduction – en vain. Quarante ans plus tard, il avait toujours une sensation étrange quand il y repensait. Il confia à Josef Melzer s'être senti rétrospectivement comme Macbeth, à qui les sorcières avaient prophétisé ce qu'il allait devenir, et qui employait depuis toutes ses forces pour faire ce qu'on attendait de lui. Chaplin avait employé toutes ses forces pour changer en vérité le mensonge éhonté de Gaston Thierry.

Le second événement se déroula l'année suivante. L'idée de jouer Hitler s'était logée dans la tête de Chaplin, « se démultipliait en [lui] ». Il passait le plus clair de son temps loin de Hollywood, évitant son cercle d'amis habituel – « toujours les mêmes voix, les mêmes idées ». Il avait envie de voix inconnues, d'idées inconnues. Il les trouva, nous le disions plus haut, à Carmel-by-the-Sea, au sud de San Francisco. L'un de ses nouveaux amis, il avait oublié par la suite de qui il s'agissait, proposa d'imaginer un frère jumeau à Hitler, un bon à rien que le Führer, aussitôt au pouvoir, enfermerait dans un camp de concentration pour ne plus l'avoir en travers de son chemin. Et ce frère jumeau, Charlot, bien sûr – voilà le scénario qu'ils esquissèrent dans une ambiance joyeuse –, est entraîné par des prisonniers qui essaient de s'évader, ils passent la nuit cachés dans une buanderie, ils y trouvent des uniformes SS, changent de vêtements et sortent dans les rues aux premières lueurs de l'aube, on prend Charlot pour le Führer, le peuple l'acclame et le porte jusqu'à la chancellerie du Reich. Lorsque le véritable Führer rentre de vacances, tout le monde se moque de lui, et on finit par le mettre à l'asile. On trouve qu'il parle comme un fou – alors qu'il parle exactement comme avant. Chaplin improvisa des scènes pendant toute une soirée. On rit beaucoup. Mais il se réveilla en pleine nuit et sut que ce n'était pas ça. Le lendemain matin, il décida de changer une nouvelle fois d'amis. Il s'installa chez Ben et Ethel Eichengreen, tous deux marxistes convaincus. Ethel était même membre du parti communiste.

Je devrais associer à l'histoire suivante un grand point d'interrogation ; elle puise à une seule source, dont nous avons vu que l'immense majorité des exégètes de la vie et de l'œuvre de Chaplin jugent qu'elle est douteuse : je veux parler de l'*Entretien avec Charlot* d'Erica Southern, *alias* Lilian Bosshart.

Ce soir-là, Chaplin était une nouvelle fois invité chez Ben et Ethel Eichengreen, dans leur ravissante petite maison tapissée de livres entre Carmel et Monterey. Tandis que le couple préparait le dîner, il était descendu vers la côte dans les rayons du soleil couchant, où se dressait un groupe de séquoias – « les gardiens des confins de l'Occident », comme les appelait Ethel –, lorsqu'il avait vu une silhouette qui marchait près de l'eau, assez loin de lui, vêtue de noir, portant un long manteau et un chapeau. C'était un homme, un rabbin qui semblait tout droit sorti du film *La Ville sans juifs* ; il s'avança vers lui sur la plage rocailleuse, ouvrit grand les bras et prononça son nom : « Monsieur Chaplin, monsieur Chaplin, quel bonheur de vous voir ici ! On dit que vous venez tous les soirs pour saluer le soleil. Je vous attendais. » Il avait une longue barbe brune, des boucles sur les tempes et des lunettes aux verres épais, qui rendaient son regard irréel. Il avait pris ses deux mains dans les siennes, les avait embrassées et lui avait dit : « Je vous remercie, monsieur Chaplin, au nom de tous mes amis également, d'avoir choisi de faire un film sur ce monstre et de le montrer au monde tel qu'il est vraiment : malfaisant. » Chaplin lui avait demandé où il avait entendu qu'il voulait faire un tel film. Mais tout le monde le sait, avait répondu l'homme, toutes les bonnes gens, partout dans le monde. Et il y avait encore une chose que tout le monde savait : il serait parfait dans le rôle du juif qui vient à bout de son grand ennemi, Haman le malfaisant. « Moi, le rôle d'un juif? Eh bien, je ne sais pas, avait-il répondu. – Mais si, vous le savez, bien sûr que vous le savez !, s'était exclamé l'homme. – Et quel juif vais-je donc jouer ? – Un homme modeste, un homme simple, un homme faible, le plus faible de tous. – Et c'est lui qui viendra à bout du monstre ? – Parce que dans son cœur, il est un golem. » Sur ces paroles, l'homme était retourné vers l'eau. Son neveu était là, lui avait-il lancé en partant, il ne pouvait pas le faire attendre plus longtemps. Mais il n'y avait personne près de l'eau. Entre-temps, le soleil s'était couché, et Chaplin se tenait entre les arbres gigantesques. Il attendait de se réveiller. Mais ce n'était pas un rêve. Il était remonté lentement vers la charmante petite maison au toit de chaume de Ben et Ethel, l'air frais du soir le faisant presser le pas en arrivant sur la route côtière. Cette fois encore, il avait eu le sentiment de devoir employer toutes ses forces pour réaliser une prophétie – la prophétie d'un rabbin sur la côte pacifique. Il avait parlé à ses amis de cette rencontre, et Ben lui avait dit que c'était une bonne idée d'histoire. « Cette idée d'un frère jumeau de Hitler, je l'ai toujours trouvée bête ! » Ethel approuva : « Charlot est juif, tout le monde en est persuadé, de toute façon. Joue Hitler, et en même temps un juif qui ressemble à Hitler ! Ce sera drôle ! »

C'est à partir de ce moment qu'il avait travaillé sur l'histoire telle que nous la connaissons, d'abord sur le plan des intuitions, puis des pensées, puis sur le script avec Dan James (un travail qui lui avait particulièrement plu, le jeune Dan James était très doué, il avait réussi à susciter en lui un tel plaisir à écrire des dialogues qu'il était prêt à jeter par-dessus bord toutes ses théories sur le film muet), ensuite devant et derrière la caméra avec la plus grande équipe qu'il lui serait donné de diriger, puis, enfin, la journée à la table de montage avec Willard Nico et la nuit au violoncelle et au piano avec le compositeur Meredith Willson. Il était obsédé par ce film. Charlie Chaplin Jr. rapporte que ce film fut pour son père un don du ciel et un lourd fardeau. Tout était à la fois facile et pénible. Chaque jour, il n'y avait que le travail qui le rendait heureux, mais aussi la perspective d'en avoir fini avec ce projet. « Il adviendra ce qu'il adviendra. » Il répétait cette phrase matin et soir. Lorsque Charlie Jr., alors âgé de douze ans, lui avait demandé ce qu'il voulait dire par là, il lui avait répondu sèchement que lui-même ne le savait pas ; quelque chose dans sa tête lui soufflait cette phrase, certains jours cent fois, d'autres mille fois.

Charlie en double, c'était l'idée de génie du film – Charlie en dictateur ridicule et, dans le même temps, en barbier juif, c'était la gifle donnée à ce monstre. Un seul homme frappera aussi fort, mais pas avec les armes du clown : Winston Churchill.

34

C'est alors que Kono donna sa démission.

Un matin, Chaplin trouva une enveloppe posée sur son assiette au petit-déjeuner. Elle contenait une carte, sur laquelle était écrit, à la main :

Cher Monsieur Chaplin,

Je demande à être dégagé des obligations de votre service et de notre amitié.

Kono Toraichi

Il était quatre heures et demie du matin. À cette heure-ci, normalement, tout le monde dans la maison dormait : Paulette et sa femme de chambre, le cuisinier, le majordome, Frank Kawa et Kono. Chaplin prenait son petit-déjeuner seul, en notant sur une feuille de papier le programme de la journée. Le tournage devait commencer dans un mois. À six heures, Kono et Kawa viendraient le chercher dans la cuisine. Cette fois, Kawa était seul.

Charlie Jr. rapporte que Chaplin avait d'abord cru à une blague. Sa première pensée fut que quelqu'un s'était glissé dans la villa pendant la nuit et avait déposé l'enveloppe sur son assiette. Sa deuxième pensée fut que Kono avait appris l'humour. Sa troisième pensée, enfin : ce qui était écrit là était vrai. Kono n'avait aucun humour. Un trait de caractère que Chaplin appréciait tout particulièrement chez son secrétaire. Kono ne riait jamais. Même lorsqu'il riait, il ne riait pas. Lorsqu'ils discutaient d'un nouveau gag, ils ne riaient pas. Si le gag était bon, Kono disait : « Les gens riront. » Il ne fallait pas en attendre plus, ni de Kono, ni du gag.

Cela faisait dix-huit ans que Kono était au service de Chaplin. Il faisait partie de sa vie au même titre que Syd. L'avantage de Kono par rapport à Syd, c'est que Chaplin se préoccupait beaucoup de l'état d'esprit du second, jamais de celui du premier. La vie privée de Kono, s'il en avait une, lui était complètement inconnue. Il n'en éprouvait aucun regret. Et il savait – il croyait savoir – que Kono n'attendait rien de tel. Kono était marié. Personne ne pouvait vraiment imaginer où, quand, ou de quelle manière il pouvait mener une vie conjugale. Kono était toujours là. Sauf dans les rares moments où il n'avait pas besoin de lui. Il était entré à son service à l'âge de dix-sept ans, en tant que chauffeur. Immigré japonais, il avait appris l'anglais en un temps record, le parlant couramment, puis sans aucune faute, pour finalement maîtriser la langue et disposer d'une richesse de vocabulaire et d'images incomparable ; il avait une citation de Shakespeare pour chaque circonstance de la vie, connaissait par cœur des passages entiers de *Moby Dick* et était capable de dicter des lettres dans le style de Chaplin. Il devint son secrétaire particulier, puis se nomma lui-même garde du corps – dans certaines circonstances, dont son chef ne tenait pas à être trop précisément informé, il portait une arme sur lui, et lorsque Chaplin lui avait demandé s'il était prêt à en faire usage, il s'était contenté du bref hochement de tête qui n'appartenait qu'à lui. Longtemps après, Chaplin dira dans une interview à la radio : « Il était mon Vendredi. » Il en eut honte et rappela la chaîne de radio en demandant que la phrase soit coupée au montage, le journaliste le lui promit, mais ne tint pas sa parole. Kono fut également la muse de Chaplin – « la muse idéale », se souviendra-t-il. Il l'écoutait sans dire un mot, sans qu'on pût lire quoi que ce soit sur son visage. Il était son secrétaire particulier très particulier – the very private Private Secretary. Et il était son ami. Ou plus exactement, il avait été son ami l'espace d'une nuit – en mai 1931, à Juan-les-Pins, lorsque le maître avait soigné son serviteur terrassé par une intoxication alimentaire provoquée par de la viande avariée. Le maître avait pressé les mains de son serviteur et tournant les yeux vers le ciel, il avait prié à haute voix : « Fais que mon ami s'en sorte, je t'en supplie, fais que mon ami s'en sorte ! » Lorsque le serviteur s'était réveillé d'un sommeil long et profond, et que la crise était passée, le maître était toujours assis à son chevet, et à présent, c'est lui qui avait pris ses mains dans les siennes en lui disant que c'était le mot « ami » qui lui avait donné la force de continuer à vivre. Par la suite, ils imaginèrent une scène à partir de cette histoire. Pour un film parlant. Certains mots n'amoindrissent pas la création. Trois pages de dialogue, qui attendaient dans le coffre-fort le moment d'être utilisées.

Paulette appréciait Kono. Mais lui ne l'aimait pas. Il n'aimait pas Lita non plus. Mais elle lui avait donné des raisons de ne pas l'aimer. Lita avait intrigué contre Kono. Elle l'avait calomnié, avait affirmé qu'il était l'espion d'une société de films japonaise. Elle avait essayé d'interdire à Chaplin de parler de ses idées avec Kono. « Après tout, un éventuel préjudice économique me toucherait moi aussi ! » Paulette, en revanche, répétait chaque fois qu'elle en avait l'occasion à quel point elle appréciait Kono. Elle était sincère. Elle n'avait jamais rencontré quelqu'un d'aussi organisé. Seulement : elle voulait s'occuper elle-même de la maison. Kono s'occupait rarement du ménage, de la cuisine, du jardin ou du garage ; mais lorsqu'il était question de repeindre l'entrée, d'acheter des casseroles modernes en acier, de changer de société de nettoyage pour les moquettes, d'acheter une nouvelle voiture ou de changer le filet du court de tennis, c'est lui qui avait le dernier mot. Or Paulette prenait des décisions sans rien lui demander. C'était, pour Kono, une raison suffisante pour démissionner.

Son départ fut aussi rapide que son embauche dix-huit ans auparavant. Kono était arrivé, il était resté. Kono s'en alla et on ne le revit plus jamais.

Le choc réveilla Chaplin en pleine nuit une semaine plus tard.

Il se rendit à la cuisine et s'assit par terre à côté de la cuisinière. Il passa la main sur sa nuque, elle était froide. Il se souvint de la réaction de Kono lorsqu'il lui avait parlé de l'appel d'« Hannelore ». Son visage était resté impassible. Pendant toutes ces années passées ensemble, Chaplin n'avait jamais réussi à lire sur le visage de Kono, comme il pouvait le faire sur d'autres. L'art de lire sur les visages le rendait supérieur aux gens. Ne s'en était-il jamais servi avec Kono ? Ou cet art avait-il montré ses limites avec lui ? Il n'en était pas sûr. Était-ce parce que la vie intérieure de cet homme n'avait aucune importance pour lui ? Une pensée lui avait traversé l'esprit en voyant le visage de Kono : il sait. Cette pensée avait disparu aussitôt. Et si c'était vrai ? Cette démission était invraisemblable. Paulette voulut parler à Kono, elle était prête à lui céder sur tout. Il refusa. Elle pensait que la tenue de la maison n'était qu'un prétexte. Chaplin était du même avis. Mais alors, quelle était la raison de sa démission ?

Admettons que Kono ait vraiment su à l'avance qu'« Hannelore » allait appeler. Dans ce cas, il avait probablement entendu parler de l'homme et de la femme du bar. Peut-être avait-il entendu par hasard, ou lui avait-on rapporté, qu'on préparait une mauvaise plaisanterie à Chaplin – quant au mobile de ces mauvais plaisants, il ne servait à rien d'y réfléchir, les fous sont capables de tout et de tout justifier, et tout le monde savait que des fous, il y en avait beaucoup dans cette région du monde. Kono n'avait pas pris l'affaire au sérieux, il avait voulu l'épargner, mais il avait eu mauvaise conscience. À tel point qu'il avait démissionné ? Sans explication ? Après dix-huit ans de service ? C'était absurde ! Ou alors ce n'était pas une simple plaisanterie. Kono le savait, et il en savait davantage. Il savait qui était « Hannelore ». Cette affaire était peut-être on ne peut plus sérieuse. L'homme du bar avait annoncé à Chaplin qu'il mettrait fin à ses jours avant la fin de l'année. Et ce type n'avait rien d'un plaisantin.

Il battit deux œufs dans une assiette creuse, y ajouta une pincée de sel et une petite tasse de lait et y mit à tremper des tranches de pain blanc. Le temps qu'elles soient bien imbibées, il fit fondre du beurre dans une poêle. Il adorait le pain perdu. Il trouva la bouteille de sirop d'érable dans l'un des placards. Lorsqu'il s'était rendu au Japon avec Sydney et Kono sept ans auparavant, il s'était produit un incident qu'il n'avait pas vraiment compris à l'époque, et dont il n'avait été instruit que bien plus tard – par la police de Los Angeles. Apparemment, une organisation japonaise d'extrême droite du nom de Société du dragon noir avait prévu un attentat contre lui. Un lieutenant de l'armée du Guandong avait été arrêté. Il avait déclaré lors de son interrogatoire qu'on avait voulu tuer Charlie Chaplin parce qu'il était une personnalité très connue et l'enfant chéri du capitalisme ; on avait pensé que sa mort provoquerait une guerre avec l'Amérique. Lorsque Chaplin fut de retour sur le sol américain, en sécurité, un fonctionnaire du Los Angeles Police

Department lui avait appris la nouvelle d'une voix sinistre, et le soir même, ses amis et lui avaient bien ri de cette affaire. Elle lui avait inspiré des sketches qui auraient permis à « un réalisateur moyen de tourner un film par an jusqu'à la fin de ses jours » – comme l'avait dit le producteur Joseph Schenck. Mme Pryor avait tellement écrit qu'elle en avait mal aux doigts : Charlot au Japon, qui se dandine entre les temples anciens et flirte avec des geishas tandis qu'à côté de lui, les bombes explosent, les poignards étincellent, les coups de feu claquent – il prend les bombes pour des pétards, les poignards pour des flashes, les balles pour d'insupportables moustiques.

C'était il y a six ans. Kono avait donné sa démission il y avait six jours. Sans raison claire. Après être resté si longtemps à son service.

35

Cette nuit-là, le téléphone de l'entrée avait sonné trois fois. Paulette n'avait rien entendu. La lune aurait pu tomber dans la piscine que Paulette n'aurait rien entendu. Elle prenait des somnifères et mettait des boules de cire dans ses oreilles. La chambre de Paulette était toutefois plus proche du téléphone que la sienne, et la sonnerie très forte car on devait pouvoir l'entendre depuis le jardin. Ou alors son imagination lui avait joué des tours. Avait-il rêvé qu'« Hannelore » le rappelait ? L'aile du personnel était trop loin, il était absurde de poser la question à la femme de chambre, au cuisinier ou à Frank Kawa. Arrivé aux studios, il pria Mlle Nicolaisen de chercher à savoir qui avait bien pu appeler. Et si quelqu'un avait bien appelé. Sa voix au bord des larmes à la fin de l'appel indiquait qu'« Hannelore » était sous pression ; qu'elle était peut-être contrainte de dire ce qu'elle disait. Il croyait même se souvenir qu'on aurait dit au son de sa voix qu'elle lisait. Quelqu'un lui avait préparé un texte. Se pouvait-il qu'on l'ait utilisée ? Pourquoi elle ? À cause de son accent allemand ?

Dans l'après-midi, Mlle Nicolaisen vint frapper à la porte de la salle de conférences où, avec Alf Reevers, Sydney, Dan James, l'agent Toni G. Williams et le directeur de la société de sécurité, il était en train de discuter des problèmes que posaient les scènes de foule. Et de leurs coûts. Syd était d'avis qu'on pouvait se passer de ces scènes, qu'on produirait un effet bien plus puissant avec un collage sonore en voix off. L'idée n'était pas pour déplaire au chef. Mlle Nicolaisen lui fit signe d'approcher. Elle chuchotait. Ce qui ne lui arrivait jamais. Elle n'avait pas réussi à savoir qui avait appelé en pleine nuit. En revanche, elle avait pu vérifier que quelqu'un avait bien appelé. Trois fois. Son amie téléphoniste le lui avait confirmé.

Il interrompit la réunion. Demanda à Frank Kawa de l'emmener à Pacific Palisades. Kono lui manquait. Si Kono avait été encore là, ils seraient allés marcher sur la plage et au fil de la conversation, il lui aurait exposé ce que lui ferait, s'il était le chef du commando nazi lancé à ses trousses. Et s'ils avaient réussi à mettre Kono de leur côté? À leur place, il aurait essayé. Il avait toujours vu en Kono le plus loyal des employés. Mais on pouvait faire chanter n'importe qui. Kono était marié. Nos proches font de nous des otages dans les griffes du monde. L'extrême droite japonaise sympathisait avec les nazis. S'ils l'avaient vraiment dans le collimateur, ils savaient tout de lui. Ils savaient que son secrétaire particulier très particulier savait tout de lui.

Il demanda à Kawa de lui trouver toutes les actualités, américaines, anglaises, allemandes, françaises, dans lesquelles apparaissait le Führer – il voulait voir comment il parlait avec les enfants, caressait la tête des bébés, visitait les malades dans les hôpitaux, accueillait les parades militaires, comment il prenait la pose entre des membres du parti, prononçait des discours à la moindre occasion, mangeait, rotait, se mettait les doigts dans le nez ; toutes les photographies et les enregistrements sur lesquels il pourrait mettre la main ; la traduction anglaise de *Mein Kampf* – tout. Qu'on ne lui apporte pas tout cela aux studios, mais à la villa. Depuis que Kono était parti, il confiait à Kawa des tâches qui outrepassaient ses attributions, et n'étaient pas comprises dans son salaire de chauffeur. Si Kawa demandait une augmentation, il l'enverrait à Syd. Lui se fichait de passer pour un radin.

Lui enlever Kono était un coup très habile. Il avait besoin de ses amis comme d'eau pour vivre. À la place de ses ennemis, il se serait calomnié. Sans reculer devant aucune bassesse ni aucune cruauté. Il se serait qualifié de juif cupide. De vieux satyre. De mauvais faiseur de grimaces. De voleur, de menteur, qui sait à peine lire et écrire, qui aspire la cervelle des autres. Au début, ses amis auraient pris sa défense. Mais lorsqu'on s'acharne, qu'on ne retire ni ne relativise rien, qu'on n'étaie aucun reproche, qu'on n'argumente pas, lorsqu'on se contente d'insulter et de salir, de rabaisser, de ridiculiser, les amis deviennent silencieux. Car ils savent ce qui leur arrivera s'ils continuent à défendre ce type. Ce type était le plus célèbre, le plus apprécié de tous. Si on ne pouvait pas l'aider *lui*, qui pourrait les aider eux ? Voilà ce que ses amis se diraient. Ils s'éloigneraient de lui. Et finiraient par penser : vraiment, tant de bassesse et de cruauté, c'est qu'il doit y avoir du vrai dans ce qu'on lui reproche. Ils lui avaient déjà enlevé Kono. Qui serait le suivant ? Ils étaient intelligents. C'étaient des fous intelligents. S'ils lui tiraient simplement une balle dans la tête, le poignardaient ou le faisaient exploser avec une bombe, comme c'était le plan des Dragons noirs, ils créeraient un héros, supérieur, invincible. « L'homme le plus populaire au monde assassiné par les nazis ! » titreraient les journaux du monde entier. Aucun homme politique national-socialiste ne pourrait plus apparaître nulle part, jusqu'au fin fond de la Patagonie, on le montrerait du doigt en s'écriant : « Assassin de Chaplin ! » Il repensait aux foules enthousiastes qui l'avaient accueilli à Berlin. Qui, d'Adolf Hitler ou de Charlie Chaplin, était la personnalité préférée des Allemands ? C'était serré. Leur propre peuple se soulèverait contre les assassins. En revanche, si Charlie Chaplin mettait fin à ses jours tandis qu'il tournait un film prenant vivement à partie le Reich et son Führer, un chef de la propagande aussi adroit que ce M. Goebbels aurait beau jeu de faire croire à son peuple et au monde que le petit « asticot juif » de ce monde perverti qu'était Hollywood, ce « clown du ghetto », s'était fait sauter la cervelle parce qu'il était torturé par la honte et la mauvaise conscience.

Ils arrivaient sur la Pacific Coast Highway lorsque Chaplin eut l'idée de rendre visite à Douglas Fairbanks à Santa Monica. Des amis lui avaient raconté que Doug voyageait beaucoup, en Europe surtout, qu'il avait acheté un studio à Paris. Il s'était remarié. Doug serait-il content de revoir son ami ? Ou était-il devenu entre-temps son « ancien » ami ? Cela faisait plus de deux ans qu'il n'avait pas parlé à Mary, qui vivait toujours à moins de cent mètres au-dessus de chez lui, à Pickfair, qui s'appelait désormais autrement. Ils s'étaient fait signe une fois, tandis qu'elle arrosait ses roses. Il avait mauvaise conscience envers eux. Ne voulant pas avoir à prendre parti pour Doug ou Mary, il s'était éloigné des deux. Il ne connaissait pas encore la maison de plage de Doug à Santa Monica. Il avait ignoré l'invitation à sa pendaison de crémaillère. Ne l'avait même pas remercié. Il avait laissé traîner le carton sur son bureau jusqu'à la date de la fête, et un jour, il l'avait déchiré et mis à la corbeille.

Il était à peine plus de quatorze heures, et il trouva Doug ivre. Mais joyeux. Heureux que son ami vienne le voir.

« Que sais-tu de mon nouveau projet ? »

Cette question figea le rire des deux hommes.

« Rien de plus, probablement, que ce que savent tous les habitants de Hollywood, répondit Doug d'un ton grave.

— Tu imagines pourquoi je te pose cette question ?

— Je crois bien, oui.

— Pourquoi ?

— Tu ne devrais pas prendre ce ton d'interrogatoire avec moi », répondit Doug en lui posant une main sur la joue, exactement comme il le faisait autrefois – Chaplin avait toujours aimé ce geste. « Je ne fais pas partie de ces gens-là, tu devrais le savoir.

— Quelles gens ?

— Je t'en prie, Charlie, parle sans ce point d'interrogation qui n'est qu'un point d'exclamation déguisé.

— Ils essaient de me démolir, Doug. Pardonne ma grossièreté.

— Ils se défendent à leur manière, Charlie. Et leur manière est tout sauf délicate. Mais c'est tout. Hitler ne peut pas ordonner à Roosevelt de t'interdire de faire un film sur lui.

— Tu crois qu'ils savent que je suis chez toi ?

— Quoi ?

— Je crois qu'ils sont au courant du moindre de mes mouvements.

— Tu le crois, Charlie, ou tu le sais ?

— Quelle différence cela fait-il ? Je le crois depuis aujourd'hui. Je le sens. C'est comme si je le savais. »

Il lui raconta pour Kono Toraichi. Doug n'eut pas l'air surpris de sa démission. Pourquoi ? Il s'était toujours bien entendu avec Kono, tout comme Mary, ils avaient essayé à plusieurs reprises, et pas seulement pour rire, de le débaucher. Chaplin avait laissé le choix à Kono. Ils l'auraient payé davantage. Mais Kono n'avait même pas répondu. Il ne toucha pas au whisky que lui avait servi Doug. Mais il goûta les biscuits au chocolat. Pourquoi Doug n'était-il pas surpris par le départ de Kono ? « Pourquoi es-tu seul à la maison ? lui demanda-t-il.

— Où veux-tu en venir ?

— Que me conseilles-tu de faire, Doug ?

— Si tu m'avais posé cette question il y a un an, je t'aurais répondu : laisse tomber ! Choisis une autre histoire. Une histoire qui aille mieux à Paulette.

— Pourquoi ne me le dis-tu pas maintenant ?

— Parce que tu es déjà bien trop avancé dans ton projet. Que tu y as investi trop d'argent. Trop de travail. Trop de passion. Tu ne peux pas abandonner. Et tu ne veux pas.

— Comment sais-tu tout cela ? »

36

Kawa se montra habile. Sans qu'on l'en ait chargé, il se procura une copie du documentaire de Leni Riefenstahl sur le congrès du NSDAP de 1934. Chaplin avait déjà eu l'occasion de le voir. Un agent dont le nom lui échappait à présent, un cynique qui essayait de gagner ses bonnes grâces, et qui distribuait des films américains en Allemagne, l'avait invité à une projection dans la salle de visionnage de la Metro-Goldwyn-Mayer. Une dizaine de personnalités du métier étaient présentes, parmi lesquelles David Selznick et le fabuleux Irving Thalberg, malheureusement déjà gravement malade. L'agent avait fait un petit discours, soulignant l'admiration de Mme Riefenstahl pour les gens de cinéma américains et leur travail. Il s'était montré plus clair entre quatre yeux : Mme Riefenstahl souhaitait en particulier que Chaplin voie son film, elle serait très heureuse d'avoir son avis ; et d'ajouter avec un clin d'œil : elle serait encore plus heureuse d'être invitée à Hollywood. Chaplin avait trouvé le film profondément drôle. Le ridicule et la mégalomanie brillamment mis en scène. (Le réalisateur espagnol Luis

Buñuel, invité lui aussi à cette projection, écrit dans ses mémoires : « Chaplin… riait comme un fou. Il riait tellement qu'il en est tombé de sa chaise. ») Il s'était éclipsé pendant le générique de fin. Lorsque le film fut récompensé par une médaille d'or à l'Exposition universelle de Paris, et que d'autres distinctions suivirent en France, en Suède et même aux États-Unis, il se fâcha avec des amis qui lui reprochaient de ne pas faire la différence entre art et politique ; *Le Triomphe de la volonté* était sans aucun doute une œuvre de propagande pour une idéologie détestable, mais c'était aussi un moment fort de l'art cinématographique, jamais on n'avait tourné un film politique aussi réussi, c'était la nature même de la politique de susciter des avis partagés, mais l'artiste devait se mettre au-dessus de cela et ne juger que sur des critères esthétiques. Il avait répondu en leur demandant si l'un d'entre eux pouvait imaginer manger de la merde avec le même enthousiasme pour peu qu'elle soit peinte en couleur et servie sous forme de steak-frites-brocoli.

Il revit donc le film une seconde fois, avec Dan James. Et fut enthousiasmé. Mme Riefenstahl était une grande artiste – et une comique délicieusement sournoise. Elle lui livrait le matériau parfait pour répéter le rôle d'Adenoïd Hynkel. De longs passages étaient consacrés à Hitler. Les gestes et la façon de parler du dictateur étaient fixés sur la pellicule jusque dans le moindre détail ridicule. À peine ouvre-t-il grand la bouche pour aboyer les plus banales absurdités à la face de l'univers que la caméra arrive et s'enfonce dans ce trou hurlant sans lèvres jusqu'à la luette, explore ses narines, expose la moindre crotte de nez.

« À la place de Hitler, confia-t-il à Dan James, je lui tordrais le cou, à Mme Riefenstahl. »

Dan ne trouva pas ça drôle.

« Je lui ferais tordre le cou. »

Il ne trouva pas ça drôle non plus. Pourquoi pas ?

« Bon, d'accord, eh bien, je porterais plainte contre elle », se reprit-il avec une mine faussement résignée.

Mais Dan ne trouva pas ça drôle non plus.

Bien, M. James avait le droit de ne pas trouver ça drôle. Les pensées sont libres. Et le scénario était terminé. Il n'avait plus besoin de lui pour les finitions. Le grand discours de la fin – qu'il prononcerait lui-même ! – il voulait attendre le premier montage pour l'écrire. Il ne savait pas encore ce qu'il dirait. Pour l'instant, il n'y avait qu'une note dans le synopsis :

Charlie s'avance. Il commence lentement – il a une peur bleue. Mais ses paroles lui donnent de la force. À mesure qu'il parle, le clown devient prophète.

Son idée était de passer ce discours en voix off. À l'écran : des soldats dont le pas de l'oie se change en valse, ou un peloton d'exécution qui baisse les armes, ou des troupes en train de défiler qui se mettent à danser de joie pendant son discours. Ou bien Paulette – le visage d'Hannah, les yeux d'Hannah, des rayons de soleil perçant les nuages, des champs de blé, etc. La musique : une de ses compositions à lui, ou alors, tant qu'à faire, Richard Wagner, et tant qu'à faire, l'ouverture de *Lohengrin*. Il ne voulait pas que la caméra l'observe quand il parlait ; en tout cas, pas quand il prononçait un texte d'une certaine longueur, un texte qui faisait sens d'un point de vue grammatical, syntaxique, et du point de vue du fond – le charabia, en revanche, se rapprochait de la pantomime, on le comprenait dans le monde entier, c'était comme un film muet avec des mots. Personne ne pouvait l'aider pour le discours final. Il déclara close la discussion autour des scènes de foule. Après Riefenstahl, il était évident pour lui qu'il fallait montrer les foules. Il le fallait ! Peu importaient les coûts ! La caméra sera placée dans le dos de Hynkel. Nous voyons à qui il s'adresse : des milliers de gens. Il dit à Syd de payer son dû à Dan James et de le congédier.

Ce n'est qu'indirectement et avec plusieurs mois de retard que Chaplin apprit qu'on avait intrigué contre son film en Angleterre. Mais comment le monde entier pouvait-il donc savoir sur quel film il travaillait ! Après la signature des accords de Munich par le Premier ministre Neville Chamberlain en septembre de l'année précédente, la politique britannique était frileuse et veillait scrupuleusement à ne pas provoquer Hitler. Ces concessions n'avaient qu'un but : rassasier le monstre, gagner du temps. Un membre du Parlement avait écrit une lettre « inquiète » à un sous-secrétaire du ministère des Affaires étrangères, priant celui-ci de tout mettre en œuvre pour que la projection du film

« dans lequel Charles Chaplin se livre à un portrait satirique d'Adolf Hitler » soit interdite en Angleterre. – Que craignait cet homme ? Que Hitler bombarde l'Angleterre ? À cause d'un film ? – Toujours est-il que la censure cinématographique britannique pria les autorités de la censure américaine, par télégramme, de lui donner des informations sur le projet et de lui envoyer le dossier du film. Celles-ci s'adressèrent à la société de Chaplin et obtinrent la réponse suivante : il n'y avait rien, pas de scénario, pas de plan de tournage, pas de plan de financement. Chaplin n'arriva pas à savoir qui leur avait fait cette réponse. D'un côté, il la trouvait originale, de l'autre il était complètement perplexe car on ne l'avait mis au courant de rien. Pendant toute une matinée, il engueula tous ceux qui croisaient son chemin dans les studios. L'après-midi, il lut dans un article du *Hollywood Reporter* que Chaplin reconnaissait qu'attaquer le chef d'État élu d'un pays en bons termes avec le gouvernement américain n'était pas « de bon goût », et qu'il avait donc décidé d'abandonner le projet. Le lendemain, c'était dans tous les journaux, et les chaînes de radio ouvraient leur journal sur cette information – avant même de donner des nouvelles du front de la guerre sino-japonaise. À la villa comme aux studios, les téléphones se mirent à sonner sans interruption. Les journalistes se pressaient à nouveau sur Summit Drive. Reevers et Syd vinrent se planter devant leur chef, leurs jambes formant un grand M, et lui demandèrent des explications, ils exigèrent surtout qu'il leur dise pourquoi il s'était manifestement adressé à l'un de ces journaleux au lieu de leur parler d'abord à eux. Mais non, hurla-t-il, il n'avait parlé à personne ! Tout cela était inventé ! Inventé par ces journaleux ! Qu'est-ce qui leur prenait de le croire capable d'un tel abus de confiance ! Comment voulait-on qu'il travaille avec des gens qui voyaient en lui une crapule aussi sournoise !

Il publia un communiqué de presse.

Je tiens à clarifier la chose suivante : je n'ai à aucun moment abandonné mon projet initial de produire ce film. Toutes les annonces présentes et futures affirmant le contraire sont délibérément fausses. Je ne me laisserai pas intimider et ne crains ni la censure, ni quoi que ce soit d'autre.

(Signé : Charlie Chaplin)

Ce fut sa première déclaration publique concernant *Le Dictateur*.

Il était célèbre, on l'aimait. Mais on le haïssait aussi. Les lettres de menaces arrivaient par paniers entiers. La plupart d'entre elles étaient adressées au « juif Chaplin ». Le bureau américain de la censure, qui appliquait le code Hays, envoya un fonctionnaire qui ne laissa pas Chaplin placer un mot – il fallait le faire ! – et lui expliqua, sur le ton et dans le style d'un homme de main chargé d'encaisser les taxes de la mafia, que la société United Artists économiserait des sommes colossales si elle cessait immédiatement de travailler sur ce film car il était exclu – il pouvait l'affirmer sans en avoir vu ne serait-ce que dix mètres – que le film soit jamais autorisé à être projeté dans les cinémas américains. Le même jour, on apprit que le gouvernement chilien avait décidé d'interdire le dernier film de Chaplin – croyant qu'il était terminé depuis longtemps. Des nouvelles semblables arrivèrent de Turquie, du Japon, et même de France.

Enfin, le monde entier put entendre ce que le Führer du Reich allemand pensait de tout cela – il ne mentionnait toutefois pas le nom de Chaplin : « Ce que se permettent ici divers organes de l'intoxication mondiale ne peut être considéré que comme un délit criminel. » Commentaire de Sydney : il serait curieux de voir à quoi ressemblait un délit *non* criminel.

Une secrétaire du bureau de presse de United Artists établit à l'aide de son petit ami un catalogue des insultes dirigées contre Chaplin dans les journaux allemands : « guignol », « archétype du juif », « interprète d'un crétinisme psychopathe », « hébraïque débauché », « galicien négro-grotesque qu'on porte aux nues », « Bajazzo d'un peuple inférieur », « porc juif dénaturant la race », « bolcheviste du dimanche ». Etc. Son petit ami était issu d'une famille immigrée juive allemande, il traduisit les expressions en anglais, elle alla fièrement présenter la liste à son chef, qui fit en sorte qu'elle soit renvoyée dans l'heure.

Kawa voulait se montrer habile, et il alla trop loin. Il décrochait le téléphone et décidait lui-même si on pouvait ou non parler à M. Chaplin. Lorsqu'il entendit la voix de femme à l'accent allemand, il décida que non. Et n'en parla pas à son maître. Depuis que Kono avait démissionné, Kawa donnait des ordres à tous les domestiques qu'il considérait comme étant du même rang ou inférieurs à lui dans la hiérarchie. Lui aussi, il avait vu *Le Triomphe de la volonté*. Sa voix était fluette, mais il imitait très bien le ton du Führer. Et cela faisait son effet. Il interdit aux femmes de chambre de répondre au téléphone. Il leur interdit également d'importuner M. Chaplin. Elles devaient soit laisser sonner le téléphone, soit venir le trouver lui s'il était dans les parages. Son ton impressionna une des filles, mais cela ne dura pas bien longtemps. Elle alla parler à son seul et unique chef. Lui demanda d'un air innocent s'il était d'accord avec la décision de M. Kawa. Il n'était pas d'accord. Il fit venir Kawa et le soumit à un véritable interrogatoire. Y avait-il eu, parmi les appels qu'il ne lui avait pas passés, celui d'une femme à l'accent allemand ? Oui. Il voulait qu'il lui répète mot pour mot ce qu'elle avait dit. Kawa murmura qu'il n'avait malheureusement pas attendu de savoir ce qu'elle avait à dire, il avait raccroché, que le chef lui pardonne. Mais le chef n'avait aucune envie de pardonner. Il engueula le chauffeur avec sa voix nouvellement acquise de dictateur (lui aussi !), le força à répéter après lui qu'il était son chauffeur, uniquement son chauffeur, uniquement son chauffeur, et ce uniquement tant que cela lui convenait à lui, et à ce moment précis cela ne lui convenait pas, et il lui ordonna de lui remettre les clés de la Studebaker.

Chaplin prit la route de Carmel pour aller voir Ben et Ethel Eichengreen.

Quarante ans plus tard, Dan James commenta l'attitude de Chaplin de la manière suivante : « Bien sûr qu'il avait certains traits de caractère en commun avec Hitler. Il dominait son monde. Il créait son monde. Et le monde de Chaplin n'avait rien d'une démocratie. Charlie régnait sur toutes choses en dictateur. »

37

C'est en écoutant la radio dans la cuisine de Ben et Ethel que Chaplin apprit l'invasion de la Pologne par la Wehrmacht. Ethel, dont la mère était originaire de Lublin et avait émigré en Amérique avec ses parents quand elle était petite, s'effondra sur le petit canapé et fondit en larmes. Ce qui exaspéra son mari. Depuis sa ménopause, elle chialait pour un rien. Il lui tendit un verre d'eau. Ne comprenait-il donc pas, commença-t-elle d'une voix plaintive, buvant son verre qu'elle tenait à deux mains, que ce n'était pas la Pologne qui intéressait Hitler, pourquoi l'intéresserait-il, il n'y avait rien là-bas, il n'allait pas s'installer dans un pays que ses grands-parents avaient quitté, c'était après les juifs qu'il en avait. Évidemment, s'exclama Ben. Lorsque M. Hitler avait envahi la Tchécoslovaquie, ou lorsqu'il avait envahi l'Autriche, elle n'avait pas pleuré. Qu'est-ce que les juifs avaient donc de différent pour qu'elle pleure sur leur sort ? Est-ce que les Autrichiens n'étaient pas des êtres humains ? Et les Tchèques ? « Je suis juive, tu es juif, répondit Ethel, tous les gens que nous fréquentons sont juifs, Charlie est juif, Herbert est juif. Hitler s'en prend à nous ! » Ben répliqua avec un argument marxiste quelconque, il cita Hegel, et ajouta qu'Herbert Oakley étant anarchiste, anarchiste individualiste, on ne pouvait rien en attendre, ni pour servir une race, ni pour servir une religion.

Chaplin ne parvenait pas à les écouter. Pas cette fois. D'ordinaire, il suivait avec admiration, avec dévotion même, les discours de Ben, qui lui expliquait les principes de base du matérialisme historique et de l'économie politique, hochant la tête jusqu'à en avoir mal à la nuque tandis que Ben lui exposait la baisse tendancielle des taux de profit ou le fétichisme de la marchandise. Il s'était laissé charmer par les paroles d'Ethel lui racontant quel genre de types se retrouvaient une fois par mois lors des réunions du groupe local du parti communiste – des types serviables mais à l'air louche, dont elle imaginait qu'ils réintégraient la nuit les *Démons* de Dostoïevski, refermant le livre sur eux. Mais cette fois, il percevait la voix de ses amis comme une simple musique, et cela lui suffisait. Il était assis dos au poêle en faïence que Ben et Ethel avaient construit, comme tout le reste dans cette maison, les jambes tendues car le banc était très bas, il était assis comme une poupée. La chaleur le fatiguait et l'abrutissait un peu. Ces deux-là s'étaient toujours battus, mais c'était une lutte entre deux époux aimants soucieux d'entretenir une certaine forme émotionnelle. Il aimait Ethel un peu plus que Ben, mais juste un peu plus. Ben était gros et flasque, tandis qu'Ethel faisait attention à elle. Elle faisait de l'exercice pour garder la ligne, mangeait beaucoup de légumes, pas de viande, du poisson cru uniquement, et buvait des litres et des litres d'eau. Ses cheveux étaient gris mais ils avaient gardé la vitalité de ceux d'une jeune fille. Ils peignaient tous les deux, elle faisait de la peinture abstraite, lui figurative, et ils vivaient de leur art.

Pour la première fois, Chaplin parla de lui. Ben et Ethel l'écoutèrent comme il les avait écoutés. Il leur raconta tout depuis le début, leur parla de l'appel de la femme à l'accent allemand qui se faisait appeler « Hannelore », de l'homme et de la femme du bar de Wishire Boulevard, des appels nocturnes, de Kono, de Kawa ; il leur raconta aussi qu'on lui avait prédit son suicide.

À sa grande surprise, tous deux furent d'accord pour dire qu'il avait besoin de protection. En revanche, on ne pouvait faire appel à des professionnels, c'est-à-dire à une des sociétés de sécurité de Hollywood, car plus de soixante pour cent de leurs employés, comme l'avait révélé récemment la presse libérale, se décrivaient eux-mêmes comme sympathisants nazis, et un certain nombre d'entre eux étaient membres des Silver Shirts. Cette protection devait s'appuyer sur une conviction profonde. Bref, ils n'allaient pas tourner autour du pot plus longtemps, seules deux organisations étaient en mesure de garantir sa protection et disposaient du pouvoir nécessaire : les syndicats et la Kosher Nostra, le syndicat juif du crime autour de Bugsy Siegel et Meyer Lansky. Ethel pourrait entrer en contact avec Harry Bridges par l'intermédiaire de camarades du parti, Bridges était le président du syndicat des dockers, il était connu pour sa haine des nazis, on ne pouvait pas lui faire plus plaisir que de lui donner l'occasion d'en tabasser quelques-uns. Toutefois, si des mesures plus radicales étaient requises, il était conseillé de s'en remettre aux mobsters. Ben savait de source sûre que Siegel et Lansky envisageaient de lever une troupe armée contre les nazis américains, et Bugsy Siegel avait dit à plusieurs reprises qu'il pensait le plus grand bien de Charlie Chaplin : pour M. Benjamin Hymen Siegelbaum, M. Charles Spencer Chaplin venait juste après sa maman et le grand Yahweh.

Le bluff de Ben lui fit du bien. Il savait que ses deux amis n'étaient en relation ni avec le syndicat, ni avec le crime organisé, qu'ils ne connaissaient personne qui était en contact avec eux, ni même quelqu'un qui connaissait quelqu'un qui connaissait quelqu'un ; mais l'idée qu'il pouvait y avoir des hommes prêts à se rassembler autour de lui comme une petite armée prête à le défendre lui fit du bien. Et cela lui fit du bien de laisser libre cours à son imagination, au bonheur et à la colère, sans mauvaise conscience, de contempler les images sanglantes que son esprit projetait sur son écran intérieur, après tout, c'étaient là les images d'une vengeance justifiée, et la mise en scène ne serait pas de lui.

« Quant à cette histoire de suicide, conclut Ben, il existe une méthode infaillible pour y échapper : ne le fais pas, voilà tout ! »

Cette conversation avait eu lieu en septembre. Au mois de décembre, Douglas Fairbanks mourut subitement.

Il succomba à un infarctus survenu en pleine nuit. En mars de l'année suivante, Ben Eichengreen fut agressé par trois hommes sur la plage. Sa femme Ethel et son ami Oakley, témoins de l'agression, identifièrent les coupables, mais aucun d'entre eux ne fut arrêté. Quelques jours plus tard, Ben se tirait une balle dans la tête.

Chaplin ne se rendit ni à l'enterrement de son ami Doug à Glendale, au Forest Lawn Memorial Park Cemetery, ni à l'incinération de son ami Ben à Carmel. Il n'avait pas eu le cœur de le faire, avait-il confessé à Josef Melzer. Il n'avait pas non plus eu le cœur d'écrire à Ethel Eichengreen. Il n'eut plus jamais de ses nouvelles. Et ne prit plus jamais la route de Carmel.

38

L'École des clowns, la ville des clowns. – J'ai grandi dans une ville d'Allemagne épargnée par les bombardements de la Seconde Guerre mondiale. Les chroniques de la ville indiquent que le nombre d'habitants dépassant à peine la limite fixée par le Bomber Command britannique, le Marshall Harris fit preuve d'indulgence – qu'il en soit remercié à jamais. L'histoire de notre ville n'a rien de particulièrement intéressant, et ceux qui connaissent Dinkelsbühl, Rothenburg ob der Tauber, Bamberg ou Wittemberg pourront ouvrir grands les yeux, ils ne trouveront rien de semblable chez nous. En revanche, nous avons longtemps été la seule ville d'Allemagne, que dis-je, du monde, à avoir une école de clowns. Elle fut créée en 1849, après la répression de la révolution, comme un acte d'insoumission pour ainsi dire, et portait à l'époque le nom d'Institut allemand de formation des illusionnistes et des comiques. Privée dès sa création, elle était financée par les frais de scolarité des élèves et les dons. Après quelques années, elle fut autorisée à délivrer des diplômes. Dans les années 1910, on envisagea de la fermer et d'intégrer la formation à l'Académie royale des arts de Berlin. Mais la fusion n'eut pas lieu ; l'école fut vendue, complètement restructurée et rebaptisée « École des clowns ». Son nouveau propriétaire, Frederic Mehring, un Américain, avait un grand-père allemand. Il s'installa avec sa famille dans la patrie de ses ancêtres et investit ici ce qu'il avait gagné là-bas dans l'industrie de l'acier. Durant les vingt ans qui précédèrent la prise de pouvoir des nazis, notre ville connut une période florissante, on y comptait quatre théâtres – le plus grand pouvant accueillir plus d'un millier de spectateurs – et une demi-douzaine de petites scènes dans des caves ou des remises ; partout on enseignait et on jouait la comédie, on jouait et on enseignait le vaudeville. Hypnotiseurs, charmeurs de serpents, jongleurs, as du calcul mental ou comédiens parlant à toute vitesse, magiciens, raconteurs de blagues, tout le monde avait sa place chez nous. Le soir venu, on entendait les rires résonner dans les rues et les ruelles. Frederic Mehring avait constitué un vaste réseau de relations au cours de sa vie, il était ami avec Grock, Dominik Althoff et Carl Godlewski ; Harry Houdini, le célèbre prestidigitateur, était le parrain de son fils, et chaque fois qu'il voyait Erik Jan Hanussen, les deux hommes se livraient à des débats animés. C'était un homme éloquent, plein de charme, qui aurait pu enthousiasmer une bouche d'incendie pour la philatélie. Des artistes du monde entier venaient chez nous – inoubliable, cette soirée avec le pétomane Joseph Pujol au théâtre municipal, dont le spectacle avait vu la cohabitation pacifique au premier rang de Christian Kraft, prince de Hohenlohe-Öhringen et du socialiste Georg Ledebour ; lorsque le « roi des vents » avait interprété le *Yankee-Doodle* en hommage à son hôte, les deux hommes, côte à côte, avaient pleuré de rire.

L'idée de Frederic Mehring était que chaque artiste se produisant dans notre ville joue les pédagogues pour une heure au moins et enseigne son art aux jeunes, « afin que notre époque ne voie pas disparaître le rire et l'émerveillement ». La plupart d'entre eux le faisaient volontiers et gratuitement, car notre ville était unique – c'était « la ville des clowns ».

C'est Charlie Chaplin qui lui avait donné ce nom.

Le plus grand de tous les comédiens avait fait escale ici en 1931, au cours de son voyage en Europe, en venant de Berlin. Tous les clowns du monde connaissaient notre ville, affirma-t-il, et il n'oserait plus se montrer à ses collègues à son retour en Amérique s'il ne venait pas nous voir, ne donnait pas au moins un spectacle et ne nous montrait pas au moins un de ses trucs.

Il improvisa sur la scène du théâtre municipal des scènes tirées de ses films, nous montra la danse des petits pains de *La Ruée vers l'or*, et rejoua la séquence de la cage aux lions tirée du *Cirque* – sans lions, bien sûr – ainsi que la scène finale des *Lumières de la ville*, où la fleuriste reconnaît son bienfaiteur – sans la fleuriste, bien sûr. Entre les scènes, il racontait des moments de sa vie. La plupart des spectateurs ne parlaient pas anglais, « mais le langage de M. Chaplin est au-delà des mots, et les mots qu'il prononce sont comme de la musique » – ainsi que le relatait le journal de la ville. Quelqu'un apporta un violoncelle sur scène et Chaplin joua plusieurs mélodies de ses films qu'il avait lui-même composées. Le spectacle dura plus de deux heures, au bout desquelles le public lui fit une *standing ovation* qui « semblait ne plus vouloir s'arrêter ».

Le lendemain, à l'École des clowns, Chaplin donna un cours aux enfants. Parmi eux se trouvait mon père. Le truc qu'il avait appris lors de cette matinée, il le montra toute sa vie, à chaque fois que nous avions de la visite. Ce « truc » n'était rien d'autre qu'une façon de se tenir qu'on avait jusqu'alors observée exclusivement chez Charlot. Normalement, une canne, ou un simple bâton, sert à soulager le pied d'appui. Lorsqu'un homme prend appui sur sa jambe droite, il tient donc sa canne dans la main droite. Or Chaplin, lui, la tient dans la gauche. En le regardant, nous sentons que quelque chose est différent, inhabituel, mais nous ignorons ce que c'est. Sa façon de se tenir nous laisse perplexes : cet homme est en train de défier les lois de la gravité. Il nous montre les choses en dehors de leur contexte. Nous sommes perplexes : le monde ne serait-il pas aussi stable que voudraient nous le faire croire les lois de la physique et les puissants ?

Pas un mot ne fut prononcé pendant ce cours. Les participants devaient ôter leurs chaussures, chacun d'entre eux avait apporté un bâton. Les élèves devaient également éviter de rire. Le clown ne rit pas. Son rire est absorbé par celui du public. En souvenir de cette matinée, Chaplin offrit à chacun d'entre eux une photographie montrant Charlot en train de – *ne pas* – s'appuyer sur sa canne. Il écrivit son nom en travers du portrait.

Dans ce cours, il y avait aussi un adulte. Un seul. Un homme pas très grand, gros, d'un certain âge, qui respirait bruyamment et était vêtu d'un costume noir, avec une montre accrochée à son veston par une lourde chaîne. Il était le plus maladroit de tous. Chaplin leur fit comprendre l'essence de cette maladresse en la jouant devant eux : il s'agissait en fait d'une trop grande adresse. L'homme n'arrivait pas à sortir les choses de leur contexte. Il en savait trop long sur les choses. Il était trop adroit. Mais dans le monde des clowns, il était maladroit. La méthode du clown consiste à soigner la folie par la folie. Sois maladroit ! nous dit-il. Il veut dire par là : ne te laisse pas abattre ! Lorsque l'escalator monte, et que tu l'as pris pour descendre, sois majestueux ! Lorsque tu ne tiens pas ta canne dans la bonne main, sois sûr de toi !

Chaplin demanda à mon père – le plus adroit des maladroits – d'aider l'homme après la fin du cours. Celui-ci fut donc « consigné » tandis que dehors – il neigeait –, les enfants avaient sorti leur luge. Ils s'exercèrent dans la salle des glaces de l'école. L'homme ne parlait pas allemand, c'est donc avec des gestes et des mimiques que mon père lui expliqua comment être adroitement maladroit. Mon père n'avait que neuf ans. Mais il s'acquitta parfaitement de sa tâche.

La rumeur courait dans la ville, et mon père l'affirma lui aussi toute sa vie, que l'étranger n'était autre que Winston Churchill. Il est prouvé que Churchill était effectivement en Allemagne à l'époque, je ne connais pas la raison de ce voyage, il s'agissait probablement pour lui – comme lors de son second séjour quelques mois plus tard avec sa famille – de faire des recherches pour sa biographie de Marlborough. Mais peut-être aussi était-il venu exprès pour voir son ami Charlie – peut-être même pour étudier auprès de lui la *méthode du clown*.

Pour le remercier de son cours particulier, l'homme écrivit à mon père au dos de sa photo de Chaplin :

Thank you, my friend Robert,
I will not forget you and your pretty little town
God bless the clowns!
Your faithful student.

Merci, Robert, mon ami,
Je ne t'oublierai pas, ni n'oublierai ta jolie petite ville
Dieu bénisse les clowns!
Ton élève dévoué.

Évidemment, il ne signa pas de son nom.

Mon père a fait examiner cette écriture par trois graphologues différents. Le premier ne croyait pas qu'il pût s'agir de l'écriture de Churchill ; le deuxième était absolument convaincu que ces quatre lignes n'avaient pu être rédigées que par l'ancien Premier ministre anglais ; quant au troisième, sans être certain, il considérait tout de même que c'était possible, voire probable.

Mon père ne l'a jamais exprimé. – C'était quelqu'un de très naïf. Un des rares qui savent qu'ils sont naïfs ; un des plus rares encore à qui le fait de le savoir ne porte pas préjudice. Il aurait aimé devenir clown. Il aurait eu du talent. Cela lui a fait plaisir que son fils en devienne un. – Il ne l'a jamais exprimé, non, mais je sais, je sais, je sais qu'il était convaincu d'avoir sauvé notre ville de la catastrophe. – *God bless the clowns!*

CINQUIÈME PARTIE

39

William Knott cacha à son maître qu'il était marié ; et à son épouse, quelle était sa tâche auprès de son maître. Il mentit à Churchill, affirmant qu'il avait rompu avec sa fiancée juste avant leur mariage car il s'était avoué qu'il ne l'aimait pas vraiment ; il fit croire à sa femme que sa tâche consistait à noter tout ce que le Premier ministre disait en aparté et à organiser ses notes par ordre chronologique et thématique, dans la perspective de rédiger un jour ses mémoires. S'il n'avait presque plus de temps à lui consacrer, c'est parce que son maître faisait des apartés toute la sainte journée.

À mon père, en revanche, il dit la vérité. Dans sa première lettre, il répétait ce qu'il avait confié à cet inconnu, lors de leur conversation d'Aix-la-Chapelle, non sans forfanterie : « Cela fait trente-cinq ans que je mens : voilà mon histoire, et ma contribution à l'Histoire du XXe siècle. » S'il prit l'initiative de cette correspondance, c'était pour en finir avec tout cela. Car c'est de William Knott que venait la proposition. Mon père était bien trop timide. Il se serait contenté de déjeuner avec le « very private Private Secretary to a very prime

Prime Minister » puis de lui poser quelques questions en se promenant dans le Westpark – uniquement des questions d'ordre politique et historique d'ailleurs, l'aspect psychologique des choses ne l'intéressait pas.

« Cela fait trente-cinq ans que je mens », s'écria William Knott lors de cette promenade. (Il se souviendrait plus tard que l'élocution monotone, presque mécanique de mon père – de l'anglais écrit traduit à l'oral – lui avait rendu la confession plus facile, un peu comme s'il se confiait à un interlocuteur aussi anonyme que l'air qui l'entourait. J'ajouterais à cela le visage inexpressif de mon père, qui présentait une ressemblance suspecte avec Buster Keaton ; suspecte, car la plupart de ceux qui connaissaient Keaton ne pouvaient croire à un hasard de la nature et, pour une raison mystérieuse, ils avaient l'impression qu'on se moquait d'eux.)

Dès sa première lettre, William Knott lui faisait entrevoir « le fond de son cœur » : « Le mensonge est devenu une seconde vie pour moi, ma vie principale, en fait. Je vis comme un immigré qui aurait appris une autre langue et oublié sa langue maternelle. Je pense dans une langue étrangère, je rêve dans cette langue étrangère. Je mens même lorsque ce n'est pas nécessaire. En voyage, je téléphone à ma femme et, sans qu'elle me le demande, je lui dis que je porte mon costume bleu, alors que j'ai sous les yeux le pantalon et les manches de la veste du costume beige. Je lui dis que je viens de déjeuner alors que je viens de faire une promenade. Je lui dis que je suis allé au cinéma alors que j'ai passé toute la soirée sur un banc au bord du lac à nourrir les cygnes. Même lorsque je dis la vérité, ma voix a l'accent du mensonge. »

Mon père cherchait à côtoyer quelqu'un qui avait côtoyé le grand homme. William Knott cherchait à côtoyer quelqu'un qui lui permettrait de se détacher de cet homme. S'il raconta tant de choses à mon père des années passées auprès de Winston Churchill, dans de nombreuses et longues lettres – il s'agissait souvent de choses que mon père ne voulait pas savoir –, c'était dans le but de démêler le fil qui devait le ramener à sa propre vie.

William Knott vit le jour le 22 mai 1911 à Londres, dans le quartier de Lambeth, dans une boucle de la Tamise. Son père occupait un poste important dans les services administratifs de la ville, sa mère enseignait dans une école primaire et donnait des cours de piano. William commença des études de physique, qu'il interrompit lorsqu'on lui proposa un emploi de technicien dans la section télévision de la BBC, alors en création. Après la déclaration de guerre de la Grande-Bretagne à l'Allemagne – deux jours après l'invasion de la Pologne par la Wehrmacht –, Churchill prononça une allocution télévisée. Le Premier ministre Chamberlain l'avait rappelé au gouvernement, la traversée du désert était terminée, Winston revenait au poste de premier Lord de l'Amirauté. John Reith, le directeur de la BBC, avait décidé que le peuple devait entendre Winston, voir Winston, Winston Churchill, et non Neville Chamberlain. L'ancien et nouveau ministre de la Marine n'avait encore jamais parlé à la télévision. La caméra le rendait nerveux, le maquillage le rendait nerveux, les projecteurs, tous ces gens, tout ce tralala, cette façon de le traiter comme s'il était le nouveau messie – personne ne voulait entendre l'avis d'un autre homme politique sur l'implication de la Grande-Bretagne dans une nouvelle guerre, on voulait Winston, Winston, Winston, lui seul savait ce que faire la guerre signifiait –, tout cela le rendait nerveux. Mais ce qui le rendait encore plus nerveux, c'était d'avoir fait tomber sa prothèse dentaire sur le carrelage de la salle de bains le matin même, et que le dentier soit juste assez tordu pour devenir inconfortable et rendre sa voix encore plus sifflante qu'à l'ordinaire. Qu'on appelle son dentiste, qu'on le fasse venir immédiatement pour redresser sa prothèse, le moral du peuple était en jeu. C'est alors qu'il vit un jeune membre de l'équipe faire non de la tête. Le désignant du doigt, il lui demanda d'un ton brusque ce qu'il avait à secouer la tête. Le jeune homme s'avança vers lui et se pencha pour lui chuchoter à l'oreille qu'il ne devait rien changer, sous aucun prétexte, c'est exactement comme cela que le futur Premier ministre d'un État en guerre devait s'adresser au peuple : en sifflant comme un serpent venimeux. Le futur Premier ministre ? Parfaitement, le futur Premier ministre. Churchill parla donc d'une voix particulièrement sifflante. Pas un membre de l'équipe qui n'ait eu des frissons dans le dos en l'écoutant. Ce jeune homme-là, ce technicien de la BBC, le seigneur de guerre voulait l'avoir auprès de lui. Il le débaucha.

Ou plutôt : il le réquisitionna. Le lendemain, William Knott entra au service de Winston Churchill, un service très particulier. Quelques mois plus tard, le 10 mai 1940, Churchill devint Premier ministre ; il forma un gouvernement d'union nationale et prit la tête du ministère de la Défense, désormais ministère de la Guerre. Le même jour commençait l'offensive allemande à l'ouest avec l'invasion du Luxembourg, de la Belgique et des Pays-Bas.

William Knott, âgé d'à peine vingt-neuf ans, était le secrétaire particulier très particulier de Churchill. C'est ainsi qu'on le présentait, et lui-même se présentait comme tel. Quant à son salaire – il gagnait moins qu'à la BBC –, son employeur le payait de sa poche.

C'était un secrétaire particulier qui n'avait pas de correspondance à faire ni d'agenda à organiser ; il ne devait pas répondre au téléphone, et sa présence n'était pas forcément requise lors des entrevues du Premier ministre. Lorsqu'on lui demandait ce qu'il faisait exactement, il répondait : « Tout. » Avant de répliquer d'un ton cassant : « Et vous ? Qui êtes-vous pour poser une telle question ? Quel est votre intérêt ? Qui vous envoie ? Je vais devoir vous signaler. » Il était comme cela avec tout le monde : sûr de lui, arrogant, condescendant. Sauf avec Clementine, évidemment. Avec Randolph, en revanche, oui. Quant à Diana et Mary, elles étaient suffisamment intelligentes pour ne pas poser de questions.

Churchill joua franc jeu avec lui. « Votre tâche consiste à veiller sur moi », annonça-t-il en lui montrant la petite chambre qu'on avait libérée pour lui au 10, Downing Street (à Chequers, la résidence de villégiature du Premier ministre, ainsi qu'à Chartwell, une chambre lui était également réservée). « Je ne peux pas me permettre, et l'Angleterre ne peut pas se permettre, de me voir subir une attaque du chien noir. » Il lui expliqua ce que signifiait cette référence au règne animal. « Si, malgré votre engagement, je devais trouver une occasion de me tirer une balle dans la tête, vous récupérerez l'arme, effacerez mes empreintes et prétendrez être un assassin soudoyé par Hitler. Au moins, en tant que martyr, je servirai encore à quelque chose. En temps de guerre, une telle chose a du poids. Rien ne motive ni ne mobilise davantage qu'un martyr. Pas éternellement, il est vrai. Pas forcément longtemps. Mais, espérons-le, au moins jusqu'à ce qu'on me trouve un successeur. Vous serez probablement exécuté. Cela fait partie du job. Alors veillez bien sur moi. Vous veillerez en même temps sur vous-même. Beaucoup de choses dépendent de vous. Tout dépend de vous. Si les gens apprennent que Winston Churchill a mis fin à ses jours, Hitler aura le champ libre. Ce sera la fin de l'Angleterre. La fin de la civilisation. »

C'étaient là les mots que Winston Churchill avaient employés, écrivait William Knott dans sa première lettre à mon père. Au début, le Premier ministre trouvait une heure chaque jour pour s'entretenir avec lui.

« Entre nous deux, lui avait dit le chef, il n'y a qu'un seul lien dans cette vie : la vérité. Vous êtes la seule personne à qui je dis toute la vérité, rien que la vérité. Et vous en faites de même avec moi. Je peux compter sur vous ?

— Vous pouvez compter sur moi, répondit son secrétaire particulier très particulier.

— Quant à ce que nous nous disons vous et moi : mentez, à tout le monde. Je peux compter sur vous ?

— Vous pouvez compter sur moi. »

40

L'alcool dirigeait la vie de Churchill. « Diriger ne veut pas dire dicter, s'amusait-il à distinguer. Ceux qui confondent les deux sont nos ennemis. » William Knott proposa de structurer sa consommation d'alcool. Il ne voulait pas dire par là que le Premier ministre devait boire moins ; il s'agissait seulement, dans cette période particulière, d'avoir une vue d'ensemble de la journée pour savoir à quels moments il pouvait boire. Chaque matin, après le petit-déjeuner – que le maître et son serviteur prenaient *toujours* séparément –, Knott lui remettait une demi-page sur laquelle il avait inscrit les moments de la journée où celui-ci pourrait boire. Churchill n'en sollicitait jamais davantage et, évidemment, il n'en demandait jamais moins non plus.

La consommation d'alcool de Churchill fut le sujet d'une désagréable altercation avec son nouveau médecin personnel, Lord Moron. « Je le dépassais d'une tête, mais il parvenait quand même à me regarder de haut. » Sa mission se rapprochait de celle de William Knott : être là pour le Premier ministre, exclusivement et à toute heure du jour et de la nuit. Certains membres du gouvernement étaient à ce point convaincus qu'on ne pouvait se passer de Winston qu'ils jugeaient l'observation constante de son état de santé indispensable, écrit Lord Moron dans ses mémoires. Il connaissait l'objet de leur « inquiétude » ; lui-même considérait plus qu'inquiétant que le Premier ministre (le « PM », comme il le nomme dans son livre) absorbe de telles quantités d'alcool. Lors d'un examen approfondi – qui s'était déroulé en présence de William Knott, Churchill avait exigé qu'il en soit ainsi –, lorsque le médecin lui avait demandé quelles quantités exactement, il avait répondu : « Une bouteille de champagne le matin, une le soir. La journée, du whisky dilué avec de l'eau, la nuit pur, une à deux bouteilles en tout. Et bien sûr, du vin en mangeant et du brandy après les repas. » Et, nu comme il était, il s'était tourné vers son secrétaire : « Est-ce correct, Willnott, ou ai-je escamoté une bouteille ? » Tandis que le PM se rhabillait derrière le paravent, le médecin prit le secrétaire à part, un peu trop brusquement, et lui demanda – ou, pour reprendre les mots de Knott : lui ordonna – de venir le voir à son cabinet. Il nota l'heure et l'adresse sur une feuille d'ordonnance qu'il lui fourra dans sa poche de veste.

« Si Lord Moron était aussi insolent, c'est parce qu'il était jaloux, écrit Knott. Lorsque j'entrai dans son cabinet, il ne m'invita même pas à m'asseoir. Il était convaincu que j'avais malhonnêtement gagné les faveurs du PM. » On savait que Churchill, commença-t-il, durant sa longue absence de la scène politique, avait développé une certaine sympathie pour les ivrognes des classes inférieures de la société. Parce qu'on disait que ceux-ci ne savaient pas faire la différence entre bonheur et malheur et n'étaient donc tourmentés ni par l'un, ni par l'autre. Tout Londres savait que le grand descendant de Marlborough passait « certaines nuits » avec les livreurs de bière et autres canailles. Il fallait que cela cesse. L'Angleterre était en guerre ! Knott rétorqua que premièrement, la plupart des livreurs de bière n'avaient rien de canailles, le voisin de ses parents, par exemple, Benjamin Winkle, était livreur de bière, et c'était un homme tout ce qu'il y a d'honnête, père de famille et philosophe, qui faisait parfaitement la différence entre bonheur et malheur ; deuxièmement, lui-même ne buvait pas une goutte d'alcool, il avait dû moins boire dans toute sa vie que « mon chef » en une seule journée ; il était toutefois d'avis que « mon chef » était assez grand pour décider ce qu'il buvait et en quelle quantité, et que tant qu'il ne buvait pas sans interruption, cela ne nuisait ni à lui, ni à l'Angleterre ; après tout, « mon chef », à soixante-six ans, était en parfaite santé.

« Ah oui ? répliqua Lord Moron. Et comment le savez-vous ? Vous êtes donc médecin ? Un confrère, c'est cela ? Où avez-vous fait vos études ? Quelle est votre spécialité ? »

William Knott, les paupières mi-closes, le regarda droit dans les yeux et répliqua : « Et vous ? Qui êtes-vous pour me poser ce genre de questions ? Quel est votre intérêt ? Qui vous envoie ? Je vais devoir vous signaler. »

À ces mots, Lord Moron devint pâle comme un linge.

Peu après – Churchill était à une réunion des chefs d'état-major et William Knott attendait devant la porte, installé dans un fauteuil (qu'un domestique du Parlement, sur ordre du PM, avait porté dans les longs couloirs) –, Knott se retrouva soudain entouré de cinq hommes en frac et chapeau haut de forme qui s'inclinèrent vaguement devant lui en souriant. Ils formaient un mur noir autour de Knott, gonflant les pans de leur veste pour que personne ne puisse le voir en passant dans les couloirs. Ils commencèrent par lui présenter leurs excuses pour la façon dont s'était comporté le médecin. Lord Moron ne savait pas quelle honorable mission était celle de William Knott. Il hocha la tête. Voulut se lever. Mais ils s'approchèrent encore davantage, se penchant au-dessus de lui. Il n'avait pas besoin d'avoir peur d'eux. Il rétorqua qu'il n'avait peur de personne. Ça, en revanche, ce n'était pas très intelligent, reprirent-ils, le monde entier avait par exemple peur d'Adolf Hitler, seul un imbécile n'avait peur de personne. Soit, très bien, concéda-t-il, lui aussi avait peur de Hitler. Quand on se soucie du bien de l'Angleterre, on a forcément peur, reprirent-ils. Ils ne voulaient que son bien. Se souvenait-il d'une formulation particulière que Lord Moron avait employée en évoquant le mode de vie douteux du PM, « certaines nuits » ? Mmmh, il s'en souvenait. Savait-il ce que Lord Moron entendait par là ? Il ne le savait pas, non. Est-ce qu'il avait une idée de ce que Lord Moron entendait par là ? Il ne répondit pas.

« Notre inquiétude, ou notre peur, si vous préférez, reprit celui qui lui paraissait le plus âgé, et son ton n'avait plus rien d'aimable, c'est que vous, monsieur Knott, souteniez le PM dans ses instincts sombres, ou peu importe le nom que l'on donne à ce désordre de l'âme inventé par le discours alarmiste de quelque Autrichien aussi pédant que désœuvré, que vous l'encouragiez même dans cette voie. Qu'est l'Angleterre à votre avis ? Un club de débat ? Une bande de lunatiques buveurs de thé ? Un ramassis d'hurluberlus ? Un hippodrome ? Pourquoi croyez-vous qu'on ait appelé Guillaume le Conquérant Guillaume le Bâtard ? Nous, nous savons pourquoi. Parce qu'il en était un. Lorsqu'on vient nous importuner au nom de la morale ou de la religion, nous fondons une nouvelle Église et détruisons l'ancienne. Pourquoi croyez-vous qu'il coule plus de sang dans les drames de Shakespeare que n'en ont dans leurs veines tous les spectateurs réunis ? Parce que nous autres Anglais, nous aimons couper des têtes, trancher des gorges, arracher des yeux, poignarder les femmes et les enfants de nos ennemis, empoisonner nos frères et neveux et laisser pourrir d'autres membres de la famille aux oubliettes. Lorsque quelqu'un se met en travers de notre chemin, nous ne nous contentons pas de le tuer, non, nous détruisons tout ce qui l'entoure, tout ce sur quoi il a un jour posé les yeux. Nous ne jouons pas à Dr Jekyll contre Mr Hyde, monsieur Knott, mais au Royaume-Uni contre le Reich allemand. Et Winston Churchill est le premier de nos soldats. Nous ne tolérerons pas que quelqu'un lui mette pareilles sottises en tête. Hitler a raison : notre PM n'a pas d'âme. Rien ne sert d'essayer de le corrompre avec ces sorties nocturnes.

Démissionnez ! Vous n'avez pas de chef dans cette maison. Personne n'a besoin de vous ici. Nous pourrions vous écraser sans même le remarquer ! »

William Knott s'était levé, écrit-il, s'était frayé un passage entre les hommes et, sans dire un mot, s'était posté de l'autre côté de la porte. Étrangement, cela les avait complètement déconcertés. Ils s'étaient regardés, avaient claqué de la langue, et étaient partis à la hâte. Des corbeaux au Parlement.

Le soir même, il avait rapporté l'incident à son chef. Churchill lui avait tapé sur l'épaule et avait ri. « Quelle stratégie géniale ! s'était-il exclamé. Ne pas discuter, changer de place, mais pas de point de vue ! »

En réalité, Knott s'était laissé intimider par les corbeaux. Il n'avait rien trouvé à leur opposer. Il était tellement nerveux qu'il en avait oublié sa formule apprise par cœur. Et s'il s'était arrêté de l'autre côté de la porte au lieu de prendre ses jambes à son cou, c'est uniquement parce qu'il avait les jambes en coton.

Churchill savait que certains – en particulier au sein de son propre parti – le jugeaient « versatile », d'autres « imprévisible », et que quelques-uns pensaient tout simplement qu'il était fou. Il était intéressant de constater que c'étaient les mêmes qui se jugeaient suffisamment indispensables à l'État pour le pousser en avant comme une figure de proue adulée par le peuple, tandis qu'eux, dans l'ombre, tiraient les fils – pour le bien de l'Angleterre, évidemment. Afin de réaffirmer qui commandait dans ce pays, il rédigea le communiqué suivant :

Il doit être parfaitement clair que toute directive venant de moi sera faite par écrit ou aussitôt confirmée par écrit et que je n'endosserai aucune responsabilité pour des questions de défense nationale à propos desquelles j'aurais pris une décision si lesdites décisions n'ont pas été exposées par écrit.

Il ajouta à la main :

Cela vaut également et particulièrement pour les décisions prises quant au personnel au service de ma personne. C'est-à-dire : personnes assurant ma sécurité, chauffeurs, cuisiniers, secrétaires.

La consommation d'alcool du Premier ministre se réduisit fortement. Il en discuta avec William Knott avec le même sérieux qu'il avait mis à écouter puis à contrer ses chefs d'état-major une heure avant, lorsque ceux-ci lui avaient exposé la situation en France. Le calendrier de sa consommation d'alcool nous apprend qu'il ne buvait désormais plus qu'une coupe de champagne au petit-déjeuner, qu'il avait supprimé le brandy après les repas et mettait deux fois plus d'eau dans son whisky dans la journée, et en buvait donc deux fois moins. Dans ses lettres à mon père, William Knott insiste sur le fait que cela n'avait rien à voir avec une quelconque bonne résolution, mais avec un surcroît de travail, qui, même s'il s'agissait de travail de bureau, entraînait une augmentation du nombre de gestes à effectuer, si bien que le Premier ministre n'avait plus si souvent l'occasion de saisir son verre pour boire ou la bouteille pour se resservir ; sa bouche était également plus occupée à parler qu'avant (« ce qui était presque impossible, m'assurèrent certains compagnons de route du Premier ministre, commente-t-il, mais au bout d'une demi-journée passée en sa présence, ils durent se rendre à l'évidence »). Sa consommation d'alcool avait diminué alors même que ses journées étaient plus longues. Le Premier ministre dormait moins qu'avant son élection. Mais d'un sommeil plus profond. Sans rêves. « Je n'ai pas besoin de rêves pour me remonter le moral, disait-il (il l'écrirait également dans *La Seconde Guerre mondiale*), les faits valent mieux que les rêves. »

41

Le bombardement de l'Angleterre commença en septembre. À la suite d'un acte de représailles britannique contre Berlin, Göring intensifia encore les raids ; désormais, deux cents bombardiers allemands vrombissaient chaque nuit au-dessus de Londres. La ville n'était pas préparée. Depuis son banc au fond du Parlement, Churchill n'avait laissé passer aucune occasion, au cours des dernières années, de plaider pour l'armement de l'Angleterre ; il s'était fait traiter de va-t-en-guerre, même dans ses propres rangs. Ceux qui l'avaient critiqué s'attendaient donc à un accès de colère. « Ils s'attendent à un accès de colère, exposa-t-il à William Knott, et ils ont suffisamment d'expérience et d'imagination pour se représenter ce que je pourrais leur jeter à la tête. Alors je me tais. Je ne ferais que gaspiller ma salive. » Il n'en fit rien, bien entendu. Il critiqua vivement les déboires des chasseurs de nuit britanniques et des canons antiaériens. Il insulta en hurlant le général Pile, commandant de l'artillerie de défense antiaérienne, tandis que celui-ci, assis devant lui, tordait son képi entre ses mains, jusqu'à ce que des larmes roulent sur ses joues ; résultat :

en l'espace de quarante-huit heures, le nombre de pièces d'artillerie fut doublé dans la capitale. La défense ne réussit à faire tomber que quelques avions ennemis, mais cela procura une certaine satisfaction aux Londoniens et alimenta leur colère. Des espions allemands rapportèrent à Berlin qu'après les premiers instants de contrariété, la vie suivait plus ou moins son cours normal dans cette ville de sept millions d'habitants – information que Göring et ses officiers accueillirent avec un mélange de fureur, de surprise et d'admiration. Hitler gronda : « S'ils attaquent nos villes, nous rayerons les leurs de la carte! »

Les bâtiments gouvernementaux de Whitehall furent eux aussi touchés. On transféra les bureaux ministériels et les appartements privés du Premier ministre dans les bâtiments de Storey's Gate, plus sûrs. Là aussi, on libéra une petite chambre pour William Knott (il fallut en faire la demande – Churchill en fit donc la demande, avant de l'accorder lui-même). On réserva également un bureau et un coin pour dormir au professeur Frederick Lindemann ; il était le conseiller le plus proche de Churchill pour l'organisation et le déploiement de l'armée de l'air, le Premier ministre avait insisté pour l'avoir en permanence sous la main, au cas où il lui viendrait, au beau milieu de la nuit, une idée dont il voudrait s'entretenir avec lui.

Il n'était pas rare que les réunions du gouvernement, qui avaient lieu tous les soirs, se tiennent dans la cave des appartements privés du Premier ministre, à la lueur de bougies lorsqu'il y avait une coupure d'électricité et que le groupe électrogène devait être réparé. Churchill était à la tête d'une véritable armée d'informateurs, si bien qu'il en savait autant sur le travail des différents services que les ministres en fonction ; ce qui provoquait des tensions lorsqu'un membre du gouvernement se sentait floué. La réunion se changea même en un débat houleux avec menace de démissions lorsque le Premier ministre, sans consultation préalable, fusionna le ministère de l'Intérieur et celui de la Défense nationale et nomma à leur tête un nouveau ministre. Le jour viendrait, plaisantait-on – et certains ne plaisantaient pas – où il n'y aurait plus qu'un seul ministère, le *sien*, et ce jour-là, on fusionnerait les fonctions de Premier ministre et de roi.

Tous les mardis, Churchill était reçu à Buckingham Palace, où il déjeunait avec le roi George VI ; ils parlaient de la situation et réglaient les affaires courantes. Ils devaient régulièrement se lever avec leur verre et leur assiette pour se rendre dans l'abri antiaérien en cours d'aménagement. Le fait que Churchill se présente en uniforme avait quelque peu contrarié le roi au début. Un jour, le Premier ministre lui demanda s'il savait se servir d'une mitraillette. Bien sûr que non ! s'indigna le monarque. À ses yeux, c'était là une arme vulgaire, une arme de destruction massive, inconvenante, inutilisable dans un combat chevaleresque. Churchill réussit à le convaincre de l'accompagner une heure sur un stand de tir. Le roi fut tellement enchanté de cette séance que, d'une voix montant dans les aigus, il ne tarissait plus d'éloges sur « sa » Thompson. Lors de sa visite suivante, Churchill lui apporta une carabine, un revolver et un couteau de chasse américain. Et lorsque le Sten Gun, une mitraillette britannique dont la vitesse de feu était trois fois supérieure à celle du modèle américain, sortit un an plus tard, le tout premier exemplaire fut pour le roi, et le deuxième pour son Premier ministre.

William Knott avait l'impression que Churchill ne dormait plus. Lui-même, pendant les nuits du « blitz », ne se reposait guère plus de quatre heures, mais lorsqu'il se levait à cinq heures et se glissait pieds nus dans le couloir qui menait à la salle de bains improvisée, il entendait le Premier ministre fredonner une chanson, cigare à la bouche. La porte de son bureau était toujours ouverte : ainsi, il pouvait donner ses ordres à tout moment, à quiconque passait par là. Lors des attaques les plus sévères, le chef les avait réveillés en pleine nuit, le professeur Lindemann et lui, ils étaient montés ensemble sur le toit et s'étaient postés à côté de la coupole pour assister au spectacle. C'était une vision de fin du monde. On aurait dit que la ville criait. Le visage du professeur Lindemann ne trahissait aucune émotion, mais Churchill jubilait. En veste d'uniforme par-dessus son pyjama, sa casquette d'officier sur la tête, il se tenait près du garde-fou et lançait à chaque explosion : « On vous le rendra au centuple ! Au centuple ! » Pall Mall disparaissait presque entièrement sous les flammes. Des incendies s'étaient déclarés dans St. James's Street et Picadilly. De l'autre côté de la Tamise aussi, des feux dévastaient la ville. Les nuits suivantes, Churchill, sa femme, le professeur Lindemann et William Knott les passèrent dans la cave. Contre la volonté de Churchill. « L'Angleterre est notre navire, et j'en suis le capitaine », proclama-t-il. Lindemann rétorqua que c'était du sentimentalisme, que c'était idiot, l'Angleterre n'avait pas besoin d'un héros mort, mais d'un stratège vivant qui planifierait leur vengeance.

Réduire en cendres une ville telle que Londres était au-dessus des forces de l'armée allemande. Mais elle parvint à blesser profondément les âmes, à en anéantir certaines. En plus des bombes traditionnelles, les avions lâchaient des bombes à retardement. Elles s'enfonçaient dans le sol, disparaissaient dans les immeubles et les arrière-cours, et il fallait les chercher, les déterrer, les désamorcer – si tant est qu'on y parvenait avant qu'elles explosent. C'était fastidieux, enrageant, dangereux, démoralisant. L'incertitude usait les gens, les rendait fous. Dans le vacarme d'une attaque, personne ne pouvait dire si et où une bombe « silencieuse » était tombée. Il pouvait y en avoir partout. Le bruit courait que les bombes étaient garnies de clous. Le bruit courait qu'elles étaient peintes de couleurs vives pour attirer les enfants. Lorsqu'on déplorait des pertes de vies humaines, on rejetait la faute sur la protection civile. Ce qui semait la discorde. C'était le but. C'était une guerre psychologique. Churchill décida – il conçut immédiatement un plan d'organisation détaillé – que dans chaque ville, dans chaque localité, dans chaque district, seraient mises en place des troupes d'un genre particulier, des escouades de volontaires à la recherche de ces bombes à retardement, chargées de les déterrer et de les désamorcer. On donna une formation accélérée à des jeunes hommes et à des jeunes femmes – dans un domaine où les instructeurs eux-mêmes ne savaient pas vraiment ce qu'il convenait de faire. « Les volontaires », rapporte Churchill dans ses mémoires, laconique, « se pressèrent pour participer à ce jeu mortel. » L'Angleterre avait ses premiers martyrs. Les gens disaient : « Si seulement nous avions écouté Winston plus tôt ! »

Churchill nomma Herbert Morrison, travailliste expérimenté et autrefois adversaire acharné, au poste de ministre du Ravitaillement et chef des pompiers de Londres, exigeant la diminution de moitié, au moins, du nombre de morts et de blessés. À peine vingt heures plus tard, il le fit venir en pleine nuit dans son « bureau de guerre » (sa chambre à coucher) pour lui demander où il en était. On y travaillait. Cela ne suffisait pas. Le Premier ministre lui exposa donc son propre plan : un abri antiaérien, simple et rapide à construire, facile à transporter, bon marché. Il avait même réalisé un dessin minutieux, à l'échelle. Quand ? L'objet qu'il s'agissait de produire en masse était une grande boîte en acier aux parois solides, en treillis métallique, dont la forme rappelait une table de cuisine, « sans doute en mesure de supporter le poids des décombres d'un petit immeuble ». Il s'agissait de les installer dans les caves, à un endroit facile d'accès. Chacun d'entre eux pouvait accueillir cinq à six adultes ou huit à neuf enfants.

« Mais ce sont des cages ! s'exclama Morrison. Vous voulez enfermer nos compatriotes dans des cages ?

— Comme des animaux sauvages, oui, répondit le Premier ministre. Les Allemands ont fait de nous des animaux sauvages. Mettez un fauve en cage, il deviendra fou furieux. Cette époque transforme les Britanniques en bêtes sauvages, et alors, qu'avez-vous à y redire ? Il va de soi que les coûts de production seront pris en charge par l'État. Faites-en la demande par écrit ! Tout de suite ! Asseyez-vous à la machine à écrire, là-bas ! J'accepterai votre demande, je signerai la feuille. Les gens pourront garder la cage. Après la guerre, ils en feront ce qu'ils voudront. Je suis déjà curieux de voir ça. »

Pour atténuer les réserves du chef des pompiers, Churchill proposa de baptiser la cage « abri Morrison ». « Le roi vous décernera une médaille. » M. Morrison fut effectivement décoré par George VI.

Le 14 novembre 1940, Göring lança l'opération *Mondscheinsonate*, « Sonate au clair de lune ». Le lendemain, on dénombrait 568 victimes dans la ville de Coventry, où plus de quatre mille logements avaient été détruits. Goebbels se mit à parler de « coventrisation » pour désigner la destruction de villes par bombardements aériens. Le maréchal Arthur Harris, chef du Royal Air Force Bomber Command à partir de 1942, parlera, après la destruction massive de Hambourg sous le feu des bombes, de « hambourguisation ». Cologne, Cassel, Dortmund, Darmstadt,

Francfort, Pforzheim, Dresde – la liste est longue – furent « hambourguisées ». À la fin de la guerre, nombre de villes allemandes étaient détruites à quatre-vingt ou quatre-vingt-dix pour cent, certaines entièrement – selon la méthode Lindemann.

42

Churchill, écrit William Knott à mon père, vivait à cette période comme trois personnes qui se répartiraient les heures de la journée. Il allait jusqu'à combler le moindre trou dans un emploi du temps extrêmement serré de choses utiles – et par utile, exposait-il régulièrement à son secrétaire très particulier tel un professeur lui faisant la leçon, il n'entendait pas la politique, encore moins la guerre, mais « l'étude du beau ». Lors d'un dîner avec le ministre canadien des Affaires étrangères à l'hôtel turc Pera Pelas, construit avant la guerre (le bâtiment, touché en décembre par une bombe SC 2000, s'effondrera et ne sera pas reconstruit), il remarqua dans les toilettes les petits jets d'eau installés en lieu et place de robinets au-dessus des lavabos et qui étaient actionnés par un bouton. L'intérêt de distribuer l'eau de la sorte, conclut-il, était d'éviter de toucher le robinet en buvant et d'entrer en contact avec les bactéries de la personne qui nous avait précédé. Le dîner avec le ministre canadien était son huitième rendez-vous de la journée, et il en avait encore trois, dont un avec le directeur général des usines Rolls Royce.

Mais il ne put résister : il revint à la hâte dans la salle à manger, prit son bloc-notes et un crayon dans la poche de sa veste, pria son invité de bien vouloir l'excuser cinq minutes de plus et retourna aux toilettes dessiner le jet d'eau – c'était exactement cela qu'il installerait dans les toilettes de la maison d'invités de Chartwell, qu'il entendait agrandir après la guerre. Pendant qu'il organisait la défense des villes anglaises, qu'il planifiait la destruction de l'Allemagne, qu'il exhortait le président américain, par des incitations courtoises mais constantes, à entrer en guerre, pendant qu'il réglait les affaires courantes, qui étaient les mêmes en temps de guerre qu'en temps de paix, qu'il assistait au baptême de nouveaux navires de guerre, de nouveaux avions ; bref, pendant qu'il remplissait sa mission de capitaine du navire anglais, il planifiait, dessinait et construisait des maquettes en carton de cette maison d'hôtes. Il développa également un système visant à réorganiser sa bibliothèque – des fiches perforées placées sur des tiges de métal, rangées par mots-clés –, une forme primitive de moteur de recherche.

À l'issue d'une séance particulièrement longue du conseil des ministres, il fit venir William Knott dans son bureau. Il dit à sa secrétaire qu'il ne voulait être dérangé sous aucun prétexte au cours de l'heure suivante ; si M. Hitler en personne venait frapper à sa porte pour lui présenter la capitulation de l'Allemagne, il devrait attendre. Il ferma la porte à clé et invita William Knott à prendre place en face de lui. Il avait une habitude très particulière avec son secrétaire particulier : s'asseoir genoux à genoux. L'alternative de Churchill au divan freudien.

William Knott écrit que son chef lui avait semblé extraordinairement sérieux.

Churchill avait commencé : « Lorsqu'un homme meurt, c'est tout un monde qui meurt. Vous connaissez ce proverbe ? »

Non, il ne le connaissait pas.

« C'est un proverbe juif. Qu'en pensez-vous, Willnott ? »

Il répondit qu'il ne trouvait rien à y objecter.

« C'est un bon proverbe, avait approuvé Churchill. Nous n'avons pas le droit de cesser de raisonner ainsi, Willnott. Surtout en temps de guerre, nous n'en avons pas le droit. » Il avait sorti son bloc-notes de la poche intérieure de sa veste. « Nous n'avons pas le droit de cesser de raisonner ainsi, avait-il répété. C'est ce que j'ai compris durant la séance incroyablement ennuyeuse de tout à l'heure. Nous ne faisons que parler, parler, parler. Même en pleine guerre, Halifax n'arrive pas à se départir de son ton ironique, on dirait que chaque mot qu'il prononce est précédé de "soi-disant" – le "soi-disant" vote, le "soi-disant" traité, la "soi-disant" guerre. Clement, comme toujours, est précis, laconique. Et voilà que Kingsley Wood prend la parole, de son ton posé, et je sais dès le quatrième mot quel sera le dix-septième, et je me dis : espérons que la bombe qui va tomber sur nos têtes arrive un peu plus vite, avant que M. Wood en ait fini de son exposé que tout le monde aura oublié aussitôt qu'il en sera arrivé à la conclusion, la "soi-disant" conclusion, comme dirait Halifax. Mais si cette bombe nous tombe vraiment sur la tête, me suis-je dit, alors tous ces mondes seront détruits. Vous comprenez, Willnott, chacun d'eux a dit quelque chose, quelque chose d'insignifiant ou au contraire d'important. Nous avons tendance à penser que face à la mort, rien n'est important. Mais ce n'est pas vrai. Ces derniers mots peuvent être tout ce qui est de plus banal et ennuyeux, soudain, ils contiennent tout. Tout. La vie. La vie, tout simplement. Ils ont prononcé des mots, sans savoir que c'étaient les derniers. Imaginez, Willnott, qu'un poète sache employer les mots comme si on les disait pour la dernière fois. Ne serait-ce pas là une définition de la poésie ? Parle comme si c'était la dernière fois ! Chaque mot serait une trouvaille rescapée d'un monde perdu. Une preuve qu'un jour il y eut une vie ici. La poésie n'est rien d'autre. Si quelqu'un essaie de vous en faire gober une autre définition, donnez-lui un coup sur la tête ! Je n'ai pas pu m'empêcher de noter ce que ces messieurs disaient. J'en ai fait une sorte de poème en vers libres. »

En octobre, Sarah rentra d'Amérique, seule. Oliver Vic, son mari, avait un poste trop important à Hollywood pour pouvoir l'accompagner, lisait-on dans un « certain journal ». Il était midi, le soleil brillait, les gens attendaient les attaques de la nuit, profitaient de ces heures calmes et des derniers moments de chaleur pour faire une course en ville, se promener ou simplement s'asseoir quelque part au soleil. Churchill fit signe à William Knott de le rejoindre, ils venaient de se croiser dans le hall du 10, Downing Street, il lui demanda de l'accompagner sur le toit, il avait à lui parler. Le visage du chef était en sueur, livide, presque bleuâtre. Arrivé sur le toit, il lui avait montré l'article. Ces salauds de journalistes avaient eu l'impudence, non seulement de mettre « un poste trop important » entre guillemets, mais aussi « son mari ». L'éditeur du journal, Harold Moore, était un ennemi personnel de Churchill, un sympathisant nazi qui, l'année précédente, avait félicité Hitler de l'occupation de la Tchécoslovaquie. La dernière phrase de l'article insinuait qu'Oliver Israel *(sic!)* Vic voulait sans doute se débarrasser de la fille de « notre » Premier ministre, qu'on savait têtue comme un âne ; pour terminer en disant : « La manière est certes peu honorable, comme c'est l'habitude chez ses semblables, mais d'un autre côté, on le comprend. »

« À présent, elle ne peut plus divorcer, affirma Churchill. Elle voulait demander le divorce, mais maintenant c'est impossible. »

Son chef, écrit William Knott, lui avait raconté qu'il avait payé pendant un an un détective privé à Hollywood pour prendre en filature le mari de Sarah, dans le but de trouver quelque chose qui puisse être retenu contre lui dans une procédure de divorce. Et il avait trouvé. Il avait trouvé plus que ce qui était nécessaire. Mais c'était pour des prunes, maintenant.

William Knott ne répondit pas.

« Vous trouvez cela indigne, d'avoir fait espionner mon gendre ? »

Là encore, William Knott ne répondit pas.

« Je savais qu'elle serait malheureuse avec lui. Je le savais. Tout comme je savais que la guerre éclaterait entre l'Allemagne et l'Angleterre. La guerre a éclaté. Elle a été malheureuse. Si vous aviez une fille, Willnott, vous ne commettriez pas une infamie pour la tirer du malheur ? »

Cette fois, il avait répondu : « Si, bien sûr.

— Même une terrible, une abjecte infamie ?

— Même la plus terrible et la plus abjecte de toutes. »

Le Premier ministre avait tendu la main, l'avait saisi à la nuque, attiré vers lui et serré longuement sur sa poitrine.

Ils s'étaient assis sur le banc qu'Ed Thomas, le domestique, avait transbahuté plusieurs semaines auparavant sur le toit afin que le Premier ministre et ses hôtes soient confortablement installés pour observer les attaques. En bas, la rue grouillait de monde, il y avait des gens à vélo, d'autres qui tiraient une charrette, des femmes poussant des landaus, le livreur de lait avec sa voiture à cheval. Des couples bras dessus, bras dessous. Des passants pressés. Des flâneurs. On entendait la musique d'une fanfare. Le sifflet d'un policier interrompit pour un instant le chant des oiseaux, puis le chœur des moineaux reprit de plus belle.

« Je ne vous ai pas encore raconté toute ma vie, Willnott, lui dit Churchill. Nous n'aurons sans doute plus assez de temps pour ça. Mais je vous en ai dit plus qu'à tous les autres. Je veux dire, au-delà de ce que tout le monde sait ici. Je vais donner l'ordre d'interdire l'accès au toit à quiconque désormais. Vous et moi, Willnott, nous serons les deux seules exceptions. Uniquement vous et moi. Si je ne vous trouve pas, je dois savoir que vous êtes ici. Puis-je vous le demander ?

— Oui.

— Très bien.

— Puis-je à mon tour vous demander quelque chose, sir ? avait-il dit au Premier ministre. Je vous prie de ne plus m'appeler Willnott. Mon nom est William Knott. »

43

Durant une de ces nuits où résonnaient le grondement des sirènes et les explosions de bombes – écrit William Knott à mon père –, n'arrivant pas à dormir, il était monté sur le toit et y avait trouvé son chef, assis dans l'obscurité devant son chevalet, en train de peindre. Sans whisky ! Il faisait tellement sombre qu'il était absolument impossible de distinguer les couleurs les unes des autres. Parfois, un éclair illuminait le ciel, mais il éblouissait plus qu'autre chose. Churchill lui dit de s'asseoir à côté de lui et de le regarder faire. Il plongeait son pinceau dans la peinture sans regarder sa palette et l'appliquait à grands traits vifs sur la toile. Il lui demanda s'il connaissait l'*Aquarelle sans titre* de Kandinsky. On le considérait comme le premier tableau abstrait de l'histoire de l'art. Mais il n'en croyait rien. Il ne croyait pas que Kandinsky ait voulu faire un tableau abstrait. Personne ne veut faire un tableau abstrait. Pourquoi donc. À son avis, Kandinsky avait juste manqué de lumière, comme lui-même manquait de lumière aujourd'hui. Il était évident que Kandinsky avait voulu peindre quelque chose de figuratif. Mais il n'y voyait rien. Et c'est pour cela que le tableau avait donné ce qu'il avait donné, l'*Aquarelle sans titre*. La théorie était venue plus tard. C'était toujours le cas. En cela, l'art n'était pas différent de la politique. Ni de la guerre. Au cours d'une bataille, ce sont d'incompréhensibles hasards qui décident de la victoire ou de la défaite. Autrefois, on disait que l'Histoire suivait un dessein divin ; puis on affirma qu'elle était faite par les hommes. Et si rien de cela n'était vrai ? Les réponses des théologiens lui avaient toujours paru absurdes, ne serait-ce qu'en raison des mots qui les habillaient – l'esprit au lieu du pain, le sens au lieu de l'invention de vêtements d'hiver. Enfant déjà, il se caractérisait par son incapacité à se laisser séduire par des ombres.

« Ne serait-il pas amusant de jouer les augures divins, en rasant par exemple la merveilleuse ville de Cologne, tout en épargnant la cathédrale ? Les Allemands croiraient que c'est leur Dieu qui a fait cela. Alors que ce serait nous. »

Hitler et ses Allemands ne le savaient pas ou ne voulaient pas le savoir, mais leurs villes finiraient par ressembler à des tableaux abstraits. La guerre ne ferait qu'accélérer ce processus. Tout finira un jour par ressembler à un tableau abstrait.

« Monsieur Knott, il faut une sacrée dose de courage pour peindre un tableau scrupuleusement figuratif ! L'abstraction est lâcheté, capitulation devant le caractère éphémère des choses, reconnaissance de l'absurdité de l'enchaînement éternel des causes et des effets. Nous n'avons pas le droit de faire cause commune avec les créatures dénuées de raison ! Nous seuls sommes doués de raison. Personne d'autre dans l'univers ne peut concevoir l'inconcevable. – Assez parlé, monsieur Knott, assez vu, assez entendu ! Rassemblons nos affaires ! Allons-y ! »

Une fois redescendus dans le bureau, ils avaient observé le tableau. Il était trois heures du matin.

« Qu'en dites-vous, William ? lui avait demandé le chef. Quel titre dois-je lui donner ? Réfléchissez ! S'il vous plaît ! »

Mais il n'avait rien trouvé.

Cette scène avait eu lieu fin novembre.

Le soir du 12 décembre – une date que M. Knott n'oublierait jamais –, on gratta à la porte. Le chien noir était revenu.

William Knott savait ce qu'il avait à faire.

Lorsqu'il eut enfin compris en quoi consistait sa tâche – « lorsque quelqu'un vous dit : veillez sur moi, empêchez-moi de me tirer une balle dans la tête, vous entendez ses paroles, mais vous n'êtes pas immédiatement conscient des conséquences » –, il avait consulté un « psychologue ». Enfin, il ne s'agissait pas d'un psychologue agréé, mais ce n'était pas non plus le premier baratineur venu qui vous débarrassait de votre argent en aggravant vos problèmes. C'était un ami d'ami qui avait raccommodé plus d'un mariage et guéri plus d'une mélancolie, qui en avait éloigné plus d'un de la bouteille et en avait ramené plus d'un sur le chemin du bon Dieu. Knott était allé le voir – « chez vous, on le traiterait de saint » –, s'était répandu en lamentations sur son père suicidaire et lui avait demandé comment se comporter en cas de crise. Réponse du psychologue : « Se promener, se promener, se promener. Se promener jusqu'à l'épuisement. »

Il faisait extraordinairement froid en cette mi-décembre. C'était un avantage. William Knott se procura – en les payant de sa poche – un manteau long bon marché, mais à la doublure convenable, comme en portaient des milliers de gens, une casquette bon marché, mais à la doublure convenable, avec de longs rabats sur les oreilles, ainsi qu'une écharpe et des gants. Emmitouflé de la sorte, Mme Churchill elle-même n'aurait pas reconnu le Premier ministre. Par chance, elle était à Chartwell, où elle s'occupait de Sarah et de la serre. William Knott avait passé la nuit dans l'appartement de Storey's Gate, sur un matelas posé devant la porte ouverte de la chambre de Churchill.

Churchill n'opposa aucune résistance. Assis sur son lit, il regardait fixement le mur d'en face. William Knott n'avait allumé que la petite lampe de chevet. Il n'avait pas ouvert les rideaux. Il habilla son chef en disant à voix haute ce qu'il était en train de faire – c'est le « psychologue » qui le lui avait conseillé, cela permettait de reporter l'attention du patient sur la réalité, et avait un effet comique –, il enfonça le bonnet sur ses oreilles, enroula l'écharpe autour de son cou jusqu'à ce qu'on ne voie plus que ses yeux et son nez, lui enfila les gants et, le tenant par le bras, il le fit sortir de la maison. Personne à droite, personne à gauche. Une voiture avec chauffeur les attendait deux pâtés de maisons plus loin. Il ne s'agissait pas du chauffeur de Churchill ni d'un chauffeur officiel, c'était un ami d'ami que William Knott avait recruté à la hâte en lui racontant un boniment quelconque. Il poussa son chef, bien empaqueté, sur la banquette arrière, se cala à côté de lui, et la voiture démarra. Le soleil n'était pas encore levé.

Ils sortirent de la ville et remontèrent la Tamise jusqu'à ce qu'ils eurent laissé les dernières maisons derrière eux. Puis ils s'arrêtèrent sur le bas-côté pour prendre un petit-déjeuner. William Knott avait emporté des sandwiches au fromage et au jambon, des pommes et une thermos de thé. Le chauffeur se contenta de les regarder, il ne voulait rien, il avait déjà déjeuné. Churchill n'avait pas encore prononcé un seul mot. William Knott abaissa l'écharpe sous son menton, lui tendit un sandwich et un gobelet en fer-blanc rempli de thé fumant. Churchill but et mangea en silence. Il ne voulait pas fumer. Il secoua la tête. Quant à l'alcool, son secrétaire n'en avait pas emporté.

Ils se firent conduire plus à l'est, là où les rives de la Tamise sont marécageuses. William Knott aimait profondément cette région, il en chérissait le souvenir, c'était là que son grand-père avait vécu, élevant des chevaux et réparant des selles. L'espace d'une seconde, il se dit qu'il aurait aimé être un cheval. Il se dit que ce serait une bonne idée de faire comme si son chef et lui étaient des chevaux, deux chevaux libres et sauvages. Il convint avec le chauffeur qu'il reviendrait les attendre à cet endroit quatre heures plus tard.

Ils marchèrent en silence. Churchill secouait régulièrement la tête, mais ne disait rien. Le sentier était bordé d'enclos de chevaux. Derrière des peupliers, ils aperçurent des bâtiments pour les bêtes et des maisons à colombages. De la fumée sortait des cheminées. Sur une place en terre battue se tenaient une douzaine de chevaux, aussi immobiles que des statues dont les têtes étaient illuminées par les rayons de soleil perçant le brouillard. Plusieurs étaient gris, un était blanc, les autres bruns avec la queue et la crinière noires, et une gracieuse encolure de cygne.

Une moto avec side-car vint à leur rencontre : il s'agissait d'un homme et d'une femme emmitouflés dans d'épais manteaux, avec casquette en cuir et lunettes de protection. L'homme ralentit et leur demanda d'une voix sourde s'il pouvait les aider, s'ils cherchaient quelqu'un. William Knott rit comme s'il revoyait de vieilles connaissances, et répondit qu'il faisait simplement une promenade de l'Avent avec son père qui avait grandi ici, pour chasser son mal du pays, il était arrivé de Chicago il y a quelques jours à peine. Une fois l'homme et la femme repartis, Churchill lui dit : « Très bien. Je pourrais effectivement être votre père, n'est-ce pas ? » Mais le mensonge ne l'avait pas fait rire. Le « psychologue » lui avait rabâché que rien ne faisait plus facilement rire un mélancolique que lorsqu'on mentait effrontément à une tierce personne devant lui. Parfaitement, il le lui avait littéralement rabâché. « Jouez un peu les voyous, lui avait-il dit, volez un morceau de gâteau devant lui, mentez à un policier, tirez la langue à un enfant à l'insu de sa mère, imitez un Français qui boite ou un bègue. Être complice de ce genre de plaisanteries égaye le mélancolique. Ne me demandez pas pourquoi. C'est comme ça, c'est tout. »

William Knott accéléra également le pas, progressivement, afin que son chef ne le remarque pas. Cela aussi, c'est le « psychologue » qui le lui avait conseillé. Il fallait absolument atteindre un état de profond épuisement, une simple fatigue ne suffisait pas. « Lorsque l'homme est contraint de penser à ses muscles et à ses os, il ne pense pas à son âme. » Du reste, le « psychologue » était convaincu que l'âme n'existait pas (c'est pourquoi William Knott, dans ses lettres, le mettait entre guillemets).

Au bout d'un moment, Churchill lui demanda s'il avait prévenu le bureau, si les affaires de l'Angleterre suivaient leur cours. William Knott répondit qu'il avait parlé à Paul Ackroyd – un des secrétaires d'État du ministère de la Défense –, il lui avait dit que le Premier ministre prenait une journée de congé aux Bahamas. Décision spontanée. Il n'avait pas été nécessaire de la justifier, tout le monde au bureau était d'avis qu'il était urgent que le Premier ministre prenne au moins une journée de vacances. L'histoire des Bahamas n'avait pas fait rire son chef non plus.

Lorsqu'ils eurent marché deux heures, Churchill lui dit : « C'est une bonne idée que vous avez eue là. Merci, William. Je vais mieux maintenant. Vous êtes d'accord avec moi, n'est-ce pas ? »

La nuit du 14 au 15 décembre, William Knott ne la passa pas sur le sol devant la porte de Churchill, mais sur le sol devant le lit de Churchill. Si le chef voulait se lever, il devrait lui marcher dessus. C'était l'idée. Mais lorsqu'il se réveilla, le chef n'était plus dans son lit. Il ne lui avait pas marché dessus. Il s'était glissé sans bruit hors de la chambre. William Knott enfila ses bottes et son manteau, monta l'escalier en courant, puis l'échelle métallique qui menait au toit. Le chef se tenait près du garde-fou. Pieds nus. En pyjama. Tête nue. Les attaques aériennes étaient moins nombreuses depuis la mi-novembre. Les Allemands étaient peut-être en train de préparer une nouvelle stratégie, puisqu'ils n'avaient pas réussi à briser le moral des Londoniens ; peut-être aussi avaient-ils perdu leur intérêt pour la Grande-Bretagne. Lorsqu'on avait appris que Hitler signait un pacte avec Staline, Churchill avait arpenté les couloirs en gesticulant, un sourire aux lèvres. Il avait prédit que c'était là le premier pas vers une déclaration de guerre de l'Allemagne à la Russie. Soit Staline était vraiment rusé comme un renard, comme il le pensait, et allait se lancer dans une course à l'armement, soit il était aussi bête que le reste du monde, auquel cas la Wehrmacht écraserait bientôt la Russie. Le fait que les raids contre l'Angleterre soient moins nombreux était pour Churchill le signe que l'invasion de la Russie était imminente – il l'avait annoncé à peine quelques jours auparavant (avant que le chien ne gratte à sa porte) devant des ministres ébahis. La nuit était claire, moins froide que les précédentes, calme. Pas de feu, pas de sirènes, pas de canons, pas de détonations. Une ville plongée dans l'obscurité, certes, mais paisible.

Sans se retourner vers son secrétaire particulier très particulier, il lui dit : « Je ne vous fais pas de reproches, William. Personne ne vous fera de reproches. Ne vous inquiétez pas. Je ne sauterai pas. Je suis encore suffisamment lucide pour prendre une décision. Je vais démissionner. Le Dr Moron fera une déclaration à la presse dans ce sens. Je suis seulement monté pour voir comment ce serait.

— Comment ce serait ?

— Comment ce serait, si un petit bonhomme gras comme moi s'écrasait sur l'asphalte de Tothill Street quelques jours avant Noël. On aurait du mal à faire croire à un attentat. Même si on parvient à faire croire absolument n'importe quoi. Vous ai-je dit que mon ami Charlie Chaplin et moi sommes des collectionneurs passionnés des différentes manières de se suicider ? Nous choisissons une méthode et imaginons comment ce serait de nous l'appliquer à nous-mêmes. Ça peut être assez amusant… »

William Knott avait alors interrompu son chef, s'exclamant : « Charlie Chaplin est à Londres ! Vous ne saviez pas ? Il présentera son nouveau film dans trois jours. Le film le plus drôle qu'il ait jamais tourné. Un film sur Hitler. À mourir de rire ! »

La première du *Dictateur* devait avoir lieu simultanément dans quatre cinémas : le Prince of Wales Cinema, le Gaumont Haymarker, le Marble Arch et les London Pavilion Theaters. William Knott alla de salle en salle. Owen Peters du Haymarker sut finalement lui dire – ou fut le seul à lâcher l'information pour de l'argent – où se trouvait Chaplin : dans les studios Haydon de Hammersmith, où il avait loué une salle de montage pour cinq jours. On disait qu'il y passait même ses nuits.

44

À l'époque où j'enseignais encore – car je ne vivais pas de mes talents d'amuseur –, j'écrivais des sketches pour deux personnes et me produisais avec une collègue, moi en pierrot, elle en auguste avec gros nez rouge et salopette à carreaux trop grande. Notre duo fonctionnait bien. Nous étions pris tous les week-ends. Nous étions bien rodés. J'écrivais pour moi le rôle du monsieur je-sais-tout maquillé en blanc, pour elle celui de l'anarchiste rusé, volontairement maladroit, parfois cruel. Puis elle se maria, et ça ne marcha plus aussi bien, elle eut un enfant, et ça ne marcha plus du tout. Je me produisis en solo pendant un moment. Mais ce n'est pas ce que je préfère. À la fin des années 1980, je vis dans le cadre du festival de théâtre de marionnettes de Stuttgart la pièce *Underdog*, du marionnettiste australien Neville Tranter – et en fus bouleversé. Je voulais être comme lui. Je voulais me produire avec une marionnette comme interlocuteur. J'avais trouvé ma vocation. C'était tellement évident. Mais il avait fallu qu'un artiste vienne du bout du monde pour me rendre attentif à ma propre histoire.

Ma mère est morte quand j'avais cinq ans, je n'ai d'elle que de vagues souvenirs. Mon père ne s'est jamais consolé de cette perte. Il ne s'est jamais remarié. Pour essayer de se consoler et me donner à moi le sentiment d'avoir une famille, il me jouait le soir avant de m'endormir les « conversations des parents à propos de leur fils ». Il choisissait des tournures très impersonnelles. Il tenait un oreiller dans ses bras – ma mère – et parlait tour à tour en étant lui, puis elle. Sans modifier sa voix. Il n'y avait rien de parodique là-dedans. Les conversations étaient parfois drôles, mais le plus souvent sérieuses ; et quand elles étaient drôles, c'était involontaire. Il racontait à ma mère ce qui s'était passé dans la journée, elle livrait ses commentaires, il lui demandait conseil, elle lui donnait des conseils. Il arrivait qu'ils ne soient pas d'accord ; il arrivait qu'ils se disputent, qu'il se vexe ; alors il ne parlait plus, il lui laissait la parole à elle jusqu'à ce qu'ils se réconcilient. C'était tellement crédible que je n'imaginais pas une seconde que tout cela n'était pas vrai. Quand il faisait le père vexé, il était vexé, et je le suppliais de se réconcilier avec maman ; j'aurais été incapable de trouver le sommeil tant que ce n'était pas fait. Mon père était un grand comédien, involontairement.

Je construisis et essayai diverses poupées, toutes réalisées sur le modèle de celle de Neville Tranter : des personnages grandeur nature avec une bouche articulée – un auguste, un arlequin, un guignol, un clown blanc à tête d'œuf, un Buster Keaton. J'improvisais des dialogues. Mais je ne trouvais pas le ton.

Puis mon père est mort, et j'ai trouvé dans sa succession l'importante correspondance qu'il avait échangée avec William Knott. En lisant les passages sur l'amitié entre Churchill et Charlie Chaplin, j'appris que les deux hommes avaient fait un pacte contre leur ennemi commun, la dépression. J'appris que dans la nuit du 14 au 15 décembre 1940, William Knott, désespéré, avait emmené incognito le commandant en chef des forces britanniques, en taxi, aux studios Haydon de Hammersmith, pour y retrouver l'ami qui pouvait l'aider. J'appris qu'ils trouvèrent Chaplin au milieu d'une montagne de morceaux de celluloïd, dont ne dépassait plus que son torse malingre – un homme qui n'avait pas moins besoin de l'aide de son ami que celui-ci n'avait besoin de la sienne. C'était un cas de figure imprévu, mais le chien noir leur avait rendu visite à tous les deux en même temps.

Redoutant la réaction du groupe de presse Hearst, plus influent dans l'Ouest que dans l'Est des États-Unis, Chaplin avait décidé que la première mondiale du *Dictateur* aurait lieu à New York, aux Capitol et Astor Theatres. Les journaux appartenant à Randolph Hearst ne s'en tenaient pas à des considérations esthétiques, pour eux, le film n'était qu'une répugnante incitation à la guerre, commandée à Chaplin par la bande à Churchill et Roosevelt. Les journaux de la côte est, eux, effleuraient tout au plus la dimension politique par trop évidente du film, mais ne se montraient guère convaincus de sa valeur artistique. Le *New York Times* écrivait certes qu'il s'agissait probablement du film le plus important jamais tourné, mais se plaçait du point de vue de l'effet politique et de la témérité du projet ; à part cela, le critique trouvait les dialogues faibles – « ce n'est pas étonnant, il s'agit du premier vrai film parlant de Chaplin » – et la musique catastrophique, et estimait que les constantes ruptures de style rendaient l'histoire confuse. Un autre critique parla d'échec grandiose. Un troisième jugeait, non sans condescendance, que le film n'était pas mal, mais qu'il aurait pu être bien meilleur. Quant au monologue de la fin, lorsque le barbier juif que l'on prend pour le dictateur s'exprime à la radio, appelant à la paix, à la tolérance, à la liberté et à l'espoir, tout le monde le trouvait trop kitsch. On jugeait la scène embarrassante, on parlait d'une faute de goût colossale, d'une trahison de l'éthique artistique. Un journaliste écrivit qu'avec ce discours, Chaplin n'avait pas seulement ruiné ce film, mais toute sa carrière. Klaus Mann s'emportait : « Ce film n'a aucun style, aucun fil rouge, aucune force de conviction. Ce n'est rien d'autre qu'une farce ridicule, parsemée de déclarations emphatiques. Le discours de Chaplin qui clôt le film est d'une banalité affligeante. »

Après la première new-yorkaise, Chaplin ne voulut plus voir personne. Il raconta plus tard à Josef Melzer qu'il avait eu la sensation que de l'eau glacée coulait dans ses veines. Comme si le monde entier voulait l'achever avec ses railleries. Comme s'il avait commis un crime. Sa première réaction fut de vouloir annuler les premières londoniennes ; mais Syd lui fit comprendre que les pénalités qu'ils devraient verser feraient exploser leur budget. Il télégraphia alors à Londres pour louer un studio et partit pour l'Angleterre plus tôt que prévu – avec, dans sa valise, le joli petit coffret de bois doublé de velours de Raphael Brooks. Il voulait refaire le montage du film en cinq jours. En travaillant jour et nuit, s'exhortait-il, il pouvait y arriver. Mais la veille de la première, il s'était rendu compte que c'était impossible. Il avait découpé la copie en morceaux. S'il était obligé de présenter la version américaine, il ne voulait pas s'exposer au public londonien. Il ne voulait plus jamais s'exposer à aucun public.

Juste avant que Churchill et William Knott n'entrent dans la salle de montage, Chaplin venait d'écouter – pour la centième fois ! – le discours du barbier.

Hannah, est-ce que tu m'entends ? Où que tu sois, lève les yeux. Lève les yeux, Hannah ! Les nuages se dissipent ! Le soleil perce ! Nous émergeons des ténèbres pour trouver la lumière ! Nous pénétrons dans un monde nouveau, un monde meilleur, où les hommes domineront leur cupidité, leur haine et leur brutalité. Lève les yeux, Hannah ! L'âme de l'homme a reçu des ailes et enfin elle commence à voler. Elle vole vers l'arc-en-ciel, vers la lumière de l'espoir. Lève les yeux, Hannah ! Lève les yeux !

Churchill s'était approché de Chaplin, qui leur tournait le dos, avait posé une main sur son épaule et avait dit : « C'est moi, Winston. » Et il avait répété : « C'est moi, Winston. »

Chaplin s'était retourné, il s'était levé, avait demandé à William Knott de le laisser seul avec son ami. Il lui avait demandé d'attendre. De prendre place dans un fauteuil. Il avait pris la main de Churchill et l'avait emmené dans la chambre noire, en refermant la porte derrière eux.

Et William Knott avait attendu.

Je savais que mon père était ami avec Knott, mais j'ignorais la nature de la mission de celui-ci auprès de Churchill. Mon père ne m'avait jamais parlé non plus de l'ampleur de leur correspondance. En lisant ces lettres – la veuve de Knott avait eu l'amabilité de m'envoyer celles de mon père –, je sus qu'il me faudrait avoir une longue, très longue conversation avec mon père. Oui, maintenant qu'il était mort. Tout comme lui avait eu une longue, très longue conversation avec ma mère après sa mort. Je fabriquai une nouvelle poupée, lui donnai son visage, ses cheveux, son cou, ses mains, je ne voulais d'autre élément de décor sur scène qu'une grande table à laquelle mon père et moi serions assis. Je voulais qu'on ait l'impression que j'avais passé mon bras autour de ses épaules. Voilà comment je tenais la poupée. J'écrivis un dialogue et demandai à mon ancienne collègue de jouer le rôle de second metteur en scène, de coach. Elle lut le texte. Me demanda si j'étais sûr de vouloir faire ça. Oui, répondis-je, pourquoi ? Elle s'attendait à un numéro de clown classique, juste plus long. Et alors, ce n'est pas le cas ? lui demandai-je. Mon père et moi parlions de dépression, j'étais le clown blanc, lui l'auguste. Nous ne racontions pas une seule blague, nous ne tordions pas une seule phrase pour faire un jeu de mots, nous ne prononcions pas un seul mot scabreux. Nous laissions de longues pauses entre nos répliques, des pauses d'une tristesse infinie. Mais le public riait. Il riait tellement que la première dura vingt minutes de plus que la répétition générale. Le clown blanc et l'auguste s'entretenaient des différentes méthodes qu'on pouvait employer pour se suicider, ainsi que de celles qu'on pouvait employer pour éviter de se suicider. Ils s'entretenaient aussi de la *méthode du clown*. Le clown blanc racontait le vieux conte indien sur la création du monde dans lequel un dieu invente le monde par pur ennui, en gravant dans la pierre, allongé sur le ventre et tournant sur lui-même dans le sens des aiguilles d'une montre, tous les événements du temps – à commencer par la séparation de la lumière et de l'obscurité, de l'eau et de la terre, en passant par la création des plantes à partir de rayons de soleil, des animaux et des hommes façonnés dans la boue, le premier amour, la première haine, le premier meurtre, le premier pardon, le premier souvenir, la première musique, la première prise de conscience d'un lien de cause à effet – il gravait dans la pierre tout ce qui se passait, sous forme d'une spirale de dessins et de signes, et dans ce conte, la fin du monde arriverait lorsque, la spirale se rapprochant de son ventre, le dieu ne parviendrait plus à dessiner. L'auguste, lui, évoquait l'amitié qui avait uni le plus grand homme d'État au plus grand acteur du monde ; il racontait leur bataille contre le chien noir, leur bataille contre Hitler, menée par l'un avec les armes du rire, par l'autre avec des armes de guerre. Le clown blanc glissait dans la conversation l'histoire de Theodor W. Adorno et de son essai disparu *Fondements d'une théorie du comique*, ajoutant que le philosophe, dans un moment d'extrême abattement, pendant son exil américain, s'était écrit une lettre à lui-même, allongé à plat ventre sur une feuille de papier. L'auguste parlait de Dieu, il croyait en Dieu, il disait que Dieu était parfois trompé par des clowns blancs qui jouaient à la poupée, mais qu'il ne leur en voulait pas, même s'ils ne croyaient pas en lui. Le clown blanc traitait l'auguste d'idiot, l'auguste se taisait, se taisait longtemps, les yeux perdus dans l'obscurité. « Parle-moi, je t'en prie, disait le clown blanc à l'auguste, parle-moi, ou je ne pourrai pas dormir ce soir ! » Alors l'auguste l'embrassait et lui racontait que le plus grand des comédiens lui avait appris à tenir sa canne dans la mauvaise main, et que lui, le plus adroit des maladroits parmi ses élèves, avait appris après le cours à un homme d'un certain âge, petit et gros, qui respirait bruyamment, portait un costume noir avec une montre à gousset accrochée à une lourde chaîne à son veston, à être maladroit, tandis que dehors, sous la neige, les autres enfants partaient avec leur luge en direction d'une colline à la sortie de la ville – une ville suffisamment grande pour les plans du professeur Lindemann et qui serait pourtant épargnée pendant toute la guerre. La seule approbation du comique est le rire.

Le clown blanc, dont la main animait l'auguste, l'entendait dans la salle. Il ne voyait rien, car les projecteurs étaient braqués sur lui.

William Knott avait attendu. Il avait approché son oreille de la porte. Au bout d'une heure – il lui semblait que cela faisait une heure –, il l'avait ouverte. L'homme d'État et le clown étaient assis à une table, tout près l'un de l'autre, leur tête se touchant presque. Ils avaient levé les yeux vers lui, clignant des yeux dans la lumière.

TABLE

OUVRAGE RÉALISÉ
PAR L'ATELIER GRAPHIQUE ACTES SUD
REPRODUIT ET ACHEVÉ D'IMPRIMER
EN OCTOBRE 2017
PAR NORMANDIE ROTO IMPRESSION S.A.S.
À LONRAI
POUR LE COMPTE DES ÉDITIONS
ACTES SUD
LE MÉJAN
PLACE NINA-BERBEROVA
13200 ARLES

DÉPÔT LÉGAL
1re ÉDITION : NOVEMBRE 2017
N° impr. : 1702966
(Imprimé en France)